하나가
아니에요!

하나가
아니에요!

초판 1쇄 인쇄일 2018년 01월 25일
초판 1쇄 발행일 2018년 01월 30일

지은이 | 임서림
펴낸이 | 김기선

편집장 | 김은지
편집부 | 박지은, 김지현, 김아름, 박신혜
디자인 | 한주희

펴낸곳 | 와이엠북스(YMBOOKS)
출판등록 | 2012년 7월 17일 (제382-2012-000021호)
주소 | 서울시 도봉구 노해로 379, 802호(창동, 대성빌딩)
전화 | 02)906-7768 / **팩스** | 02)906-7769
E-mail | ymbooks@nate.com

ISBN 979-11-322-4435-6 04810
ISBN 979-11-322-4434-9 04810 (set)

값 9,000원

하나가 아니에요!

Vol.1

YMBOOKS ROMANCE STORY

차 례

프롤로그 : 하나도 둘도 모른다

희성의 눈은 언제나 다른 사람들이 보는 것보다 더 많은 것을 보아왔다. 그 사실은 행운이라기보다는, 재난에 가까웠다.

그러나 그것이 차라리 축복일 수도 있었다고……. 훗날 그는 그렇게 이 순간을 기억했다.

* * *

희성이 비번인 날이었다. 일하는 직장에서 꽤 먼 카페까지 일부러 나와야 했다. 이렇게 따로 만나는 모습을 동료들에게 보여서 좋을 게 하나도 없었으니까.

그는 별로 취향에 맞지도 않는 아메리카노를 마시며, 카페 창밖의 인파를 눈으로 훑었다.

형형색색의 옷을 입은 사람들 사이로, 기이한 회색빛의 반투명한 그림자들이 어른거린다. 그는 그것들을 곁눈질도 하지 않고 넘겼다.

"……."

그의 눈은 늘 저런 것들을 보아왔다. 일생 동안.

그러나 이러한 능력은 정작 그가 간절히 바란 때에는 아무런 도움도 되어주지 않았다.

차라리 저주다.

그때였다. 멍하니 밖을 보는 그의 시선을, 여자의 말소리가 잡아끌었다.

"저어……."

수줍은 표정의 여자가 맞은편에 앉아 있다. 평소보다 유달리 곱게 차려입은 모양새가 이 만남을 데이트로 착각이라도 하고 있는 것으로 보였다.

그녀는 그가 일하는 근무처에서 유달리 미인으로 유명한 사람이다. 동료 남자들 중 그녀에게 관심을 가진 이들이 적어도 다섯 손가락은 넘는다.

여자는 수줍게 웃으며 조심스레 말을 꺼냈다.

"도와주셔서 정말 감사합니다, 선생님. 사실…… 그냥 악몽을 꾸는 거라고만 생각했었어요."

희성은 약간은 심드렁하게 대답했다.

"별일 아닙니다. 어려운 일도 아니고요."

굳이 설명을 듣지 않아도 충분하다. 그냥 보아도 알 수 있었다.

그녀를 괴롭히던 '것'은 이제 흔적도 없었다.

'아주 약한 사념이었으니까. 그러니 악몽을 꾸게 하는 정도의 일밖에 못 했겠지.'

몇 가지 간단한 조언만으로도 해결이 가능할 정도로, 별것 아닌 문제였다.

어찌 되었건 그녀를 괴롭히던 것은 이제 완전히 사라졌다. 그가 할 일은 끝난 것이다.

일이 모두 끝난 사실을 인식한 순간, 희성이 이 여성에게 가진 관심은 완전히 사라졌다.

여자가 붉게 물든 얼굴로 물어왔다.

"하지만 먼저 알아보고 도와주셨잖아요. 어떻게 감사의 인사를 드려야 할지……."

희성은 급격한 피로감을 느꼈다. 이제 곤란에서 벗어난 그녀는 희성에게 큰 의미가 없었다. 지금 카페 너머로 걸어 다니는 인파 속 회색빛의 사람들과 조금도 차이가 없었다. 적어도 그에게는.

그는 고개를 저었다.

"아뇨. 필요 없습니다."

냉랭한 목소리에 여자는 잠시 찔끔했다. 그러나 곧 다시 사근사근한 목소리로 재시도를 한다.

"제가 너무 고마워서 그래요. 그러니까 주말에 식사라도 한 끼……."

대충 그녀의 말을 흘리던 그때, 희성의 눈에 기이한 광경이 들어왔다.

'뭐…… 지?'

평범한 20대 중반 정도로 보이는 여자다. 동글동글한 얼굴선과 까맣고 동그란 눈동자가, 마치 강아지 같아 보이는 인상의.

다갈색으로 염색한 곱슬머리가 사락, 하고 흔들렸다.

그냥 평범한 여자다. 그러나 이상했다.

희성의 눈앞에 지나가고 있는 여자는, 조금 전 반대 방향으로 지나갔던 여자였다. 자신에게 보은을 핑계로 데이트를 신청 중인 사람을 피해, 길을 지나는 사람들에게 시선을 고정하고 있었기에 분명했다.

같은 사람이 맞다. 얼굴만이 아니라 그에게만 보이는 영혼의 색을 보아도 다른 사람은 아니다.

조금 전 반대 방향으로 갔다가 다시 돌아온 것도, 그저 목적지를 바꾸었다고 생각하면 간단하다.

그런데 무언가 달랐다.

이상한 건 그녀의 외모가 아니다. 그보다 희성의 시선을 바늘 끝처럼 잡아챈 것은 그 여자의 영혼 쪽이다.

'저건 뭐지?'

희성은 경악했다.

조금 전 눈앞을 스쳐 간 여자의 영혼은 당장에라도 사라져버릴 것처럼 깜빡거리고 있었다. 선명한 색이 마치 꺼져버릴 듯이 회색으로 줄어들었다가, 다시 본래의 색으로 돌아가기를 반복한다.

그 격렬한 변화는 희성이 도저히 그녀에게서 시선을 뗄 수 없게 만들었다.

아마도 그녀의 그러한 영혼을 알아본 건 희성 한 명뿐일 것이다. 주변의 누구도 그녀의 이상한 상태를 눈치채지 못하고 있었다.

'이 짧은 시간 동안에 혼이 저렇게 되었다고?'

대체 무슨 일이 있어야 이런 일이 벌어질 수 있는 걸까.

저렇게 처절하게 도움을 요청하는 듯한 빛은 본 적 없다.

그는 늘 한발 늦었다. 모든 사태에서, 자신은 늘 모든 일이 끝나고 나서야 뒤늦게 상황을 알게 되곤 했다.

모든 비극은 이루어진 뒤에야 그에게 제 실체를 드러냈다. 무력한 소년이었던 그가 할 수 있는 일은 없었고, 그렇기에 그는 지난 십수 년간 부질없는 일들에 손을 내밀고는 했다.

그렇게, 많은 사람들을 돕고 또 구했다. 그러나 정작 가장 구했어야 할 사람을 구하지 못한 사실은 여전히 변함이 없다.

이제는 진력이 나던 참이었다.

그런데, 저 여자가 나타났다.

그녀의 영혼은 마치 비명을 지르는 것처럼 깜빡이고 있었다.

그에게 자신을 도와달라 말하는 것처럼.

희성은 이를 외면하지 못했다.

"저…… 선생님?"

대놓고 창밖을 뚫어져라 보며 앞에 앉은 사람을 무시하던 희성은 그제야 깨달았다. 아직 그는 감사의 인사를 하고 싶다는 사람과 만나서 이야기를 나누는 중이었다.

당황한 표정을 하던 여자는 희성의 시선이 제게 돌아오자, 곧 얼굴을 풀었다.

"그러니까 약속을……."

그녀의 말은 끝까지 이어지지 못했다. 희성이 들고 있던 아메리카노를 원샷한 뒤, 바로 몸을 일으켰던 것이다.

"서, 선생님?"

희성은 남은 커피가 얼어버릴 정도로 차가운 목소리로 대꾸했다.

"감사 인사는 이 커피로 충분합니다. 잘 마셨습니다. 전 급한 일이 생겨서 이만 가보죠."

"자, 잠깐만요!"

그러나 그녀의 말은 희성을 막아 세우지 못했다. 그는 성큼성큼 걸어서 카페 밖으로 나가버렸다.

"이게 뭐야, 다 망했어……."

그녀는 허탈하게 중얼거렸다. 그러나 이미 버스는 떠난 뒤였다.

* * *

희성의 시선을 사로잡은 여자의 혼은 여전히 깜빡이고 있었다. 색 자체는 더없이 다정하고 귀여운, 반짝이는 빛깔이다.

봄의 나무그늘 아래에서 보게 되는 빛의 파편처럼.

아늑함과 그 위로 아름답게 부서지는 햇살의 조각들처럼.

그 빛이 당장에라도 사라질 것처럼, 깜부기불처럼 나타났다 사라지기를 반복했다.

그것이 너무 안타까워, 희성은 어쩐지 애가 닳고 걱정이 되어

견딜 수가 없었다.

저렇게 아름다운 빛이…….

이미 이 순간, 그는 그 빛에 반해 있었던 걸지도 모른다.

아니, 틀림없이 그랬던 거라고.

그는 그 빛이 사라질 듯 깜빡이고 있다는 사실보다, 그 색 자체에 반해 있었기 때문이라는 것을 아직은 모르고 있었다.

"……."

희성은 조용히 사람의 흐름을 되짚듯이 그녀의 뒤를 따랐다.

처음 보는 여자의 뒤를 밟아서 쫓아가는 시간이 약 10분을 넘자, 희성은 새삼 깨달았다.

'이거, 스토킹으로 보일 수도 있을 것 같은데.'

스토킹으로 보일 수도 있는 게 아니라, 스토킹 그 자체이지만, 희성은 애써 현실을 부정했다.

'아냐, 아냐. 난 어디까지나 선의로…… 저분을 도우려는 것뿐이야.'

그녀의 영혼은 지금도 위태로이 깜빡이고 있었다.

그로서도 처음 보는 현상이다.

살아 있는 사람의 영혼은 모두 나름대로의 색을 띤다. 희성은 사람의 모습 위에, 그 색을 덧씌워서 볼 수 있다. 죽은 이들의 영혼이 현세에 남아 떠도는 이들은 모두 무채색을 하고 있다.

물론 가끔, 살아 있음에도 끔찍한 경험을 해서 그 영혼의 색이 한없이 무채색에 가깝게 변하는 이들도 있다.

그러나 이처럼 다채로운 색과 무채색의 사이에서 왔다 갔다 하는 경우는 처음 보는 것이다.

그런 영혼은 대체 어떤 상태인 걸까?

살아 있는 것도 아니고, 죽은 것도 아닌 걸까?

그런 의문을 가진 채, 희성은 그녀의 뒤를 따라갔다.

그렇게 스토킹 아닌 스토킹은 약 30분가량 이어졌다. 마침내 그녀는 어떤 건물 안쪽으로 들어갔다.

희성은 차마 그 안쪽까지 따라 들어가지는 못하고, 그 앞에 우두커니 섰다.

그는 자문했다.

"내가 지금 뭘 하는 거지?"

스스로도 어이가 없었다.

* * *

그는 그날 이후로 한 가지 버릇을 얻었다.

어째서인지 모르게 그녀의 마지막 모습을 본 그 위치에서 그녀의 모습을 찾는 이상하기 짝이 없는 버릇이었다.

'스토킹이 버릇이라니, 이게 대체 무슨 일이람.'

오늘은 멍하니 길에서 서성이고 있었다.

그러나 그 여자는 다시 나타나지 않았다.

그는 자신이 그녀를 돕고 싶어서 다시 한 번 만나고 싶은 것인지, 아니면 다른 이유로 그녀를 보고 싶은 것인지 가늠하지 못했다.

분명한 것은, 그 영혼의 색깔을, 그 까맣고 동그란 눈동자를 다시 한 번 보고 싶었다.

희성은 자신에게 물었다.

'그래서? 다시 나타나면? 뭐라고 하려고? 영혼이 왜 그러시나요? 하고 물으려고?'

과연 본인이 그러한 상태인지 인식이라도 하고 있을까?

그는 그때 그녀의 영혼이 고통스럽게 흔들리고 있다고 생각했다. 그러나 정말 그런 것일까?

혼란스러웠다.

물론 이렇게 혼이 비정상적인 상태의 사람을 만나면, 희성은 최선을 다해 도와왔다. 그것이 자신이 하지 못한 일에 대한 속죄라 생각하며 말이다.

그런데, 이렇게까지 집착적으로 찾아다니는 것은 처음이다.

낯설었다.

"역시, 이건 아니야."

낮은 한숨이 흘러나왔다.

희성은 애써 고개를 들었다. 머리가 마치 천근처럼 무겁다.

차라리 만나지 못해서 다행이다.

정말로 만났더라면, 그리고 그가 그녀를 찾으려 사흘이나 노력했다는 걸 알면, 상대는 진심으로 그를 스토커라고 생각할 것이다. 자칫 잘못하면 스토커라는 불명예스러운 이유로 의사 면허까지 위험해질지도 모른다.

희성은 마음을 다잡으며 그 자리를 떠나려 했다.

그때였다.

"아!"

첫 만남처럼, 두 번째도 갑작스러웠다.

그때의 그 위태롭고 안타깝게 흔들리는 혼의 색이 그의 시야를 채웠다.

희성은 참지 못한 채, 한 발 나섰다.

입이 저도 모르는 사이에 열렸다.

"저, 잠시만요."

그의 심장은 터질 듯이 두근거리고 있었다.

1. 선무당이 사람 잡는다

"저, 잠시만요."

사람의 목소리에 얼굴이라는 게 있다면 이 목소리의 얼굴은 진정 미남일 게 틀림없었다.

남자라 해도 저 목소리를 들으면 절로 그쪽으로 고개가 한 번은 돌아가리라.

"네?"

길을 가다가 갑자기 들려온 말소리 덕분에 두나는 걸음을 멈췄다.

두나의 고개 역시 자석의 다른 극에 이끌리듯 목소리가 들려온 방향으로 돌아갔다.

그러자 시야 한가득, 그 목소리의 주인공 얼굴이 가득 찼다. 남자의 머리 뒤로 후광이 비치는 듯한 착시 현상이 일었다.

'뭐, 뭐지? 엄청난 미남이잖아?'

이런 미남이, 게다가 목소리도 좋은 미남이 갑자기 길에서 말을 걸어오다니, 무슨 일인 걸까?

새삼 자신의 차림새가 신경 쓰였다.

하필이면 지금 그녀는 장을 보러 나온 거라 정말 대충 차려입고 있는데 말이다!

남자의 날카로운 눈매가 사르르 녹는다. 머리 뒤로 펼쳐진 후광이 더더욱 밝아진다.

눈을 뜨고 있기 힘들 지경.

척수반사적으로 얼굴이 붉어지고 숨이 가빠지려 했다. 두나의 뇌가 상황을 초긍정적으로 해석하기 시작했다.

'서, 설마…… 헌팅?'

그녀는 김칫국을 거하게 드링킹하기 시작했다. 그리고 거기서 아주 조금 더 나아갔다.

'아, 하지만 난 좋아하는 사람이 이미 있는데…….'

김칫국 드링킹도 이렇게 앞서 나간 드링킹이 없다. 두나는 자신의 허튼 생각에 잠시 웃었다.

'……그럴 리가 없지.'

그러고는 다시 눈을 돌렸다.

여전히 잘생긴 남자의 모습이 눈앞을 그대로 가득 채우고 있다. 보기만 해도 흐뭇해지는 광경이 아닐 수 없다.

그때 남자의 입이 다시 열렸다. 듣기만 해도 가슴이 간질간질해지는 저음이 귓가를 찌른다.

"저어……."

남자는 잠시 망설이는 듯했다.

남자가 두나에게 길을 가르쳐달라고 하면, 모르는 장소라도 검색해서 직접 안내해줘야 할 것 같은 강박관념이 들게 하는 외모와 목소리다.

이 은혜로운 장면을 보고 들은 대가로, 그 정도 친절은 지불해야 하지 않을까 하는 생각이 들 정도인 것이다. 절로 목소리가 풀어졌다.

"네, 말씀하세요."

자기 귀로 듣기에도 상사와 통화할 때의 업무용 목소리급으로 가식적인 목소리가 흘러나온다.

두나는 개 껌을 줄 것이 분명한 주인 앞에 선 강아지처럼, 남자의 말에 집중하고 있었다.

그러나 이 집중력과 호의는 이어지는 남자의 말에 와장창 박살나고 말았다.

"기가 참 혼탁하시네요."

"뭐, 뭐라고요……?"

"아니, 위태롭다고 하는 게 정확한 표현일지도 모르겠네요."

뭐지? 지금 시비 거는 건가?

너무 어이가 없어서 말이 턱 막혔다.

이건 지나가다가 뺨 맞은 듯한 기분이다.

말 자체의 무례함도 무례함인데, 한술 더 떠서…… 기가 혼탁? 위태로워?

'게다가, 도르미였어?'

두나의 표정이 순식간에 굳었다. 부드럽게 풀어졌던 분위기가 험악해진다.

남자도 그 분위기를 눈치채고 뒤늦게 상황을 수습하려 시도했다.

"아, 그러니까 오해하지 말아주세요. 전 그런 사람이 아니니까."

"아, 아뇨. 완전히 그런 사람으로밖에 안 보이는데요."

두나는 떨떠름하게 중얼거렸다. 그러나 목소리가 커서 상대방에게 다 들렸을 거다.

남자는 잠시 난처한 듯이 계속 말을 이었다.

"그러니까…… 도저히 그냥 지나치기 힘들 정도로 혼의 상태가 안 좋아 보이셔서요."

두나는 슬금슬금 뒤로 물러났다.

"아뇨. 전 그런 거 안 믿거든요. 다른 사람 알아보세요."

대낮부터 사람에게 포교를 하려드는 도르미라니. 저 얼굴이 정말로 아깝다.

남자는 어째선지 꽤 필사적이었다.

"정말로 좀 심각한 상태세요. 바로 치료를 받지 않으면 안 되는 상태요."

두나는 어이가 없는 걸 넘어서서 이제는 화가 날 것 같았다. 저절로 목소리가 험악해졌다.

"전 부적도 안 사고요! 제사상 앞에서 절도 안 할 거거든요! 그런 데 낼 돈 없어요!"

막 말을 끝내고 나니, 자신이 조금 과하게 험한 말을 한 것이 아닌가 하는 생각이 들었다.

"……."

때문에 두나는 남자가 심각한 표정으로 얼굴을 굳힌 채 침묵하자 도리어 마음이 켕기는 기분을 느꼈다.

그는 잠시 말없이 두나를 관찰하고 있었다. 그러고는 다시 알아듣기 힘든 말을 중얼거리기 시작했다.

"완전히 잠식을 한 건가 보군. 역시 심각해."

두나는 다시 분노가 치미는 걸 느꼈다.

"됐어요! 전 됐으니까, 가보겠어요!"

남자는 끈질겼다. 두나가 지나가려는 방향으로, 함께 움직여 길을 막는다.

'이 남자가 진짜!'

분노가 용암처럼 폭발했다. 두나는 남자가 막아선 반대 방향으로 재빠르게 뛰쳐나갔다.

남자의 당황한 목소리가 울린다.

"아, 안 돼요!"

기세 좋게 한 발 뛰쳐나가던 두나는 자신의 선택이 잘못되었음을 깨닫고 말았다.

발아래 닿는 감촉은 인도의 포장이 아니었다. 실수로 차도로 내려서버린 것이다.

"위험해요!"

누군가의 손이 어깨에 닿는 것 같았다.

게다가 타이밍이 안 좋았다. 막 차들이 신호를 받아 움직이기 시작했다.

끼이익!

“꺄악!”

생각보다는 조금 약한 충격이 두나의 몸을 흔들었다.

* * *

끼익!

날카로운 소음이 공기 중을 긁었다. 갑작스런 사태에 놀란 사람들의 비명이 연달아 사방에서 울렸다.

“꺄악!”

“사고다!”

“이봐요, 괜찮아요?”

“119 불러야 하는 거 아니에요?”

주말 낮의 대로변이라, 주변엔 사람들이 꽤 많았다. 그들은 갑작스런 사고에 우우우 몰려들어 소란스럽게 떠들어대기 시작했다.

아주 잠깐 의식이 암전됐던 두나는 그 소란스러움에 바로 의식을 되찾을 수 있었다.

차에 치인 탓일까. 지독한 현기증과 두통이 합동 공격을 하며 머리를 뒤흔들기 시작했다.

“아으으……!”

두나는 신음하며 몸을 일으켰다.

그러다 무언가 이상한 걸 깨달았다.

손바닥에 짚이는 감각이 아스팔트 바닥이라기에는 너무 부드러웠다.

적당히 단단하면서도 부드러운, 이미 만지고 있지만 더더욱 만지작거리고 싶어지는 중독적인 감촉.

'뭐, 뭐지?'

두나는 힘겹게 눈을 떴다. 그리고 보고 말았다. 자신의 눈앞, 즉 자신이 깔아뭉개고 있는 남자의 얼굴을.

조금 전 길에서 그녀를 붙잡았던 도르미 남자였다. 그 남자랑 서로 얼싸안다시피 하고 바닥을 뒹굴고 있었던 것이다.

"꺄아악! 치한이야!"

두나는 기겁하며 뒤로 물러났다.

"……."

"……."

그들을 둘러싼 모든 사람들 사이에 잠시 기묘한 정적이 내려앉았다. 두나는 그제야 자신이 아주 상황에 맞지 않는 부적절한 말을 했음을 깨달았다.

저 도르미 남자는 두나를 얼싸안고 있었다. 그들은 함께 대로변 차 앞에 뻗어 있었다.

그러고 보니 방금 차에 치일 때 충격이 생각보다 약했다. 정말 뒤늦은 깨달음이 민망함과 손을 잡고 밀물처럼 밀려왔다.

'서, 설마 저 사람이 나 감싸준 거야?'

두나는 화들짝 놀라 다시 그 남자의 상태를 살펴보았다. 남자의 눈은 굳게 닫혀 있었다. 기절한 모양이다.

두나에게 주변의 따가운 시선이 쏟아졌다. 졸지에 몸을 던져 자신을 감싸준 남자에게 성희롱범이라고 외친 여자가 된 것이다.

"하. 아. 하하. 시, 실수네요. 너, 너무 놀라서 잠깐 오해했어요."

두나는 주변 사람들에게 변명하듯 중얼거리고는, 도르미 남자에게로 시선을 돌렸다.

"이봐요! 괜찮아요?"

막 손을 뻗으려다 멈칫했다. 언젠가 사고당한 사람 머리를 함부로 흔들면 안 된다는 이야기를 들은 적이 있었다.

그 외에 뭔가 해야 할 일이 뭐가 있을까.

'그러면 뭔가 응급처치를……'

그때 두나의 시선에 무언가가 닿았다. 바닥에 기절한 상태인 남자의 입술이 말이다.

그 순간, TV에서 수백 번은 본 광경이 머릿속을 스쳐 지난다.

사고를 당한 사람을 구하기 위해 인공호흡을 하는 남자주인공, 혹은 여자주인공.

그들은 인공호흡을 빙자한 진한 키스를 나누고, 곧 사랑에 빠지곤 했다.

두나는 빨게진 얼굴을 붕붕 휘저었다.

'아니, 그거 말고! 이건 아니라고!'

멀리서 다가오는 사이렌 소리가, 두나를 번뇌에서 간신히 구출해주었다.

삐뽀삐뽀삐뽀…….

요란스러운 사이렌 소리가 귓전에서 울린다. 난생처음 119의 부상자 이동용 간이침대에 누워서, 두나는 두 눈만 데록데록 굴렸다.

심각한 표정의 구급대원들과 경찰들이 왔다 갔다 한다. 이를 보며 두나는 식은땀을 흘렸다. 살짝 고개를 돌려, 옆을 흘금 훔쳐보았다.

그녀를 놀라게 했던, 깎아지른 듯한 미남의 옆얼굴이 자리를 차지하고 있다. 그는 여전히 기절한 듯 눈을 감고 있었다.

두나와 남자가 함께 사고를 당했다는 걸 들은 구급대원들은 둘을 나란히 들것에 눕혀놓고 상태를 확인 중인 것이다.

덕분에 두나는 오늘 처음 본 이상한 외간 남자와 나란히 누워있는 민망한 상황을 맞고 말았다.

도르미인 게 아까울 정도로 잘생긴 이 남자는 정말로 이상했다.

'대체 뭐지, 이 남자?'

갑자기 지나가는 두나를 잡고 '도를 믿으십니까?' 비슷한 말을 하더니, 사고를 당할 뻔한 두나를 감싸주었다.

'물론…… 그 사고가 이 남자 때문에 일어난 거지만.'

어쨌건 그 다급한 상황에서 처음 보는 사람을 구하기 위해 몸을 날리는 건 결코 쉬운 일이 아니다.

온갖 의문과 혼란스러움이 두나의 머리를 가득 채운다. 그런데 이 남자의 잠든 얼굴을 빤히 보고 있자니, 이 모든 혼란스러움보다 강한 건 한 가지였다.

'아, 잘생기긴 진짜 잘생겼네. 저 얼굴로 도르미라니, 외모 낭비잖아!'

남자의 입가에 머리카락이 붙은 것에 보였다. 뾰족한 머리카락이 살을 찌르고 있는 게 꽤나 불편해 보인다.

그 얼굴에 홀렸기 때문일까.

아닐 것이다. 그저 불편해 보여서, 머리카락을 떼어주려는 착한 마음씨의 발로임에 분명했다.

두나는 무의식적으로 손을 뻗고 말았다. 그의 입술에 붙은 머리카락을 떼어주기 위해.

그런데 그녀의 손가락이 살짝 입술에 닿은 순간, 남자의 눈이 반짝 떠졌다.

두나는 기괴한 신음을 냈다.

“히엑!”

남자는 두나를 보고 부드럽게 눈매를 휘며 웃었다. 그가 정신을 차리고 처음 입에 담은 말은 이것이었다.

“안 다쳤어요?”

두나는 놀라움과 부끄러움으로 빨개진 얼굴을 좌우로 작게 흔들었다. 그는 조금 전보다 더욱 환하게 웃었다.

“다행이네요.”

이렇게까지 하면 이 말을 안 할 수가 없다. 물론 난데없이 끼어들어 이상한 소리를 한 것도 이 남자고, 사고의 원인을 제공한 것도 이 남자지만, 그러나 절체절명의 상황에서 몸을 던져서 두나를 감싸준 것도 그다.

“……고, 고마워요.”

“별말씀을요. 저 때문에 사고당할 뻔하신 건데요.”

두나는 새삼 속으로 중얼거리지 않을 수 없었다.

'아니, 저 얼굴에, 저 목소리에 성격까지 좋으면서, 진짜 왜 도르미인 거지……?'

세상에 크나큰 손실임에 틀림없다.

그때 구급대원들이 남자까지 정신을 차린 것을 알고 말을 걸어왔다.

"남자분 정신이 드셨군요."

"……아, 예. 감사합니다."

구급대원은 아까 두나에게 한 것처럼 그의 상태가 어떤지 구체적으로 확인했다. 몇 가지 질문도 던졌다. 그 결과 다행히 두나처럼 남자도 당장 눈에 띄는 큰 부상은 없다는 1차 결론을 내렸다.

"하지만 병원에 가서 제대로 검사를 해봐야 합니다. 충격으로 뇌진탕이 올 수도 있으니까요."

두나는 얌전히 누워서 고개를 끄덕였다.

그때 남자가 진지하게 물었다.

"어느 병원으로 가게 되는 건가요?"

"Y병원 쪽으로 갈 예정입니다."

그 말에 남자가 주변 사람들은 전혀 예상 못 한 말을 던졌다.

"죄송하지만 K대 병원으로 가주셨으면 합니다. 제가 근무하는 병원이거든요."

두나는 누가 뒤통수를 때린 듯한 충격을 받았다.

'그, 근무?'

두나의 의심과 호기심은 다행히도 구급대원의 질문으로 해소되었다.

"혹시…… 의사분이신가요?"

남자는 지갑에서 명함을 꺼내어 주면서 다시 설명해주었다.

"네, K대 외과의사인 천희성이라고 합니다."

두나는 경악했다.

그냥 잘생긴 도르미인 줄 알았는데, 의사라고?

차라리 두나가 잘 모르는 유명한 모델이라고 하는 편이 더 신빙성 있어 보인다. 저 얼굴에 의사기까지 하다니, 사기적인 스펙은 다 갖춘 불공평의 극에 선 사람이 아닌가!

그런데 대체 왜 잘생긴 의사가 대낮에 길에서 지나가는 사람을 붙잡고 '도를 믿으십니까?' 비슷한 헛소리나 하고 있었던 건지 여전히 알 수 없었다.

앰뷸런스는 두나의 의문과 혼란을 함께 실었다.

두 대의 앰뷸런스가 사이 좋게 목적지인 K대 병원으로 향했다.

* * *

복잡한 강남의 한 사무실.

그 구석에서 한창 일에 매진하던 여자가 번뜩 고개를 들었다.

그녀의 얼굴은 두나와 꼭 닮아 있었다. 누가 보아도 같은 사람으로 보일 만큼, 얼굴은 물론 머리끝부터 발끝까지 똑같은 모습이다.

그녀, 안하나는 창백해진 얼굴로 주변을 휙휙 돌아보았다.

'뭐지? 이 충격은?'

평범하게 책상에 앉아 컴퓨터와 씨름하던 그녀는, 방금 무언가 크고 묵직한 것이 자신을 치는 듯한 감각을 느꼈다.

교통사고의 충격을 아주 약하게 경감시킨 듯한 감각.

하나는 이런 감각을 몇 번 느껴본 적 있었다. 자신의 감각이 아닌, 다른 사람의 감각을 함께 느낀 것이다.

누구보다 가까운 사이인 두나의 감각을 공유받은 상황.

하나는 휴대폰을 들고 조용히 사무실 바깥으로 빠져나왔다. 그리고 휴대폰을 들고 0번 단축키를 눌렀다.

화면에 두나라는 이름이 뜬다.

뚜르르르-

신호는 계속해서 갔다. 하지만 전혀 전화를 받지 않았다.

계속해서 전화를 걸었지만 상대방은 받지 않는다.

이 상황이 반복되자 저절로 불길한 예감이 그녀를 덮쳤다.

"진짜 심각한 사고라도 난 건 아니겠지?"

정말이지 걱정만 시키는 이 화상을 어쩌면 좋을지 모르겠다.

하나는 불안감과 싸우며 한참 동안 전화를 걸고, 메시지 보내기를 반복했다.

그러나, 그에 대한 응답은 없었다.

* * *

K대 병원. 근방에서 가장 큰 종합병원이다.

희성이라는 잘생긴 도르미 겸 의사가 앰뷸런스로 이동 중에 연락을 해둔 덕분인지, 그들은 응급실을 패스하고 바로 안쪽으로 옮겨졌다.

원무과에서 우선 접수를 해야 한다며 끌려가자, 간호사가 물었다.

"성함과 주민등록번호가 어떻게 되시나요?"

두나는 자연스럽게 웃으며 대답했다.

"안…… 하나예요. 주민등록번호는……."

두나의 이름은 이런 때에는 댈 수 없다. 공식적으로 안두나라는 사람은 존재하지 않으니까.

두나는 속으로 중얼거렸다.

'오늘 병원 온 거 얘기해놔야겠다. 나중에 의료보험 확인 들어오면 위험할 수도 있으니까.'

나중에 연말정산 같은 때 의료보험 사용 내역을 보고, 난 이런 거 쓴 적 없다고 하면 문제가 될 수도 있으니까 말이다.

'사고 났다고 하면 진짜 혼날 텐데…….'

그렇다고 말을 안 할 수도 없다. 숨겨봤자 소용이 없으니까. 어차피 느낌으로 이미 알았을 가능성도 높았다.

그때, 그들이 있는 응급실 쪽으로 한 무리의 사람들이 정신없이 달려왔다. 흰 가운을 걸친 중년 남성 서너 명이다. 누가 보아도 중견 이상의 의사들이라는 걸 알 수 있었다.

가장 앞에 선 중년 의사가 황망한 얼굴로 희성에게 말을 걸었다.

"희성 군!"

희성은 좀 난감한 표정으로 그를 대했다.

"아, 과장님."

그가 일어나려 하자, 과장이라고 불린 의사가 손사래를 치며 희성을 다시 응급실 침대 위로 앉혔다.

"됐네, 됐어! 몸은 좀 어떤가?"

"괜찮습니다. 약한 접촉사고였으니까요."

과장은 희성의 신체 상태 등을 직접 확인했다.

그렇게 큰 이상은 없는 것 같다고 판단을 내렸는지, 그는 안도의 한숨을 내쉬었다.

"천만 다행이군. 원장님께 뭐라고 말씀을 드려야 할지 고민했어."

그 말에 희성은 쓴웃음을 지으며 말했다.

"할아……. 아니, 원장님께는 제가 직접 연락드리겠습니다. 과장님께서 직접 신경 쓰실 필요는 없습니다."

그 말에 과장은 눈에 띄게 안도했다.

"그, 그래주겠나? 아무래도 자네가 사고 당했다는 소식을 내가 직접 전했다간 진짜로 크게 다친 줄 알고 걱정이 크실 거야."

"네. 그러니 제가 연락을 드리겠습니다. 과장님께서 걱정해주셨다는 것도 전해드리고요."

희성의 말에 과장의 얼굴에 화색이 돈다. 그는 이제 눈에 띄게 굽실거리는 태도로 훨씬 연하인 데다 부하인 희성을 대하고 있었다.

두나는 의아했다.

'뭐, 뭐지?'

누가 잘못 보면 저 과장이라는 중년의 의사가 희성의 부하처럼 보일 정도였다.

두나의 당혹스러움과는 상관없이 주변에 있는 의사나 간호사들은 이 상황을 자연스럽게 받아들이고 있었다.

'그러고 보면 이상하게 직원들이 다 친절했어.'

두나와 희성이 응급실에 들어선 직후부터 다른 환자들보다 더 빠른 순서로 그리고 많은 인원이 그들에게 달라붙었다. 지금 응급실에 딱히 급한 환자가 보이지 않는 상황이라 대수롭지 않게 넘겼는데, 그게 아니었던 모양이다.

과장이 희성에게 다시 물었다.

"그리고 이틀 뒤에 VIP수술이 잡혀 있지 않나? 지금 상태로 괜찮겠나?"

희성은 자신만만하게 웃어 보였다. 보는 사람에게 신뢰감을 주는 단단한 미소였다.

두나는 새삼 놀랐다. 조금 전 이상한 소리를 하기 직전까지, 두나가 홀딱 넘어갈 뻔한 그 미소와도 또 달랐다.

자신의 능력에 대한 굳건한 자신감을 기반으로 나오는 미소는, 보는 이들이 무조건 그를 믿을 수밖에 없게 했다. 만약 두나가 어딘가 아파서 병원에 왔을 때 저런 미소를 짓는 의사를 만난다면 무조건 그를 신뢰하고 치료를 부탁할지도 모르겠다.

"걱정 마십시오. 제 몸 상태는 스스로 잘 아니까요. 전혀 이상 없습니다. 만약을 대비해서 검사도 받을 거고요. 수술 일정은 무리 없습니다."

과장은 고개를 끄덕였다.

"알겠네. 역시 자네로군."

과장은 눈에 띄게 안도했다. 희성의 수술 일정을 걱정하는 게 단순히 빈말은 아니었던 모양이다.

그는 그렇게 한참 동안 부담스러울 정도로 희성의 상태를 직접 챙기다가 돌아갔다.

가면서도 주변 의사들과 간호사들에게 한마디 당부하는 걸 잊지 않았다.

"각별히 신경 쓰게."

그 말에 희성은 잠시 쓰게 웃었다.

그렇게 갑자기 나타나서 부산을 떨던 과장과 그 부하들이 사라진 뒤, 다시 치료가 시작되었다.

희성은 두나는 잘 모를 이상한 주문 같은 말들을 응급실의 의사들에게 했고, 그녀는 곧 환자복이 입혀져서는 온갖 검사를 받았다.

두나는 MRI니 CT니 하는, 누가 보아도 비쌀 게 틀림없는 검사 항목을 보고 창백한 얼굴을 했다.

'하나가 알면…… 난 죽을 거야! 아니, 죽기 전까지 노동해서 병원비를 벌어야 할 거야!'

다행히 그런 그녀의 낌새를 눈치챘는지 희성이 다정하게 말했다.

"아, 병원비는 걱정 마시고 검사 받으세요. 이미 원무과에 전부 제가 내겠다고 말해뒀습니다."

두나는 눈을 동그랗게 떴다.

"저, 정말요?"

"네. 저 때문에 사고를 당하신 거니 당연히 제가 내야죠."

희성은 그렇게 말하며 화사하게 웃었다.

그 미소가 너무나도 멋져 보이는 말이었다.

덕분에 병원비 걱정으로 오들오들 떨던 두나는 조금 마음을 놓을 수 있었다.

잘은 모르지만 중간에 희성 본인도 검사를 받아야 한다며 끌려가서 잠시 사라졌다.

꽤 긴 검사의 끝에 두나도 미리 예상했고, 그렇다고 말한 대로, 큰 이상은 없다는 결과가 나왔다.

그런데도 희성은 이번에도 막무가내로, 두나에게 하루 정도는 입원할 것을 권했다.

"교통사고는 나중에 후유증이 있는 경우가 많습니다. 큰 이상은 없어도, 다음 날 근육통부터 심한 경우에는 뇌진탕까지 오는 경우도 있고요. 그러니 적어도 오늘 하루는 입원하면서 상태를 지켜볼 수 있도록 해주세요."

"하, 하지만……."

이번에도 반론하려는 두나의 말은 간곡한 희성의 애원에 막혔다. 허스키한 낮은 목소리가 두나의 귀와 가슴을 간질였다.

"저 때문에 사고를 당하시지 않았습니까? 저를 위해서라도 부탁드립니다."

결국 거절하지 못했다. 후유증이 있을 수도 있다는 말에 걱정이 되기도 해서였다.

두나가 약간 심술처럼 물었다.

"그런데 선생님도 같이 사고당하셨잖아요. 선생님은 입원 안 하세요?"

병원에 와서 두나는 그가 의사라는 걸 새삼 깨달았다. 게다가 병원비를 전부 내주겠다는 말까지 들었다.

자신도 모르는 사이에 '선생님'이라는 호칭이 튀어나왔다.

그는 피식 웃었다.

"저도 입원할 겁니다. 하나 씨 입원하시면, 그 옆 병실에 말이죠."

* * *

검사를 끝낸 두나는 평생 연이 있으리라 예상 못 한 1인 병실, 그것도 특실로 보내졌다. 간호사들끼리 주고받는 말을 들어보니, 그 층에 있는 병실들 중 이 방과 그 옆의 방만 특실이라고 했다.

언뜻 스쳐 가며 본 특실은, 문앞 복도의 바닥 재질마저 옆방과 달랐다. 혼자 대리석으로 문앞 복도가 채워져 있었던 것이다. 혀를 내두르며 들어간 병실 내부는 더더욱 경악스러웠다.

두나가 누운, 환자를 위한 침대 자체는 다른 병실과 큰 차이가 없었다. 그러나 넓이가 엄청났다. 17평은 되어 보이는 병실 안의 너른 공간. 그리고 그 공간 바닥은 전부 대리석이 깔려 있다.

침대 맞은편 벽에는 거대한 벽걸이 TV가 걸려 있었다. 틀어보자 온갖 유료채널까지 전부 제공되고 있었다. 집에서 나오는 채널보다 훨씬 다채롭고 풍요롭다.

이런 방은 대체 하루 입원비가 얼마일까?

아마도 절대 보험 처리는 안 되겠지.

여전히 현실처럼 느껴지지 않는다. 두나는 털썩 침대에 누웠다.

"정말 여기 입원해 있어도 되나?"

아픈 데가 아직 전혀 없어 절로 죄책감이 든다. 어쩐지 나이롱 환자가 된 기분이 드는 것이다.

멍하니 있다가 그제야 휴대폰을 떠올리고 확인해보았다. 갑작스런 사고에 연달아 검사를 받느라 정신이 없어 벌써 몇 시간 동안 확인을 못 했다.

"아이고……."

두나는 깊이 좌절했다. 사고의 충격이었는지 휴대폰 액정이 박살 나 있었던 것이다.

"하나한테 죽었다……."

여러 의미로 그랬다. 액정이 박살 난 휴대폰 화면은 반이 검게 물들어 있었고, 버튼 몇 개도 거의 동작하지 않았다.

기본 화면만 보아도 휴대폰에는 부재중 전화가 몇 번이나 온 흔적이 있었다. 발신자 이름은 전부 '하나'였다. 언뜻 보기에도 문자메시지와 초코톡에도 수십 개의 새 메시지 표시가 찍혀 있다.

내용은 볼 수 없어도 알 수 있었다. 자신의 안부를 걱정하는 것이리라.

'역시 날 걱정해주는 건 하나뿐이라니까.'

두나는 조금 뭉클해졌다.

하나에게 연락을 해야 한다. 아마 사고당한 걸 알면 정말 놀랄 것이다.

그래도 이제 검사도 받았고, 이상도 없다고 하니 바로 결과부터 말해주면 많이 혼나지는 않겠지.

하나를 안심시키기 위해 연락하려면 전화기가 있어야 했다. 휴대폰이든 아니면 유선전화든 상관없다.

그러고 보면 지금 두나가 입원 중인 특실에는 유선전화가 있었다.

두나는 침대에서 몸을 일으켜 전화기를 들었다. 그러나 전화기에서는 아무런 소리가 들리지 않았다.

'뭐지? 고장 난 건가?'

두나는 고개를 갸웃하다가 밖으로 나가서 간호사를 찾기로 했다. 병실 문을 열고 나서자, 그녀의 병실과 거의 마주 붙은 다른 특실이 보였다.

'그러고 보니까 저기에 그 사람이 입원한다고 했지.'

천희성.

오늘 길에서 처음 만났는데 두나에게 스펙터클한 하루를 선사한 장본인.

그러고 보면 여기서 간호사실은 제법 거리가 있어 보였다. 차라리 가까운 쪽에서 빌리는 게 나을 수도 있겠다.

두나는 조심스레 희성의 병실 문을 열고 들어갔다.

"저, 계신가요?"

문을 열고 들어선 두나는 그대로 굳어버리고 말았다.

그녀의 시선에 헐벗은 남자의 상체가 직격으로 보였던 것이다. 두나는 비명이 터져 나오려는 것을 애써 참았다.

그리고 뒤돌아섰다.

두나가 막 병실에 들어선 때가 희성이 마침 옷을 갈아입던 중이었던 것이다. 타이밍이 어쩌면 이런지 모르겠다.

두나는 두 손으로 얼굴을 가린 채 고개를 수그렸다.

'노크 좀 하고 올걸!'

민망함에 얼굴에 열이 올랐다. 두나는 개미만 한 목소리로 말했다.

"죄, 죄송해요."

그와 동시에 화닥닥 문 쪽으로 달려갔다.

쾅! 하고 문이 닫혔다.

환자복을 벗고 옷을 갈아입는 중이던 희성은 바람처럼 들어왔다가 바람처럼 사라진 두나의 빈자리를 황망하게 바라보고 있었다.

"……."

자신의 병실까지 얼굴을 가린 채 달려온 두나는 그대로 침대로 다이빙했다.

연달아 곡소리에 가까운 비명이 울렸다.

"미쳤어! 미쳤어! 안두나!"

두나는 베갯잇을 깨물며 괴로워했다.

"대체 무슨 짓을 한 거야!"

노크만 했어도 이런 불상사는 벌어지지 않았을 텐데.

자신의 바보 같은 실수에 두나는 새삼 자괴감이 들었다.

그때였다.

똑똑.

문에서 소리가 울렸다. 누군가 문을 두드리는 소리였다.

두나는 다 기어 들어가는 목소리로 대답했다.

"네……. 들어오세요."

희성이 난처한 얼굴을 하고서 두나의 병실로 들어왔다.

지금은 검은색 슈트 위에 흰 의사 가운을 걸치고 있었다. 옷까지 갖춰지자, 아주 훤칠해 보인다.

그런데 지금 그의 모습에 아까 희성이 헐벗고 있던 때의 기억이 머릿속을 스쳐 지나간다. 떡 벌어진 어깨부터 탄탄해 보이던 가슴 근육의 모습이 떠올리고 싶지도 않은데 떠올라버린다.

그러고 보면 정신이 없어서 몰랐는데, 사고를 당한 직후 본의 아니게 그의 가슴을 주물럭거리고 말았었다.

꽤…… 탄탄했던 것 같다.

그 감촉이 떠올라, 절로 얼굴이 붉어졌다.

"……."

아까는 모델처럼 잘 빠진 외모라 의사인 게 어울리지 않는다고 생각했었다. 그러나 두나는 조금 전 자신의 착각을 정정해야 했다.

머리를 올백으로 깨끗하게 정리한 다음 흰 가운을 입고 있으니, 엄청나게 잘 어울린다!

그때 희성이 병실의 문을 안에서 잠갔다. 찰칵, 하고 낮은 금속음이 울렸다.

그러나 그 사실을 두나는 미처 눈치채지 못했다.

문을 닫고서, 그는 천천히 침대로 걸어왔다. 두나가 누운 침대 바로 옆에 몸을 기대고서, 희성은 부드럽게 웃으며 물었다.

"기분은 좀 어때요?"

"아, 괘, 괜찮아요!"

두나는 절로 얼굴이 발그레 달아오르는 것을 느끼며 고개를 끄덕였다. 그리고 조금 전 자신의 실수를 제대로 사과했다.

"조, 조금 전에는 정말 죄송했어요. 제 휴대폰이 망가져서 전화기를 좀 빌리려고 했었거든요. 가족이 걱정하고 있을 것 같아서요."

희성은 고개를 저었다.

"그렇게 사과하지 않으셔도 됩니다. 본의 아닌 실수였으니까요."

남자는 여전히 녹아버릴 정도로 달콤한 미소를 띤 얼굴이다.

"무엇보다 괜찮으시다니 다행이네요."

그가 간단하게 덧붙였다.

"좀 걱정했거든요."

그 말에 두나의 얼굴은 더욱 붉게 물들었다.

이 사람은 직접 몸을 던져 자신을 구해준 사람이기도 했다. 아무리 그 때문에 사고에 휘말렸다지만, 자동차 앞에 직접 몸을 던지는 건 쉬운 일이 아니다.

'어쩌면 생각보다 나쁜 사람은 아닐지도 몰라.'

게다가 그 품은 꽤나 따듯하고 또 단단했다.

그러고 보니 그녀 자신이 남자에게 그렇게 진하게 안겨본 것도 처음이었다. 새삼 상대방을 좀 의식하게 되어버린다.

두나는 멋도 모르고 술렁거리는 가슴을 누르면서, 물었다.

"저, 몸은 괜찮으세요? 차에 치이셨잖아요."

그는 두나를 끌어안아 보호하느라 차에 더 직접적으로 치였다. 그에게 안겨 보호받은 두나가 병원에 입원해야 할 정도면, 그는 더 오래 입원해야 하지 않을까.

그런데 그는 벌써 환자복을 벗고 의사가운을 입고 있었다.

남자는 부드럽게 눈매를 휘며 웃었다.

"전 전혀 이상이 없어요. 걱정해주셔서 고마워요."

미소가 더해지자, 거의 머리 뒤에 후광이 비치는 착각이 인다.

이런 의사만 있다면 매일같이 병원에 입원해도 좋을 것 같다. 그 정도로 눈 호강이다.

이어지는 희성의 목소리는 더없이 다정했다. 누가 들어도 호의가 가득하다고 느낄 만한 그런 목소리.

"저보다는 당신이 더 걱정이었죠."

두나는 손사래를 치며 고개를 저었다.

"전 전혀 이상 없어요! 어깨나 목이 뻣뻣하지도 않은 걸요! 솔직히…… 이렇게 좋은 병실에 있는 건 좀 돈 낭비인 것 같을 정도예요."

"그건 절대 아니에요. 집처럼 생각하고 쉬어주세요."

"그, 그렇게까지 해주실 필요는 없는데……."

두나는 민망함에 다시 얼굴을 붉혔다.

그때, 희성이 한 걸음 두나에게로 다가왔다.

그녀의 얼굴 위로 희성이 만들어내는 그림자가 어린다. 눈 위로 드리우는 그림자에, 그녀는 새삼 깨달았다.

'진짜 키 크네.'

하긴 그러니까 사고 때 두나를 온몸으로 끌어안아, 차에 직접 부딪치지 않게 보호할 수 있었던 것이리라.

그때 희성이 전혀 예상하지 못한 말을 꺼냈다.

"하나 씨…… 라고 불러도 될까요?"

"아, 네, 네!"

두나는 엉겁결에 대답했다. 아까 병원 원무과에 댄 이름이 저 이름이니 어쩔 수 없었다.

"아까 제가 길에서 갑자기 잡아서 당황스러우셨죠."

"아, 그, 그렇죠."

희성은 정중하게 사과했다.

"정말 죄송했습니다."

"아, 아니요."

솔직히 그때는 이게 무슨 말도 안 되는 일인가 했다.

게다가 화도 났다.

그런데 막상 이렇게까지 정중하게 나오니 계속 화를 내기도 곤란해지고 만다. 어쨌건 희성은 병원비도 직접 내주고, 이런 비싼 병실까지 그녀를 위해 마련해주었다.

성의를 보일 만큼 보인 상황. 좀 황당한 일이긴 했지만 이 정도 선에서 끊는 게 좋을지도 모른다.

문득 희성이 은근한 목소리로 그녀를 불렀다.

"하나 씨."

"네?"

"제가 왜 당신을 길에서 잡았는지 이유를 아시나요?"

워낙에 좋은 목소리를 저렇게 내리깔자, 절로 청각이 예민해지는 기분이다. 하나도 놓치지 않고 전부 들어야 할 것 같은 목소리다.

희성은 그 좋은 목소리로 속삭였다.

"당신에게서 눈을 뗄 수가 없었기 때문입니다."

"네, ……네?"

두나의 눈이 커졌다. 누가 뒤통수를 때리면 그대로 눈이 튀어나가 데굴데굴 바닥을 구를 정도로 커졌다.

누가 들어도 '그런' 의미의 말이다. 두나는 믿을 수가 없었다.

'서, 설마?'

이렇게 잘생기고 헌칠한 남자가, 누가 들어도 그런 의미로 해석될 말을 해온다. 녹아내릴 듯한 목소리로.

게다가 이 병실 안에는 단둘뿐.

두나는 어쩐지 얼굴이 뜨거워지고, 숨 쉬기가 가빠지는 기분을 느꼈다.

"제, 제게…… 관심이 있으시다는 소리인 건가요? 설마?"

그 말에 희성은 고개를 끄덕였다. 그의 눈은 여전히 상냥하고 다정하게 웃는다.

"네. 아주 많이요."

그 말이 끝남과 동시에, 두나는 희성의 두 눈을 정면에서 마주쳤다. 그의 눈은 참으로 다정하고 상냥했다.

그러나 그 눈빛 가운데 서늘한 기운이 남아 있다.

두나는 불현듯 깨달았다. 이 남자는 계속 저런 시선으로 자신을 보았다. 그러나 저 시선은 절대 첫눈에 반한 사람을 보는 눈빛이 아니다.

어째 낌새가 이상하다는 것을, 두나는 이어지는 희성의 말을 듣고서야 깨달았다.

"전 당신에게 관심이 많아요. 그럴 수밖에 없죠. 첫눈에 알았거든요. 당신에게 있는 '이상'을."

"네?"

"당신은 지금 많이 아파요. 본인은 아니라고 생각하고 있겠지만."

두나는 고개를 갸웃했다. 어쩐지 불길한 예감이 어깨를 꽉 붙드는 듯한 느낌이다.

"네? 저 괜찮은데요? 아까 검사 결과도 다 멀쩡했잖아요!"

두나는 알통을 보여주듯 두 팔을 들어 올리며 강하게 외쳤다.

"보세요. 아픈 데도 없어요!"

그러나 희성은 고개를 저었다.

"몸을 말하는 게 아니에요. 저는 두나 씨의 정신을…… 정확히는 영혼을 말하는 거죠."

"……."

정신이 저 멀리 아득한 피안의 세계로 다녀오는 듯한 기분이 들었다.

'결론은 또 도르미냐!'

희성은 들고 온 검은색 슈트케이스를 턱 하고 두나의 침대 위에 올려놓는다.

그러고 보니까 저건 또 정체가 뭐야?

병원 안에서 의사가 가지고 다니기에는 뭔가 이상한 물건이다.

희성은 부드럽게, 그러나 강한 의지가 느껴지는 미소를 띤 채로 말했다.

"자, 오래 걸리긴 했지만, 이제 본격적인 치료를 시작할까요?"

"……."

두나는 식은땀을 흘리며 낮게 중얼거렸다.

"영혼이요? 무슨 말씀인지 전혀 모르겠는데요? 저 안 아프다니까요?"

"아, 당신에게 더 맞는 '치료'를 해드리려고요. 안심하세요. 나 이상한 사람 아니니까."

아까도 분명 희성은 비슷한 발언을 했다.

두나는 등 뒤로 식은땀이 얼음으로 된 구슬이 되어서, 뚝 하고 떨어지는 듯한 착각이 일었다.

이번에도 어떤 확신이 두나의 머리를 후려쳤다.

'보통 이상한 사람이 아니야!'

뒤늦게 직감이 경종을 울렸다.

'위험해!'

벌떡 몸을 일으켰다.

두나는 손을 뻗어, 조금 전 환자복 주머니 안에 넣어둔 손거울을 손안에 쥐었다.

'여차하면 이걸 깨서…… 하나한테 돌아가자.'

두나의 손에 들린 것은 평범한 거울이었다. 천 원숍에서 2천 원만 주면 살 수 있는 싸구려 손거울. 유리도 저질에 플라스틱 테두리로 되어 있어서, 실수로 떨어뜨리기라도 하면 바로 깨져버릴 그런 물건이다. 매번 내구도가 안 좋은 것에 불만이 많았지만, 이런 경우에는 도리어 장점이다.

손아귀에 흐른 식은땀이 거울에도 닿았다.

일반적인 거울이라면 습기가 찰 것이다. 그러나 이 손거울은 매끈했다. 지문조차도 남지 않은 채, 그저 반짝거리고 있을 뿐.

이걸 깨버리면, 두나는 이 곤란한 장소에서 탈출할 수 있다.

'이게 웬 봉변이야!'

두나는 이상한 의사를 피해 빠져나가려 시도했다. 그러나 그 찰나, 희성의 손이 그녀의 손목을 잡았다.

하필이면 두나가 거울을 쥔 그 손이었다.

"꺅!"

날카로운 비명이 울렸다.

손에 들려 있던 손거울이 그녀의 곁에 있던 침대 위로 떨어졌다. 차라리 바닥에 떨어져서 깨졌으면 바로 탈출이라도 할 텐데!

"놔요!"

충격에서 헤어 나오기도 전에, 무언가 강한 힘이 그녀의 두 손을 잡아당겼다. 그리고 화끈거리는 것이 그녀의 두 손목을 감싼다.

눈을 뜨자, 이상한 것이 두나의 두 손목을 휘감고 있었다.

"이, 이게 뭐야?"

손을 강하게 흔들고 비틀어대며, 얼기설기 손목을 묶은 끈에서 잡아 빼보려고 했다. 그런데, 소용이 없었다. 분명히 묶여 있다고 말하기도 민망한 수준으로 휘감겨 있을 뿐이다.

세게 흔들기만 해도 툭 하고 떨어져야 맞았다. 왜 안 빠지지?

혼란에 빠진 두나의 눈에, 그제야 손목을 결박한 끈의 재질과 모양이 들어왔다.

누런색 끈. 꼬깃꼬깃 감아서 끈을 만들었지만, 분명히 그 재질은 눈에 익었다. 누런 괴황지와 거기에 얼룩덜룩 그려진 붉은 글씨. 글씨에서 옅게 풍기는 냄새는 분명 경면주사다.

개물푸레나무 꽃의 노란 물을 한지에 들인 종이인 괴황지. 그리고 경면주사를 갈아 붉은 먹으로 삼아 괴황지에 그리면 완성되는 것이 있다.

'부적!'

괴황지도 경면주사도 전통적으로 잡귀를 쫓는 효험이 있는 것들로 여겨진다.

게다가 이 부적의 느낌이 이상하리만치 익숙했다. 어쩐지 이것에 한번 잡혀서 고생한 적이 있는지 기억이 날 듯 말 듯 하다.

남자는 그것을 두나의 두 손목에 묶어버렸다.

이 인간, 절대, 평범한 사람이 아니다.

두나는 고개를 번쩍 들었다.

"당신, 정체가 뭐야?"

남자는 씨익 웃으며 손을 뻗었다. 두나에게는 마치 악마처럼 보이는 웃음. 그는 두나의 손목을 잡고, 마치 연행하듯이 그녀를 침대에 앉힌다.

그리고 그는 침대 위에 놓은 검은색 슈트케이스를 덜컥 하고 열었다. 그 안에 가득 들어 있던 물건들이 그녀의 눈앞에 드러났다.

그녀의 손을 묶은 것과 같은 재질의 부적 수십 장.

붉은 실이 달린 굵은 염주.

은색과 금색의 방울.

용도가 너무나도 분명한 물건들. 기겁한 두나의 앞에서, 남자는 부적과 같은 재질의 괴황지를 엮어 왼쪽으로 꼰 새끼를 매단, 가느다란 나뭇가지를 들어 올렸다.

"음. 역시 동쪽으로 난 복숭아 나뭇가지가 정석이지."

그렇게 중얼거리며, 두나에게는 마치 지옥에서 갓 올라온 악마처럼 보이는 미소를 만면에 띤 채로 친절하게 설명했다.

"걱정 마요. 안 아프게 쫓아내줄 테니까. 이래 봬도 내림굿도 받았으니까 걱정하지 않아도 돼요."

내림굿.

이게 의미하는 바는 하나뿐이다. 무당이라는 소리다.

'도르미가 아니라 무당이었어?'

아마추어가 아니라 프로였던 것이다, 이 남자!

두나는 절규했다.

"난 귀신에 씐 게 아니에요!"

남자는 전혀 듣지 않았다.

"자아!"

남자는 너무나도 진지했다. 그는 뭔가 주렁주렁 달린 나뭇가지를 사기그릇에 담긴 물에 담갔다가 빼내어 그녀에게 뿌렸다. 벌써 몇 번째인지 모르겠다.

촥촥!

두나는 이제 해탈할 것 같은 표정으로 자신의 얼굴과 상체로 뚝뚝 떨어지는 물을 맞았다.

후드득.

옷이 젖었다.

그러나 그뿐이다. 잠시 두나의 상태를 잠시 관찰하던 그는 얼굴을 굳혔다. 무언가 그의 뜻대로 상황이 잘 되지 않는 듯했다.

잠시 뜸이 생긴 사이에, 두나는 바락 외쳤다.

"난 귀신에 씐 게 아니라고요!"

그러나 남자는 귓등으로도 듣지 않았다.

"걱정 말라니까요. 내가 다 알아서 해준다니까."

"사람 말을 좀 들으라고!"

"미친 사람이 자기가 미쳤다고 하는 거 봤어요? 빙의된 사람들도 자기가 빙의된 줄 몰라요."

이 사람은 여전히 두나의 말은 완전히 무시한 채로, 자기 생각에만 빠져 있었다.

"허어! 동쪽으로 난 복숭아 나뭇가지에 일출 시간에 떠온 양기 가득한 정한수인데, 꿈쩍도 하지 않다니. 이거 참 원한이 큰 악령에 씐 거로구만."

흰 가운을 입은 미남 의사의 입에서 나올 말이라기보다는, 색색깔 한복을 차려입은 박수무당 입에서 나올 법한 말이다.

실제로 무당이긴 한 것 같기는 하다. 선무당이니 문제지!

"빙의 아니라고요!"

자신은 결코 악령이 아니라는 두나의 필사적인 변명이 몇 번이나 이어졌는지 모른다. 그러나 그녀의 말은 조금도 남자에게 들리지 않는 것 같았다. 들어 처먹지를 않는다.

부적으로 묶이기는 하는데, 복숭아 나뭇가지로 제령은 되지 않는 두나를 보며 남자는 고개를 갸웃갸웃하고 있었다.

질 낮은 잡귀들이면 이 정도에서 꽁무니를 빼야 맞다. 잠시 고민에 빠졌던 그는 곧 결론을 내렸다.

"너무 원한이 강해서 그런 거군. 더 강한 게 필요하겠군."

"원한은 지금 너한테 생기겠다!"

두나는 진심이었다.

남자는 여전히 제대로 듣고 있지 않았다. 잘생긴 모양으로 양옆에 붙어 있지만, 정말이지 쓸모없는 귀였다!

그는 잠시 고민에 빠졌다가 곧 고개를 들어 올린다.

"흠. 그렇다면 이걸……."

괴이쩍은 물건들이 가득한 서랍 안에서, 남자가 적갈색의 나무로 만들어진 부채를 꺼냈다. 종이를 따로 붙이지 않고, 나무를 얇게 썰어 만든 판을 붙인 접선이다. 부채 끝에 달린 방울이 영롱한 소리를 울린다.

딸랑……!

심상찮은 울림. 두나는 어쩐지 그 소리가 귀를 찌르는 듯한 느낌을 받았다.

"그, 그건 또 뭐예요?"

기겁하는 두나의 목소리에 남자의 입꼬리가 더욱 올라갔다.

"무서운 모양이군요? 하긴 이게 바로 벼락 맞은 대추나무, 즉 벽조목으로 만든 부채랍니다. 꽤 돈을 많이 주고 구한 거죠. 귀신들이 가장 무서워하는 것 중 하나니까요. 하하핫!"

"무, 무섭긴 뭐가 무서워요?"

실제로 조금도 무섭지 않았다. 아주, 조금 꺼려지기는 하지만 조금. 조금일 뿐이다. 두나는 그렇게 속으로 다짐하는 한편, 엉덩이 걸음으로 조금씩 남자로부터 멀어지려고 애썼다.

그러나 남자는 성큼성큼 걸어와, 그녀의 애처로운 노력을 무효화해버렸다.

"도망치려고 해도 소용없습니다!"

남자는 어쩐지 과시적으로 그리고 위협적으로 그녀를 향해 부채를 팔락팔락 흔들었다.

딸랑딸랑……!

방울의 소리가 더더욱 심상찮게 울렸다. 부채 자체보다, 조금 전의 복숭아 나뭇가지 같은 것보다, 저 방울의 소리가 기이하게 그녀의 오금을 저리게 했다.

"자, 이제 포기하고 성불하시죠!"

두나는 눈을 질끈 감았다.

"……이상하네."

희성은 또다시 고개를 갸웃갸웃했다.

그의 앞에는 병실 침대 위에 부적으로 묶여서 누운 두나가 도끼눈을 하고서 그를 노려보고 있었다. 그들의 주변에는 복숭아 나뭇가지, 부적, 벽조목 등등 온갖 귀신들을 상대하는 데 도움을 주는 무당의 도구들이 늘어서 있다.

전부 그가 두나에게 사용한 물건들이다. 그런데, 모두 전혀 효과가 없었다.

"왜 끄덕도 안 하지? 그렇게 힘이 강해 보이지는 않는데."

두나가 빽 외쳤다.

"당연하지! 난 악령에 쓰인 게 아니라고!"

그러나 희성은 여전히 두나의 외침을 귓등으로도 듣지 않았다. 자고로 악령에 쓰인 사람치고 본인이 귀신에게 빙의 당했다고 말하는 사람은 없는 법이다. 그리고 사람 몸속에 도사린 악령들은 전부 자신이 그 몸의 주인인 척해대고는 한다.

희성은 혀를 쯧쯧 찼다.

"생전에 무슨 원한이 그렇게 많길래, 이렇게 끈질기게 버티고 있는 거예요? 그 몸의 주인인 아가씨가 불쌍하지도 않아요? 왜 그렇게 괴롭혀요?"

"내가 나를 괴롭히고 있는 게 아니라 당신이 날 괴롭히고 있다고요!"

“아니지. 아니지. 지금 당신 영혼이 아가씨 몸에 애매하게 반쯤 걸쳐져 있어요. 그러다가는 아가씨 몸까지 망가진다니까요. 이미 아가씨 영혼도 잘 안 보이는 상황인데.”

“그게, 다 이유가 있……!”

희성은 바둥대는 두나의 팔을 다시 강하게 누르며 휴대폰을 들어 올렸다. 그리고 스피커폰 모드로 만들어서 스마트폰에 넣어가지고 다니는 음성파일을 재생했다.

낭랑한 소리가 두 남녀가 아옹다옹하던 중인 방 안에 울렸다.

-마하바라반야밀다심경…….

“뭐, 뭐야?”

두나는 황당한 표정으로 얼굴을 들었다. 이 타이밍에 갑자기 웬 불경? 그녀의 황당함은 상관없이 독경 소리는 너무나도 낭랑하게 방 안을 계속해서 울렸다.

-옴마니반메훔…….

“이제 좀 성불할 마음이 들어요?”

어이가 없었다.

부적에, 이제는 불경.

애초에 무당이라는 것 자체가 딱히 특정한 종교가 아니라고는 하지만, 이건 너무 어중이떠중이가 심하지 않은가.

‘진짜 사이비 중에 사이비잖아!’

정말 짜증 나게도, 이 상황에서도 남자의 목소리는 꿀 떨어질 정도로 녹지근하고 다정했다. 남자는 두나의 귓전에 대고 작게 속삭였다.

"좀 포기하고 물러가라고요."

내용만 빼면.

두나는 더 참지 못하고 빽 외치고 말았다.

"난 귀신에 씐 게 아니라, 도플갱어라서 그렇게 보이는 거라고!"

아무도 믿지 않을 진실을.

* * *

때는 오늘 오전으로 돌아간다.

아침 7시 정각. 자명종이 요란한 울음을 토해냈다.

띠리리리-!

기다렸다는 듯이 이불 속에서 손이 뻗어나와 자명종의 버튼을 눌렀다. 손끝에 눈이 달리기라도 한 듯 정확하고 신속한 움직임. 그러나 그 행동을 한 당사자는 다시 꿈틀꿈틀, 이불 속으로 번데기처럼 기어 들어갔다.

닭의 목을 비틀어도 해는 뜨는 법. 자명종을 잠재웠다고 해서 출근 시간이 저리로 도망갈 리 없다. 무자비한 시간이 약 5분 정도 흐른 뒤, 이번엔 저 멀리 컴퓨터 책상 위에 놓인 휴대폰이 알람을 울렸다.

-일어나! 일어나! 일어나!

휴대폰 주인 안하나가 가장 싫어하는 어린아이의 비명에 가까운 목소리가 바로, 기상 알람이었다.

결국 안하나는 승리하고, 또 패배했다. 일어날 수밖에 없었던 것이 패배라면, 어제 미래의 자신을 믿지 못하고 알람을 이중으로 세팅한 그녀 자신의 승리이기도 했다.

하나는 휴대폰 알람까지 끄고는 마른세수를 했다.

"아우……."

머리가 꽉 눌린 것처럼 멍했다. 잠결에 누가 머릿속에서 아우성치기라도 한 것처럼 꿈자리가 사나웠다. 하나는 두통이 거의 없는 체질이라, 음주를 한 것도 아닌데 이러는 경우는 정말 드물다.

"아, 머리 아파. 역시 오랜만에 두나를 넣고 잤더니 이러네."

아리송한 소리를 중얼거리며, 하나는 비척비척 몸을 일으켰다. 걸음이 절로 화장실을 향한다.

일단 씻어야지.

쏴아아-!

물소리가 시원했다. 대충 눈곱만 떼어내고, 우선 양치질부터 시작했다. 세수를 하고, 머리를 감고 나면 잠이 좀 깨겠지. 그러면 이제 본격적인 출근 준비를 시작할 때다.

거품을 낸 칫솔을 입에 문 채, 하나는 속으로 헤아려보았다.

'오늘 해야 할 일이……'

그때였다. 하나의 눈이 비정상적인 상황 한 가지를 인식했다. 거울에 비친 그녀의 그림자가, 하나를 보며 웃고 있었다.

씨익.

있는 힘껏 입꼬리를 끌어 올린 웃음이 거울 속에 비친 하나의 모습에 비친다. 그러나 이를 마주 보고 있는 하나는, 입에 칫솔을 문 상태. 그 모습을 똑같이 비추어야 정상인 거울 속에서, 하나와 다르게 행동하는 상(狀)이 또 하나.

"……."

쏴아아-!

고요한 화장실 안에서 울리는 소리는 오로지 물소리뿐이었다.

화장실 안에 있는 사람은 안하나 한 명뿐이다. 아예 이 집 안에 있는 사람 역시 그녀 한 명뿐이어야 정상이다.

보통 사람이라면, 이 순간 비명을 지르며 나자빠져야 정상이다. 뭐, 실제로 약 9년 전 하나 역시 그러했었다. 지금은, 조금 다르지만.

하나는 입에 문 거품을 뱉고는 퉁명스럽게 말했다.

거울 속 자신에게.

"비켜. 안 보이잖아."

그 말에 애써 환하게 웃고 있던 거울 속의 하나가 움찔한다. 하나는 그런 거울 속 자신을 내버려두고, 세수를 하기 시작했다.

그러자 거울 속 하나는 당황한 기색이 역력했다. 두 손을 휘젓다가, 거울을 두드리는 듯한 제스처를 취한다. 그러나 그렇다고 해서 정말 거울을 두드리는 소리가 나는 건 아니다.

비누칠을 했다가 헹궈낸 뒤, 하나는 천천히 얼굴을 들어 올렸다. 아직 물기가 가득하지만, 이제 눈빛은 선명하다. 완전히 잠을 씻어낸 얼굴.

거울 속에서는 또 하나의 자신이 잔뜩 어깨를 움츠리고 고개를 숙이고 있었다. 그 행동이 의미하는 바는 하나였다.

'미안해!'

그 목소리가 귓가에서 쟁쟁하게 울리는 것 같다. 물론 자신의 목소리와 똑같은 목소리지만.

거울 속의 하나는 벌떡 고개를 들었다. 하나와 눈이 마주치자 환하게 웃는다. 웃으면서 연신 비굴할 정도로 고개를 숙여서, 사과의 표시를 한다. 그러고는 입술을 달싹였다.

본의 아니게 9년간 소리 없이 입술의 움직임만으로 상대방의 말을 읽는 능력이 생겼다. 뿅 하고 생긴 초능력 같은 건 결코 아니다. 지금 거울 안에서 난리 부르스 중인 저 녀석 덕분에 단련되어 생긴 능력이다.

지금 거울 속의 하나는 이렇게 말하고 있었다.

'미안해. 앞으로 진짜 안 그럴게. 그러니까…… 제발 꺼내줘!'

마지막 '꺼내줘!' 부분이 기차화통 삶아 먹은 듯한 소리로 귀에 자동 재생된다.

"하아……."

하나는 길게 한숨을 쉬었다. 이제 3일째다. 더 길어지면, 저 녀석이 안에서 답답하다며 날뛰느라 자신의 잠자리까지 흉해질 것이다.

이 정도면 진짜 반성을 한 것 같으니, 슬슬 꺼내줄까?

물론, 그 전에 그 잘못에 대한 성토를 좀 더 해야 한다. 하나는 목소리를 가다듬었다.

"너, 내가 요일 헷갈리지 말라고 몇 번을 말했어? 응? 난 월, 화, 수고 넌 목, 금이라고! 이번 주는!"

상황을 모르는 사람이 보면, 혼자서 거울을 보고 화내고 있는 이상한 장면. 그러나 사실은 두 명…… 아니, 1.5명의 대화였다.

거울 속의 그 녀석은 다시 한 번 머리를 조아렸다.

'정말…… 정말 미안해! 앞으론 안 헷갈릴게! 회사 동료한테 안 들킬게!'

"출근 날짜를 헷갈려서 사무실 사람에게 들키다니……. 아주 네가 내 도플갱어라고 사방에 광고를 해라, 광고를!"

누구나 이런 상상을 한 번쯤은 할 것이다.

'내 몸이 하나 더 있어서 일은 전부 그 분신에게 시키고, 나는 놀기만 하고 싶다.'

그러나 정작 그 상상이 현실화되면 어떻게 될지, 그 꿈을 꾸는 사람들은 예상할 수 있을까? 누구도 정확히 예상할 수 없을 것이다.

그리고 저 이야기는 늘 분신을 만들어내는 사람의 입장만을 말한다.

그렇게 만들어진 분신의 입장에서는 과연 그런 상황을 어떻게 받아들일까?

이런 질문을 정말로 진지하게 고민해볼 사람은 없으리라.

정말로 자신이 두 명이 되는 것 따위가 현실에서 가능할 리가 없으므로.

그러나 한 사람이 둘이 되는 상황에 대한 이야기가 존재한다.

도플갱어.

똑같이 생긴 사람이 전 세계에 셋은 된다는 도시괴담. 그 똑같이 닮은 사람들이 만나면 사고를 당한다거나, 살해당한다거나, 그런 이야기들은 누구나 한 번씩은 들어봤을 것이다.

평범 그 자체였던 소녀 안하나가 자신의 도플갱어를 만나게 된 것은, 정확히는 도플갱어를 만드는 실수를 저지른 것은, 고3 여름의 일이었다.

10년 만의 폭염이었던 한여름. 대저 무슨 미친 짓을 해도 '재 고3이래' 하는 설명이 곁들여지면, 도리어 안쓰러운 이해의 눈길을 받을 수 있는 일생의 몇 안 되는 시기.

나날이 다가오는 수능에 대한 스트레스에 폭염으로 인한 스트레스가 합쳐졌고, 안하나는 결국 일생일대의 후회할 미친 짓을 실행하고 말았다.

친구들과 당시 아이들 사이에 꽤나 널리 퍼져 있던 담력시험을 실험해보기로 했었던 것이다.

밤 12시에 학교 4층 화장실의 4번째 금이 간 거울 앞에서 입에 면도칼을 물고 어떤 '행동'을 하면 또 하나의 자신이 나타난다는 것이다. 그 또 다른 자신이 영혼을 가져가고 대신 소원을 하나 들어준다는 소문이, 고3들 사이에 퍼져 있었다.

수능 스트레스에 살짝 맛이 갔었던 19살의 하나는 겁도 없이 홀로 화장실로 갔고, 저 행위를 그대로 실행했다. 모의고사 성적이 눈에 띄게 떨어진 다음 날 일이었다.

그리고 그녀는 보고 말았다. 거울 속에 비친 칼을 물고 있던 자신의 모습이 자신을 보고 씨익 웃는 것을.

'꺄아악!'

하나가 자신이 실수로 만들어내고 만 자신의 도플갱어, 즉 지금의 두나를 만난 첫날이었다.

지금으로부터 약 9년 전의 어느 날이었다. 그날 이후, 하나에게는 신비한 능력이 생겼다. 바로, 자신의 도플갱어를 만들어내는 능력.

원할 때 만들어낼 수 있고, 없앨 수도 있다.

그 능력은 하나의 바람처럼 수능 성적을 올려주지는 못했다. 그러나 하나가 대학에 들어간 이후, 이 능력은 매우 유용해졌다.

너무나도 수업에 나가기 싫었던 어느 날, 하나는 자신의 도플갱어를 수업에 대신 내보냈다. 도플갱어가 자신의 명령에 충실히 따르고 온 첫날, 하나는 처음으로 자신의 능력에 기뻐했다. 그렇게 기뻐하며 아직 자아를 전혀 가지지 못한 자신의 도플갱어에게 이름을 지어주었다.

'넌 지금부터 두나야. 안두나.'

그것이 '그녀', 즉 안두나가 이름을 받게 된 날이었다.

대학시절부터 시작된 하나와 두나의 이중생활…… 아니, 1.5중생활은 사회인이 된 지금도 그대로 유지되고 있었다.

거울 속에서 또 하나의 하나, 아니, 두나가 소리 없이 외쳤다.

'벌써 3일째잖아. 나 좀 꺼내주라. 하나야. 하나님! 제발!'

그대로 바닥에 엎드려서 빌 기세였다. 결국 이러면 또 마음이 약해지고 만다. 회사 동료의 눈앞에서 하나와 두나가 동시에 나타나는 실수를 저지르게 만든 벌은 이 정도면 충분히 준 것 같긴 했다.

어차피 그 동료도 본인이 잘못 본 것 같다며 넘어가기도 했으니까. 이번엔 운이 좋은 편이었다.

하나는 경고했다.

"앞으로 조심해. 안두나. 또 실수하면 3일로는 안 끝나."

거울 속에서 두나가 열정적으로 고개를 끄덕였다.

'응! 응! 절대 실수 안 할게!'

하나는 심호흡을 한번 하고는, 거실로 나갔다. 그리고 천 원숍에서 박스째 사온 2천 원짜리 거울 중 하나를 꺼냈다. 그 거울에 자신의 얼굴이 잘 보이도록 비춘다. 그러자 거울 속 하나, 아니 두나가 씨익 웃는다.

하나는 얼굴을 찡그리고는 두나에게 잘 보이도록 오른손을 쭉 펴 보여준다.

"자, 보야. 알았지?"

하나 자신은 보를 내겠단 소리다. 그 말에 작은 거울 속에서 두나가 고개를 끄덕인다. 하나가 외쳤다.

"가위, 바위…… 보!

하나는 자신이 말한 대로 보를 냈다. 거울 속 두나는 히죽 웃으며 가위를 냈다. 거울 속 두나의 형상이 일그러지더니, 곧 거울이 있던 자리에 하나의 모습이 똑같이 더 나타났다.

거울 속에서 빠져나온 하나, 아니 두나가 외쳤다.

"으아! 살 것 같다아! 진짜 답답했어!"

하나는 수건으로 얼굴을 닦으며 툴툴댔다.

"그러게 누가 요일을 착각하래?"

그녀는 제 얼굴을 다 닦고는 수건을 두나에게 넘겨주었다. 방금 하나에게서 분리된 두나의 얼굴도 갓 세수를 한 상태였다. 얼굴에서 물이 뚝뚝 떨어진다. 두나는 수건을 받아 들고 얼굴을 닦는다.

"앞으로는 주의할게."

"작심삼일이면 반년은 가둬둘 거야."

그 말에 두나는 어깨를 떨었다.

"응. 진짜진짜 조심한다니까."

하나는 두나와 잡담을 주고받으면서도 출근 준비를 착착 해나갔다.

오늘은 수요일. 오늘까지는 하나가 출근하는 날이다. 하나는 완벽한 커리어우먼의 모습으로 두나에게 외쳤다.

"너 내일이야! 잊지 마라!"

두나는 바닥에 파자마 차림으로 널브러져서 고개만 까닥했다.

"알았어. 알았어. 그런데, 두나라니……. 이 이름 센스 좀 어떻게 하면 안 돼? 더 예쁜 이름으로 지어주라. 촌스럽잖아."

두나가 처음 하나의 앞에 나타났을 때는, 마네킹처럼 의지도 없고 시키는 대로만 하는 인형 같은 모습이었다.

그러나 조금씩 시간이 흐르면서 두나는 자신의 의식을 가지기 시작했고, 하나 모르게 자기 멋대로 사고를 저지르는 말썽쟁이가 되어버렸다. 자기 이름이 촌스럽다며 투정도 할 수 있는 얄미운 말썽쟁이 말이다.

하나는 속으로 중얼거렸다.

'차라리 얌전할 때가 나았는데.'

아마도 엄마가 딸을 보며 '어릴 때는 착하고 귀여웠는데'라고 말하며 한숨을 쉬는 것과 비슷한 감상이리라.

하나는 속으로, 아니, 대놓고 혀를 끌끌 찼다.

"어차피 하나나 두나나 별 차이 없잖아. 딱히 두나만 촌스러운 거 아니거든? 헛소리 그만하고! 나 이제 출근한다! 집에 얌전히 있어!"

그때 두나가 하나에게 손을 내밀었다.

"뭐야?"

의아하게 묻는 하나에게, 천연덕스러운 두나의 목소리가 들려왔다.

"어떻게 하루 종일 집 안에만 있어. 장이라도 봐놓을게. 카드 줘."

"……."

지난 3일간 혼자 출근하랴, 집안일을 다 하랴, 꽤 고달프기는 했다. 때문에 하나는 뻔뻔한 두나에게 무어라 하지 못하고, 결국 보조 카드를 내주고 말았다.

"너 막 쓰지 마라! 지금 생활비 간당간당해!"

두나는 해맑게 답했다.

"알았어요, 엄마!"

"……."

하나의 분노 어린 등짝 스매싱이 두나에게 날아들었다. 카드를 받아 들고 희희낙락하던 두나는 이를 피하지 못했다.

"껙!"

평화로웠던 오늘 아침의 광경이었다.

평범하지 않은 한 여자 하나와, 그녀의 도플갱어 두나의.

* * *

"……."

"……."

떨떠름한 정적이 병실을 숨 막히도록 꽉 내리눌렀다. 점점이 이어지던 침묵을 깬 것은, 어이없다는 듯 되묻는 희성의 물음이었다.

"도플…… 갱어요?"

두나는 열정적으로 고개를 끄덕였다.

자기가 생각하기에도 말도 안 되는 말이지만, 그게 사실인 걸 어쩌겠는가! 이 미친 사이비 의사 겸 무당에게 사실을 이해시켜야 이 말도 안 되는 곤경에서 벗어날 수 있었다.

"네!"

"그러니까, 지금 안하나 씨가 도플갱어라고 주장하려는 겁니까?"

희성의 목소리에 당혹감을 넘어 웃음기가 덧붙기 시작했다. 두나는 필사적으로 외쳤다.

"하나가 아니에요!"

"아까 자기 입으로 안하나 씨라고 병원 원무과에 밝혔잖아요."

희성의 지적은 사실이다. 실제로 두나의 공식적인 신분은 안하나였고, 당연히 병원에서 의료보험 처리 등을 받을 때는 하나의 신분을 댈 수밖에 없다.

"하나는 내 본체예요! 난 하나의 도플갱어고요! 하나가 아니라 두나라고요!"

두나의 필사적인 사실 설명에 대한 희성의 대답은 매몰찬 것이었다. 그는 제대로 된 대답조차 내놓지 않았다. 그저, 웃어버렸다.

"아핫! 아하하핫!"

"……."

그는 파안대소했다. 지나치게 유쾌하고 크게 웃느라 눈꼬리에 맺힌 눈물방울을 손등으로 훔치면서, 잔인하게 두나에게 절망적인 쐐기를 박아버린다.

"살다 살다 이제는 씐 사람 몸에서 나가기 싫어서 자기가 도플갱어라고 주장하는 귀신도 만나보네요."

그는 다정한 웃음을 띠고서 가혹하게 선언했다.

"어떻게든 안하나 씨에게서 당신을 쫓아낼 거예요. 그때까지 당신은 여기서 못 나가요."

그리고 그의 말은 그대로 실현되었다.

* * *

'망했다!'

두나는 감금당했다. 탈출할 수 있는 수단인 손거울은 조금 전 희성에게 빼앗겼다. 손거울에 신경을 쓰는 두나를 보고, 그가 거울을 집어 들고는 이렇게 말했던 것이다.

'그러고 보니, 이거에 꽤 신경을 쓰네요? 혹시 생전에 의미 있는 물건이 었어요?'

생전이 아니라, 지금 살아 있는 데 의미가 있는 물건이기는 했다. 하지만 아닌 척하려 했다.

'의미 있기는요. 오늘 아침에 편의점에서 3천 원 주고 산 거예요.'

'거짓말이 어색하네요.'

의미는 없었지만.

희성은 거울을 유심히 바라보더니 제 주머니에 넣으며 말았다.

'흐릿하긴 하지만 뭔가 기운이 느껴지기는 하네요. 어쩌면 당신이 성불 못 하고 묶인 물건일 수도 있으니까…….'

'아니라고요!'

대체 몇 번을 그렇게 외쳤는지 모르겠다. 그러나 의미 없는 외침이었다.

손거울은 그의 손에 넘어갔다. 이제 그걸 깨서 탈출할 방법이 사라졌다.

하나가 두나를 꺼내줄 때의 매개체인 거울을 깨면, 두나는 그 자리에서 사라져 다시 하나의 안으로 돌아가게 된다. 이것은 두나와 하나가 몇 년간의 경험으로 체득한 사실이었다.

게다가 휴대폰도 빼앗겼다. 하나가 두나용으로 따로 마련해준 폰인데 말이다. 그걸로 하나에게 도움을 청하는 것도 불가능해졌다.

방 안의 유선전화는 그가 직접 선을 뽑아서 가지고 나가버렸다. 문은 어떻게 손을 쓴 건지 밖에서 잠가버렸다.

두나는 이불을 물어뜯으며 외쳤다.

"쓸데없이 철저한 사이비 무당 같으니!"

그렇다. 이건 감금이다. 빼도 박도 못하는 감금.

호화로운 1인 특실에 감금되었다. 급하게 결정된 그녀의 주치의는 당연히 사고의 원인이 되고, 그녀를 병원에 데려온 뒤, 입원시키기까지 한 희성이었다. 그 인간이 대체 주변의 의사나 간호사들에게 뭐라고 말해놓은 건지 모르겠지만, 다들 두나를 밖으로 내보내주지 않았다.

'저 멀쩡하다고요! 퇴원시켜주세요!'

아무리 문을 두드리며 외쳐도 소용없었다. 가족에 의해 정신병원에 강제로 입원당하는 이들의 억울함과 서러움이 이러할까. 아마 희성 역시 두나를 그러한 병자로 설명해둔 것 같았다.

덕분에 두나는 쓸데없이 호화로운 독방에 감금당한 상태였다. 점심, 저녁때가 되자 간호사가 병원 밥답지 않게 맛있는 식사를 배달해주었다. 간호사에게 직접 호소해보아도 소용이 없었다. 그들은 웃는 얼굴로 두나의 하소연을 무시했다.

하도 소리를 질렀더니 배가 고팠다. 어쩔 수 없이 그릇은 싹싹 비웠다.

"밥은 또 왜 맛있고 난리야……."

갇혀 있다 보니 별것이 다 서러웠다.

간호사들은 먹은 그릇도 직접 치워준다. 일류 호텔이 부럽지 않은 서비스였다.

화장실과 욕실은 병실에 딸려 있고, 욕실에 일회용으로 비치된 비누, 샴푸 등의 용품들도 전부 이름을 들어본 고급 브랜드 제품이었다.

아마 언제 풀려날지 기약 없는 상황만 아니었다면, 저 일회용품을 전부 들고 가고 싶었을 것이다.

거대하고 선명한 TV 화면이 틀어주는 케이블 채널은 다양할 뿐 아니라 유료 영화들까지 전부 무료로 볼 수 있었다.

하나가 어린 시절 본 기억이 있는, 그러나 두나 본인이 직접 보는 것은 처음인 고전 영화를 틀었다. 흑백 화면이 TV를 가득 채운다.

배는 부르다. 등도 따뜻하다. 눈을 즐겁게 해줄 것도 있다. 그러나 방 밖으로는 나갈 수가 없다. 이 무슨 상황인지.

두나는 힘없이 중얼거렸다.

"이건 사육당하는 것도 아니고……."

* * *

창밖에 어둠이 깔렸다.

병원의 면회 가능 시간은 저녁까지다. 9시를 넘긴 지금은 문병객 등의 외부 인원은 다 빠져나갔고, 병원의 스텝들이나 입원 중인 환자, 그리고 환자를 간호하는 간병인 정도만이 남아 있다.

그 한가한 병원 복도 한가운데, 의사임을 드러내는 흰 가운을 걸친 한 미남자가 서 있다. 바로 두나를 병원으로 데려온 남자, 천희성이다.

희성은 두나에게서 압수한 스마트폰 화면을 들여다보고 있었다. 반질반질한 불 꺼진 액정 화면에 자신의 얼굴이 비친다.

압수해 오고 나서, 순간적으로 휴대폰 안을 살펴볼까 하는 생각도 조금 들었다. 안하나의 개인사를 알면, 쓰인 귀신에 대한 정보도 좀 더 쉽게 파악할 수 있으니.

'아무리 그래도 휴대폰까지 뒤져보는 건 좀 그렇지…….'

당사자를 병실에 감금해놓은 사람이 하기에는 지나치게 상식적인 생각이었다.

어쨌건 희성이 생각하기에 타인의 휴대폰을 열어보는 것은 연인 사이에도 함부로 해서는 안 된다고 생각하는 큰 프라이버시 침해였다. 지금 그녀를 병실에 감금해둔 것도 사실 제대로 따진다면 범죄 행위다.

이 이상 귀신에게 쓰인 사람을 괴롭히는 짓을 하고 싶지는 않았다. 어차피 락도 걸려 있을 것이 뻔하다.

빤히 폰을 보고 있자니, 이 휴대폰의 주인이 외친 기억 속의 목소리가 귓전을 다시 두드리는 듯한 환청이 들렸다.

'난 도플갱어라고요!'

다시 생각해도 절로 입가에 헛웃음이 떠오르는 말이다. 변명이나 핑계도 좀 더 그럴듯한 것이 있을 텐데 말이다.

다른 건 몰라도 그 창의성만은 인정해줄 수 있는 귀신이다. 안하나에게 쓰인 그 귀신, 그가 꽤 노력을 했는데도 안 떨어져나가는 것을 보면 어지간히 강한 모양이다.

저 말도 안 되는 변명을 해대는 것을 생각하면 의외의 면이지만, 바보 같은 것과 귀신의 힘은 연관관계가 크게 없기는 했다.

한숨이 절로 나왔다.

"역시 스승님께 도와달라고 말씀을 드려야 하나."

하지만 그랬다가는 틀림없이 단단히 혼이 날 거다. 다시 귓전에 그 호랑이 같은 호통이 떠오르는 기분이다.

'반푼이 주제에 어딜 또 함부로 끼어들어 사달을 내려는 게야!'

조금 더 혼자서 노력해보고, 자신의 힘으로 안 된다고 판단이 되면 그분께 도움을 요청드려야 할 것 같다.

어찌 되었든 사람 한 명의 인생이 걸린 일이니, 조금…… 이 아니라 많이 혼나는 정도는 감수해야 하겠지.

그가 막 결심을 끝난 찰나, 그때였다.

삐리리릭!

그의 손에 들린 휴대폰의 액정이 밝아지며 발신음을 울리기 시작했다. 물론 갑작스런 신호음에 놀라기는 했다. 그러나 그보다 그를 경악하게 한 것은 다른 것이었다.

액정에 뜬 사람의 이름.

[예준 오빠]

"예준?"

희성은 고개를 갸웃했다.

익숙한 이름이다. 물론 충분히 동명이인이 있을 수 있는 이름이다. 그러나 어쩐지 기묘한 확신이 들었다. 남의 휴대폰에 걸려온 전화를 받는 건 물론 무례한 일이지만, 지금은 비상상황이라고도 할 수 있다.

희성은 화면에 뜬 수신 버튼를 터치하고, 휴대폰을 귀로 가져갔다.

익숙한 목소리가 그의 귓가를 울렸다.

-어디야, 안두나!

누가 들어도 화를 참고 있다는 것을 알 수 있는 딱딱한 목소리. 그리고 희성이 매우 잘 알고 있는 목소리기도 했다. 누구라도 이 특징적인 목소리를 잘못 알아듣기는 힘들 것이다.

서예준.

희성은 당혹감에 젖어 전화 반대편에 있는 인물의 이름을 불렀다.

"예준아?"

-어? 그거 안두나…… 아니 안하나 씨 전화 아닌가요……. 어, 잠깐, 이 목소리, 희성 형이야?

"어. 그래."

얼떨떨한 대답이 흘러나왔다. 반대쪽에서 경악한 목소리가 튀어나왔다.

-형이 왜 두나 전화를 받아?

"……."

예준은 분명히 이렇게 말했다. 안두나, 라고. 그 이름은 조금 전 귀신에 쓰인 안하나 환자가 자신의 이름이라고 주장한 이름이기도 했다.

'하나가 아니에요!'

희성은 등줄기에 식은땀이 흐르는 것을 느꼈다.

"그게…… 이야기가 꽤 길어."

그는 두 손으로 얼굴을 감쌌다. 예감이 왔다.

어쩌면, 정말로 큰 실수를 한 걸 수도 있다는 생각이 들었다.

* * *

저벅저벅.

발소리가 울렸다. 구두가 대리석 바닥을 밟는 낭랑한 소리.

반쯤 잠들어 베갯잇에 침을 흘리고 있던 두나는 그 소음에 번쩍 눈을 떴다.

'왔다!'

두나는 소리 죽이고서 침대에서 일어나, 사전에 준비해둔 병실 구석에 있던 묵직한 장식품을 잡아 들었다.

그걸 손에 든 채, 문 바로 옆에 몸을 숨겼다. 열리면 바로 달려들어 저 사이비 박수무당을 때려눕힐 참이었다.

사람을 때리는 것은 꺼려지지만, 애초에 납치와 감금이라는 범죄를 저지른 것은 저쪽이다! 이건 어디까지나 정당방위인 것이다!

물론 죽을 정도로 칠 생각은 없었지만.

덜컥.

문이 열렸다. 동시에 훤칠한 사람 그림자가 병실 안으로 들어온다. 두나는 손에 든 묵직한 물건을 상대방의 어깨를 조준하고 그대로 내리치며 외쳤다.

"죽어라! 납치범!"

"으악!"

"이, 이게 뭐야?"

우당탕, 세 사람이 얽혀 쓰러지고, 세 사람 분의 비명이 뒤엉켰다.

쾅!

대리석 바닥의 안위가 걱정되는 커다란 소리가 울렸다. 두나가 들고 있던 장식품이 바닥에 떨어지는 소리였다.

두나가 눈을 질끈 감고 내려치려 한 덕분에, 조준이 애매하게 빗나간 것 같았다. 장식품은 문을 강하게 때리고 그대로 바닥으로 떨어졌다.

무게중심이 무너진 두나는 속절없이 앞으로 넘어졌다. 그리고 그녀의 몸은 그대로 문을 열고 들어오던 사람을 깔아뭉개버렸다.

"아고고……."

"윽!"

"이, 이게 무슨……!"

눈앞에 불이 번쩍번쩍했다. 이마에 혹이 하나 생긴 것 같다. 두나는 제 이마를 손으로 감싸며 울먹거렸다. 정신을 차리고 눈을 뜨자, 전혀 예상 못한 광경이 눈앞에 펼쳐져 있었다.

"꺄악!"

두나 본인이 넘어지면서 깔아뭉갠 것은 바로 희성이었다. 그녀는 지금 그의 위에 겹치듯 올라타 있었던 것이다! 오늘만 벌써 두 번째다.

그녀의 다른 손은 희성의 가슴팍을 누르고 있었다. 이번에도 손바닥에 닿는 감촉이 아주 탄탄했다.

혹이 난 그녀의 이마가 부딪친 것은 희성의 코였던 것 같다. 아직 제정신을 차리지 못한 희성이 아구구, 하는 신음을 흘리며 코를 잡고 있었던 것이다.

그러고 보면 조각가가 일부러 심혈을 기울여 세워놓은 것처럼 날렵하던 콧날이다. 두나와 부딪쳤다고 부러지면 아까울 것 같…… 지 않았다!

'아니, 그냥 콱 부러져버려라!'

두나는 그렇게 악담을 속으로 퍼부었다.

그녀의 머리가 빠르게 돌아갔다. 문은 열렸다. 그리고 희성은 지금 잠시 정신을 차리지 못하고 있다.

즉, 지금이 도망칠 절호의 기회인 것이다.

두나는 손에 힘을 주고 몸을 일으켰다. 그녀의 체중이 한 팔에 실리며, 그 아래 깔린 다른 사람의 몸에 힘이 집중된다.

"끄억!"

아래에서 울리는 비명은 알 바 아니었다. 두나는 무릎을 세우며 고개를 번쩍 들었다. 이대로 달려 나갈 참이었다. 그리고 짬이 나면 이 빌어먹을 사이비 박수무당을 한번 걷어차주는 건 덤이다.

그때 고개를 번쩍 들어 올린 두나의 시야에 익숙한 사람의 기다란 몸이 보였다. 경악으로 일그러진 얼굴을 한 남자.

바로, 예준이었다.

예준은 하나의 선배이자 남자 친구였다. 그는 하나 외에 두나의 존재를 아는 몇 안 되는 인물 중 한 명이었다.

"예, 예준 오빠?"

"……여기서 뭐 하는 거야, 안두나?"

되묻는 예준의 목소리는 황당함이 지나쳐서 힘이 빠져 있었다.

여기서 예준을 만나다니! 치한에게 쫓기다가 경찰을 만난 격이다.

두나는 그에게 달려들었다. 그녀의 발에 채인 희성의 비명이 마치 죽어가는 개구리처럼 울렸다.

"컥!"

두나는 울 것처럼 외쳤다.

"살려줘요! 예준 오빠! 미친놈이 날 죽이려고 해요!"

두나의 발에 채인 희성의 모습이 눈에 들어왔다. 예준은 망연하게 중얼거렸다.

"……아니, 그 반대 같은데……."

2. 하나만 알고 둘은 모른다

소란이 다 정리되는 데는 상당한 시간이 필요했다. 반쯤 기절 상태였던 희성이 어느 정도 회복되고, 당장에라도 도망갈 태세였던 두나도 흥분을 가라앉혀야 했으니까.

그리고 영문도 모르고 당혹스런 상황에 맞닥뜨린 예준에게도 상황을 정리할 시간이 필요했다.

간신히 어느 정도 정리가 끝나고 가장 먼저 말문을 연 것은 희성이었다.

"그러니까…… 이 아가씨가 귀신에 씐 게 아니라 도플갱어라는 주장이 사실이라는 거지?"

그 말에 맞은편에 앉아 부적에서 풀려난 두 손목을 마구 문지르고 있던 두나가 도끼눈을 뜬다.

"그렇다고요! 내가 몇 번을 말했는데!"

두나의 옆에 앉아 길게 한숨을 쉬는 남자는, 바로 그였다.

서예준.

꽃미남 꿀성대 아나운서. 그리고 하나의 애인. 동시에…….

"그러니까 왜 두나가 집에 안 들어가고 여기 있는 거고, 희성이 형은 왜 두나를 데리고 제령을 하려던 건데?"

예준은 두나를 보내버릴(?) 뻔한 사이비 무당 겸 의사 천희성과도 아는 사이였던 것이다.

세상 참 좁다는 말이 새삼스럽게 실감 났다.

두나는 희성에게서 자신을 보호하려는 듯 예준의 옆에 찰싹 붙어서 희성을 경계의 눈초리로 노려보고 있었다.

"그런데 예준 오빠, 이 사이비 무당인지 의사인지랑 아는 사이예요?"

예준의 입에서 으득 하는 소리가 났다. 그의 치아 건강이 절로 걱정되지 않을 수 없었다. 예준은 정말로 부정하고 싶지만 거짓말을 해봤자 소용없으니 사실대로 털어놓는다는 기분을 노골적으로 드러내며 짧게 답했다.

"어쩌다 보니."

많은 의미가 함축된 대답이었다. 예준이 얼버무리고 넘어가려 하는 것을, 희성이 지나치게 활기찬 얼굴로 대신 답한다. 좀 더 구체적인 대답이었다.

"그게, 내 신모(神母)님이 예준이 할머님이시거든요."

"예준 오빠 할머님이면, 지리산 만신님이요? 진짜요? 그분 제자인 거예요?"

두나의 얼굴에 놀라움이 어렸다. 당연하다.

그녀는 희성이 말하는 예준의 할머니를 이미 알고 있었다. 대학 시절, 점점 통제가 되지 않는 두나를 두고 고민하던 하나는 예준의 소개로 그의 할머니인 만신님을 찾아갔던 것이다.

그 결과, 만신님이 만들어준 부적 때문에 봉인되어 약 반년간 두나는 하나에게서 빠져나오지 못하게 되었다. 이제는 몇 년이나 지난 과거의 일이지만, 두나가 제일 무서워하는 일이기도 했다.

두나는 감탄했다.

"세상 참 좁네요! 그래서 아까 부적에 묶이니까 빠져나가지를 못했던 거구나. 만신님 봉인부여서 그런 거였어."

"네. 그거 특별히 신모님께 받아온 봉인부예요. 몇 개 없는 귀한 거죠."

"그런데 그렇게 대단한 분 제자시라면서……."

두나의 표정은 '그 대단한 분 제자면서 넌 왜 이렇게 사이비냐' 하는 감정을 그대로 드러내고 있었다.

희성은 속도 없이 하하하, 웃으며 답한다.

"그야 그릇이 안 되는 거죠! 그래도 소소하게 사람들도 돕고 갈 곳 못 간 귀신들도 좀 성불시키고 그러고 있죠. 오늘은 좀 특이했던 거고요."

자기들끼리 대화를 주고받고 있는 두 사람의 태평한 작태에, 예준은 미간을 구겼다. 이어지는 그의 목소리는 대놓고 핀잔을 주고 있었다.

“형이 할머니의 신아들이라고 하면 할머니께서 화내셔. 내림굿도 제대로 못 받아서 고생하는 걸 할머니가 구해주신 거잖아. 그때 할머니가 절대로 무당으로서는 함부로 나서지 말라고 하셨던 거 기억 안 나?”

그러자 두나는 눈을 세모꼴로 뜨고 희성을 보았다.

“아까는 내림굿 받았다면서요?”

“받은 건 맞아요. 제대로 안 되어서 그렇지. 거짓말한 건 아니라고요.”

예준은 깨달았다.

이 두 인간의 공통점을 알았다.

둘 다 정말 끔찍하게 남의 말을 제대로 들어먹지 않는다!

결국 참지 못하고 예준은 테이블을 내려치며 외치고 말았다.

“둘 중 한 명만 말해! 정신 사나워! 도대체 내용 정리가 안 되잖아!”

* * *

예준은 간신히 현재의 혼란스러운 상황을 정리할 시간을 가질 수 있었다.

“그러니까…… 희성 형이 두나를 보고 악령에 씐 줄 알고 도와주려고 하다가 둘이 같이 사고를 당했고, 그래서 형이 여기 데려다 놓고 제령을 하려고 했다는 거지?”

“응. 겸사겸사 사고 후유증이 있지는 않은지 검사도 해야 했으니까.”

뭔가 주객이 전도된 듯한 대답이다.

"그런데 이 아가씨, 두나 씨가 도플갱어라는 건 어떻게 된 일이야?"

희성의 물음에 두나도 예준도 잠시 침묵했다.

'여기 있는 이 여자가 사실은 도플갱어입니다'라는 말을 다 큰 성인이 진지하게 했다간 정신병자 취급당하기에 딱 좋다.

혹은 철들 때를 한 10년 정도 놓친 머저리 취급을 받거나.

게다가 공정성이 생명인 아나운서 예준이 사실만을 입에 담아야 할 목소리로 이런 말을 하고 있으니, 더 큰 문제는 그 말이 전부 사실일 거라는 것이다.

예준은 신음하며, 조금 전 희성이 그에게 했던 말을 그대로 인용했다.

"설명하자면 길어……."

그러자 희성은 의자를 끌어다놓고 앉는다.

"나 긴 설명 좋아해."

"……."

여러모로 희성은 예준에게 있어서 천적이다. 같은 자리에서 숨쉬고 있는 것만으로도 스트레스가 쌓인다.

성향은 조금 다르지만 스트레스의 주된 원인이라는 점에서는 두나 역시 마찬가지다. 끼리끼리 잘도 서로 우연히 만나서는 애먼 예준을 끌어들여서 괴롭히고 있었다.

이미 두나가 평범한 사람이 아니라는 것을 한눈에 눈치챈 희성이었다. 실제로 예준 역시 약 4, 5년 전, 대학에서 하나의 대리출석을 나온 두나를 보고 한눈에 하나가 아님을 알아본 바 있었다.

물론 그때는 하나가 의식적으로 만들어낸 분신이라는 생각까지는 못 했었고, 지나치게 학교를 나오기 싫어한 하나가 무의식적으로 만들어낸 생령인 줄 알았었다. 실제로도 크게 다르지 않기는 했지만.

아무리 내림굿에 실패한 반쪽짜리 무당이라지만, 희성의 영적 능력은 일반인 수준을 훨씬 넘어섰다. 어찌 보면 그쪽으로는 예준보다도 전문가라 할 수 있었다. 제대로 설명하지 않으면 납득하지 못하리라.

'그리고 희성 형은 이런 데 지나치게 끈질기니…….'

제대로 된 설명과 답을 주지 않으면, 아마도 오늘 이 두 인간…… 아니 1.5명에게서 벗어나지 못할 거다.

빨리 상황을 정리하고 벗어나야 한다! 이미 밤 9시 반을 넘겼다. 내일도 출근해야 하는데, 이 금쪽같은 저녁 시간을 이런 일로 낭비하고 있다는 점에서 이미 오늘 하루 일진은 최악이다.

예준은 복잡한 심경을 누르며 입을 열었다.

"그래. 도플갱어인지 분신인지 생령의 일종으로도 볼 수 있을 텐데……. 정확히 뭐라고 불러야 할지 모르겠지만, 하나에게서 갈라져 나온 존재인 건 분명해."

"……본체가 존재한다는 거지?"

"그래."

"본체 쪽이 네가 말한 적 있는 여자 친구인 하나 씨? 아, 그래서 두나 씨인 거구나. 하나의 분신 두나. 이해하기 쉬워서 좋네."

반짝.

순간적이지만, 두나는 분명히 보았다. 희성이 그녀를 보는 두 눈에 스쳐 지나가는 감정의 빛을. 그건 분명 호기심과 흥미였다.

두나는 경각심을 높였다.

호기심은 고양이만 죽이는 게 아니다. 도플갱어도 잡을 수 있을 거다.

이미 이 선무당은 생사람…… 이 아니라 생 도플갱어도 잡을 뻔했다.

희성은 매우 솔직하게, 자신의 입으로 본인의 시선을 뒷받침해 주었다.

"이거 정말 흥미로운걸."

두나를 바라보는 희성의 시선이 그야말로 찌를 듯이 따갑게 변한다. 그리고 그 시선에는 곧 활활 타는 듯한 열기가 차오르기 시작했다.

두나의 경계심이 더더욱 강해졌다.

희성의 눈에 떠오른 호기심을, 두나는 잘 알았다. 저건 희귀한 병을 가진 환자를 보는 의사의 시선, 혹은 흥미로운 연구 대상을 바라보는 과학자의 시선을 연상시켰다.

그러고 보니 몇 달 전에 하나와 같이 본 어떤 영화에서 매드 사이언티스트가 초능력자인 주인공을 저런 시선으로 봤었다. 그 과학자는 주인공을 잡아다가 온갖 실험을 한 끝에, 해부까지 하려다 정의의 철퇴를 맞았더랬다.

두나는 더더욱 몸을 도사리며, 예준 옆으로 바싹 붙었다.

잠시 그녀의 행동을 바라보던 희성이 마침내 움직였다. 그는 천천히 두나에게 다가갔다. 그리고 은근하게 손을 내밀었다.

두나는 무의식적으로 뒤로 물러났다. 어찌 보면 당연했다. 희성에게 봉변을 당할 뻔했으니, 아무리 태평한 두나라도 경계심을 드러내는 건 당연한 반응이었다. 게다가 호기심이 가득한 희성의 눈빛은 본능적인 거부감을 불러일으켰다.

희성의 얼굴에 의식적인 미소가 덧그려진다.

"에이, 그렇게 경계하지 말아요. 안 잡아먹으니까."

두나는 예준의 뒤로 도망쳐서 고개를 빼꼼히 내밀고 불만 가득한 목소리로 받아쳤다.

"잡아먹지는 않겠죠. 성불시키려고는 했지만. 그리고 감금도 했지만요."

희성은 내밀었던 손으로 어색하게 뒷머리를 긁으며 소탈하게 웃었다.

"이거 뒤끝 있는 아가씨네."

"그런 일 당하면 이 정도는 당연하거든요!"

마치 독 오른 고양이처럼 예준을 방패 삼아 내밀고서 외치는 두나의 경계심은 쉽사리 가라앉지 않았다.

그런 그녀에게 희성은 오른손을 다시 내밀었다.

"다시 제대로 인사하죠. 천희성입니다."

두나는 잔뜩 볼을 부풀리며 외쳤다.

"그전에 뭐 빼먹으신 거 없어요?"

"네?"

두나는 칼로 딱딱 자르듯이 음절 하나하나를 끊어서 강조했다.
"사. 과."
"아."
오늘 몇 번째 듣는 것인지 모를 희성의 웃음소리가 방 안을 낭랑하게 울렸다. 그는 고개를 끄덕였다.
"아, 맞네요. 내가 순서를 틀렸네."
"흥."
그는 살짝 고개를 숙이며 말했다. 숙였다가 들어 올린 얼굴에는 녹아내릴 것 같은 미소가 걸려 있다. 두나는 순간적으로 얼굴이 붉어질 뻔한 것을 간신히 억눌렀다.
'내가 미쳤나? 사이비 무당에 납치 감금범인데!'
희성은 그 부드러운 미소와 함께 매우 정중하게 물었다.
"오늘 일은 내가 미안해요. 정말 경솔했어요. 사과 받아주시겠어요?"
"……."
원래는 사과하라는 자신의 말에 무어라 변명하면 잔뜩 비꼬아 줄 생각이었다. 그런데 그녀가 지적하자 바로 실수를 인정하고 사과하는 희성의 모습에 그만 허를 찔렸다.
조금 의외였다. 조금 전까지 영화 속에 나올 법한 매드 사이언티스트처럼 여겼던 건 좀 과했으려나?
하지만 두나는 곧 여기가 어디고 자신이 왜 이곳에 몇 시간 동안 갇혀 있어야 했는지를 떠올렸다.
그리고 아까 악마처럼 웃으며 자신에게 복숭아 나뭇가지를 흔들던 희성의 얼굴이 오버랩 되었다. 귀청을 울리던 방울소리도.

다시금 경계심이 고개를 들었다.

두나는 삐쭉였다. 그리 쉽게 사과를 받아줄 마음이 아니었다.

그런 두나의 모습을 보고, 희성은 잠시 고민에 빠졌다.

그리고 매우 즉각적이고 효과적인 해결책을 제시했다.

"오늘 일에 대한 사과의 의미로 두나 씨에게 비싸고 맛있는 식사를 한 끼 대접하고 싶은데요."

'비싸고'라는 단어가 매우 강조된 어조였다. 효과는 즉각 나타났다.

두나의 손이 냉큼 마주 뻗어 나와 희성의 손을 잡았다.

"그 사과 받아들일게요."

"고마워요!"

희성의 대답에, 두나는 해맑게 외쳤다.

"생각보다 좋은 사람이었네요. 사이비 박수무당 씨."

"하하. 앞에 사이비는 빼고 말해주지 않을래요?"

두나의 대답은 꾸밈없고 천연덕스러웠다. 희성은 모를 테지만 절대 악의에 찼다거나 의식적인 것은 아니다.

"네? 왜요? 사실이잖아요?"

"……."

매우 전격적으로 이루어진 화해의 장 사이에 끼인 예준은 힘없이 중얼거렸다.

"그런 화해든 대화든, 왜 굳이 나를 사이에 두고 해야 하는 거지."

두나와 희성의 굳게 마주 잡은 손은 예준의 어깨 위에서 기운차게 흔들리며 그의 신경을 거슬리게 하고 있었던 것이다.

* * *

길고 험난하기 짝이 없는 하루였다.

두나의 퇴원 처리는 희성이 알아서 하기로 했다.

애초에 두나의 퇴원을 막고 있었던 것도 희성이었으니, 미리 보내놓고 나중에 퇴원 처리하는 것은 그다지 어려운 일도 아니리라.

'그런데 아무리 의사라도 병원에서 저렇게 영향력이 클 수 있나?'

그러고 보면 아까 낮에 본 나이 든 의사도 희성에게 굽실거렸었다.

두나는 잠깐 의문이 들었다. 그러나 그 의문은 제대로 된 형체를 갖추지 못한 채 흩어져버렸다.

희성이 장난스레 물어온 말 때문이었다.

"그런데 진짜 여기서 안 자고 가도 괜찮아요? 어차피 돈은 내가 낼 거고, 여기 시설 어지간한 호텔보다 좋은데."

그건 객관적인 사실이었다. 그러나 아무리 시설이 호화찬란해도 두나는 여기서 자고 싶은 마음이 조금도 들지 않았다.

"싫어요."

감금당했던 곳이다. 아무리 몇 시간 정도로 끝났다고 해도, 두나에게는 싫은 기억이다. 그녀는 자기 뜻대로 나가지 못하고 좁은 공간에 갇히는 것을 질색했던 것이다.

희성도 어느 정도 그녀의 기분을 이해했다는 듯이 고개를 끄덕였다.

"네, 알았어요. 그러면 예준이 네가 집에 데려다주는 거야?"

예준은 고개를 끄덕였다. 막 전화통화를 끝낸 참이었다. 통화 상대는 당연히 하나였다.

"응. 두나 데려다주면서 이번에야말로 제대로 집에 들어가는 거 확인하고, 하나 얼굴도 보고 가려고."

"아이고, 청춘이네."

"누가 들으면 오십 넘은 아저씨인 줄 알겠어."

"내가 꽤 동안이긴 하지."

"형이랑 나랑 5살, 10살 차이가 나면 말을 안 해. 겨우 3살 차이 가지고 무슨."

희성의 넉살에 핀잔을 던지던 예준은 그제야 깜빡 잊고 있었던 기억을 떠올렸다. 희성에게 전할 말이 하나 있었다. 이렇게 일이 생긴 것도 무슨 인연이려나.

"형. 할머니께서 연락을 하셨어."

계속 장난스러운 미소만 띠고 있던 희성의 얼굴이 굳어졌다.

"만신님이?"

"응. 그저께 안 좋은 꿈을 꾸셨다고 전화를 하셨어. 꿈에서 나랑 형 주변에서 안 좋은 기운을 보셨다고 하시더라. 특히 형 쪽."

그렇게 말하며 예준은 두나 쪽을 보았다. 두나에게는 이따가 데려다주며 말하면 되리라.

"만신님 예지몽은 잘 맞지."

희성의 대답에 예준이 무덤덤하게 대꾸한다.

"특히 불길한 건 더."

그렇게 대답하며, 절로 예준의 시선이 두나에게로 향했다.

분명히 예준의 할머니, 지리산 만신 이정화 여사님은 이런 말도 덧붙이셨던 것이다.

'무엇보다 두나 그 아이를 신경 써주거라. 아마 그 반편이 아이가 세상에 나와서 아직도 스러지지 않은 이유가 앞으로 만날 연에 있는 것 같으니…….'

그새 살금살금 사라졌다가 화장실에서 나오는 두나의 두 팔에는 화장실 안에 비치된 물건이 분명한 일회용 샴푸나 비누 등등이 들려 있었다. 예준과 눈이 마주치자, 두나는 찔금했다.

마치 간식을 훔쳐 먹다가 들킨 강아지 같은 모양새다. 예준의 미간이 찌푸려진다. 예준이 막 무어라 입을 열려는 순간, 희성이 끼어들었다.

"아, 여기 봉투 있으니까 넣어 가요. 어차피 그거 병실 비면 쓴 거든 아니든 무조건 버리도록 되어 있는 거니까."

"그, 그렇죠? 이런 물건들 거의 그렇더라고요. 에헷! 감사합니다!"

두나는 헤죽헤죽 웃으며 쓸어온 샴푸를 봉투에 넣어 들고 희희낙락했다.

예준은 한숨을 길게 내쉬었다. 벌써 몇 번째 한숨인지 모르겠다.

* * *

예준이 운전하는 차가 매끄럽게 병원을 빠져나왔다. K대 병원의 입구에서 흰 가운을 입은 희성이 손을 흔든다. 늦은 시각이라 도로에는 차가 별로 없었고, 덕분에 자동차는 정말로 빠르게 병원으로부터 멀어졌다. 희성이 순식간에 이쑤시개만큼 작아졌다.

"……."

"……."

차 안에는 침묵만 내려앉았다. 대학 시절 처음 만나 벌써 5, 6년은 지난 사이지만, 두나와 예준은 사실 큰 접점이 없었다.

대화 소재랄 것도 별로 없었다. 그들을 이어주는 다리는 하나뿐이었고, 지금은 그 연결고리가 빠져 있었다.

침묵은 어색하고 거북스러웠지만, 그걸 몰아내기 위해 억지로 사교적인 대화 소재를 찾는 일은 더더욱 힘에 겨웠다.

차 안에 어색한 침묵만이 감돌고 있었다.

그때였다. 예상을 깨고 입을 연 것은 예준이었다.

"두나야."

"네, 네?"

겨우 한두 시간 지났을 뿐인데, 이삼일은 시달린 듯하다.

이대로 두나와 희성에게 시달리다가는 순식간에 호호 할아버지가 되어버릴 것 같았다.

예준은 급격하게 지친 얼굴로 두나에게 물었다.

"그래서, 너 진짜 내일 희성 형이랑 만날 거야?"

아까 들었던 두 사람의 화해 겸 식사 약속을 두고 하는 말이었다. 두나의 고개가 빠르게 위아래로 움직였다.

"네."

예준은 잠시 침묵했다. 살짝 눈을 들어 백미러를 응시하자, 옆자리에 앉은 두나의 동그란 눈매가 보인다.

그에게 두나는 여러모로 복잡한 존재였다. 그의 연인은 하나다. 그로서는 당연히 하나를 위주로 생각할 수밖에 없었다.

그런 한편 그가 하나를 만나고 둘이 가까워진 끝에 장장 8년 가까이 사귀어 올 수 있었던 계기가 된 것은 두나였다.

어찌 보면 그로서는 고마워할 존재라 할 수 있겠다. 실제로 그런 마음도 어느 정도 있었고, 또 지금도 가지고 있기도 하다.

하지만 하나를 소중히 하는 사람의 입장에서 두나의 존재는 마냥 기껍게 받아들이기 힘들다.

애초에 또 하나의 자신이라는 존재는 곧 본인의 아이덴티티에 대한 강력한 위협이다. 그런 존재와 저렇게 공존하고 있는 하나가 도리어 비정상적으로 보일 정도였다.

'이제는 정말 하나와 다른 사람으로 인식되기 시작했어.'

예준이 하나와 두나를 처음 만났을 때는 달랐다. 그때의 두나는 자의식이 옅었고, 하나의 말을 따르는 인형과 같은 상태였으니까. 그러나 지금은, 하나를 잘 아는 그의 눈에는 완전히 다른 별개의 사람으로 보이기 시작했다.

물론 하나에게서 떨어져 나왔으니 비슷하다 못해 공통된 점도 많았다. 실제로 그들이 만난 직후에는 하나와 정말 판에 박은 듯 비슷했었다.

그러나 지금은 아이가 성장하며 자아가 생기는 것처럼 하나와 다른 점들이 점점 뚜렷해지고 있었다.

'이거 좋은 변화인 건지 나쁜 변화인 건지 모르겠네.'

그렇다고 두나를 지나치게 경계하고 부정적으로만 생각하자니, 예준 자신이 본 두나는 지나칠 정도로 무해했다.

물론 이리저리 사고를 치고 다니기는 하지만, 악의 같은 건 눈곱만큼도 없다. 어린아이 같은 어리숙함과 순진함뿐.

어딘지 모르게 어려 보일 때는, 실질적으로 두나의 나이가 10살이나 마찬가지라는 사실을 떠올렸다. 하나가 두나를 처음 만들어낸 것이 약 9년 전. 그렇다면 두나의 나이는 10살쯤이라는 말이 된다.

물론 하나와 기억을 공유하니 실제로 두나의 정신연령이 10살인 것은 아니다. 하지만 하나보다 확실하게 어리숙한 면이 있었다.

어쩌면 아직 철이 들기 전 어린 시절 하나의 성격이 이렇지 않았을까 하는 생각도 든다.

생각이 길어질수록 왜 하나가 두나를 냉정하게 잘라내지 못했는지 이해가 갔다.

하지만 예준은 그 단계에서 더 나아가려는 자신의 생각을 멈췄다. 이 이상은 생각하지 않는 것이 차라리 낫다.

그리고 부러 더 냉랭하게 말했다.

"식사 한 끼 정도야 상관없을 수도 있겠지만 아침 일도 그렇고, 좀 더 정신 차리고 다녀. 안두나."

"……."

그 목소리에서 새어 나오는 냉기가 너무 강했다. 마치 쐐기를 박듯이 얼음조각 같은 말이 덧붙여진다. 날카롭게 새기려는 말이었다. 본인에게도, 상대에게도.

"너 때문에 하나가 피해보는 건 최대한 피해줘. 그리고 이번에는 희성 형이어서 다행이지, 정말로 위험한 일이 생길 수도 있어. 매개체를 깨는 걸로 도망칠 수도 있겠지만, 네가 하는 일들은 공식적으로는 하나가 하는 일이 돼. 그거 명심해라."

"네……."

대답하는 목소리는 잔뜩 풀이 죽어 있었다.

예준은 고개를 돌리고 말을 전했다.

"어제 할머니께서 전화를 하셨어. 너에게 전해달라는 이야기가 있으셨다."

"네? 만신님이요?"

두나는 눈을 동그랗게 떴다. 지리산 만신님은 두나에게 세상에서 제일 무서운 존재이며, 또한 세상에서 두 번째로 고마운 존재이기도 했다.

"할머니가 꿈을 꾸셨는데…… 네 주변에 안 좋은 일이 일어날 것 같다고 하시더라."

"……."

"그러니까 몸조심하라고."

두나는 환하게 웃었다.

"네. 감사하다고 전해주세요."

예준은 사이드 미러로 두나의 그 해사한 미소를 보았다. 더더욱 어제 할머니의 당부가 떠올랐다.

'그 아이가 가장 큰일을 겪을 것 같구나.'

할머니가 전화까지 해서 걱정을 할 정도면 보통 일이 아닐 터였다.

게다가 걱정되는 것은 하나만이 아니었다. 할머니의 전언을 받은 다른 한 명인 희성.

오늘 벌어진 일은 그에게는 두 가지 의미로 위험하게 느껴졌다. 두나만이 아니다. 희성 역시 위태롭기는 마찬가지다.

희성은 부족한 능력을 가졌으면서도, 주변에 벌어진 영적인 이상한 일을 보면 그냥 넘어가지를 못했다. 악령에 씌어 고통 받는 이를 보면 그냥 넘기지 못한다.

그 덕분에 몇 번인가 험한 꼴도 당했고, 애초에 실패한 내림굿과 그로 인해 희성이 겪은 일을 예준은 어린 시절 이미 보았었다.

그런 일을 겪고도 저렇게 실없게 웃으며 오지랖을 떠는 심리는 도무지 이해가 가질 않았다. 희성이 오늘 두나를 데려온 걸 보면 그 버릇은 여전한 것 같았다.

문득 깨달았다. 두 사람의 공통점.

예준의 할머니는 그 두 사람을 비슷하게 불렀다.

'반편이.'

* * *

빈 병실에서, 희성은 조금 전까지 두나가 갇혀 있던 병실을 바라보며 생각에 잠겼다.

'도플갱어라…….'

솔직히 믿기 힘든 일이다. 그러나 희성은 믿기 힘든 일들을 꽤 많이 겪어왔다. 일단 그 자신부터가 반쯤은 무당이라고 할 수 있지 않나.

물론 희성을 구해준 만신님은 희성이 무당이라고 자신을 칭하면 호통을 치실 거다.

'이 반편이가 정말로 죽고 싶어서 안달이 났구나!' 하고.

처음 만났던 그때와 똑같이.

희성이 아직 고등학생이었을 때, 그는 소중한 가족을 잃었다. 꼭 지켜줘야 했으나 그러지 못했다. 잃고 나서야 모든 상황을 알게 된 것이다. 너무나도 늦은 후회였다.

그 슬픔과 자책 속에서 힘들어하던 그에게, 새어머니의 갑작스러운 말은 절대로 무시할 수 없는 일이었다.

계모는 실의에 빠져 있는 희성에게 다가와, 답지 않게 사근사근한 목소리로 속삭였다.

'희성아. 내가 잘 아는 용한 무당이 있는데 말이다.'

계모의 말은 어처구니가 없는 것이었다. 죽은 가족이 원통함을 못 이겨 그와 이복동생 주변을 떠돌고 있다는 것이다.

'그래서 너도 요즘 상태가 안 좋고, 또 희완이도 계속 저렇게 제대로 기도 못 펴고 있는 거라고 하더구나.'

지금이라면 말도 안 된다며 무시했을 말이다.

그러나 그때의 희성은 아직 어렸고, 또 죄책감과 고통으로 궁지에 몰려 있었다. 지켜주지 못한 가족을 위해서는 늦게라도 뭐라도 해야 한다고, 그렇게 생각했다.

계모의 얼토당토않은 말에 따른 것은 그 때문이었다.

죽은 이를 달래기 위해서는, 희성이 망자의 영혼을 받는 내림굿을 해야 한다고 했다.

희성은 계모의 손에 이끌려, 엉터리 무당에게로 갔다.

부친은 집안일에 큰 관심이 없었고, 조부는 당시 지방 분원으로 내려가 있던 때였다. 계모와 희성을 막을 수 있는 사람은 하나도 없었다.

희성은 아직도 기억하고 있었다.

정확히 어느 지역인지도 모르던 시골 마을의 한구석에 붉고 푸른 천이 휘날리던 작은 초가집을.

그곳에서 정확히 어떤 일이 있었는지는 기억나지 않는다.

분명한 것은 늘 눈앞에서 어른거리던 청홍의 천 자락과, 계속 귓가를 울리던 방울소리 뿐이다.

정말로 죽은 이의 혼이 다가오기라도 한 것처럼 구슬프던 그 방울소리.

짤랑 짤랑 짤랑…….

어린 희성의 내림굿은 실패했다.

희성에게 죽은 가족의 혼은 내리지 못했다. 그 대신 희성의 몸에 내린 것은 온갖 잡귀들이었다.

제대로 된 몸주신 없이, 내림굿이 이루어진 부작용이었다. 열이 올랐다 내렸다를 반복했다. 헛것이 보이고 이명이 귀를 괴롭혔다.

내림굿을 받고 온 지 일주일 만에 희성은 8kg이 더 빠졌다. 잠을 잘 수 없고, 먹을 수도 없었다. 눈을 뜨고 있어도 자신이 눈을 뜨고 있는 것인지 알 수 없었다. 살아 있는 것인지조차 불분명했다.

그럼에도 가장 고통스러웠던 건, 죽은 이의 혼을 직접 만나지 못했다는 사실이다. 죽은 가족의 영혼을 위로하고 싶다는 바람조차 힘없이 스러졌다.

지금의 희성은 알 수 있었다. 그때 자신을 괴롭혔던 건 진짜 망자들의 영혼조차 아니었다. 산자와 죽은 자들의 망집이 만들어낸 그림자에 가까운 것들이다.

그 내림굿 자체가 계모를 현혹한 무당이 돈 욕심으로 내린 어설픈 굿이었으니 당연한 결과였다.

희성이 내림굿을 받아야 할 팔자라는 말도, 죽은 가족이 희성과 희성의 이복동생을 원망하며 붙어 있다는 말도 전부 거짓이었다.

자식이 기대대로 커주지 않는 데 좌절한 계모는 굿만 하면 모든 것이 잘 풀리리라는 말에 속아 넘어갔다.

그 결과가 이런 참극이었다.

거의 숨이 넘어가기 직전인 희성을 놓고 발만 동동 구르던 그녀는 결국 지방에 내려가 있는 시부, 즉 희성의 조부에게 연락을 했다.

한달음에 달려온 조부는 가장 아끼는 장손자가 죽어가는 꼴을 보고 노호를 터뜨렸다. 그 원인까지 알게 된 조부는 계모를 용서하지 않았다.

그날 이후, 계모와 이복동생은 본가를 나가야 했다.

조부는 계모에게 절대로 희성에게 접근하지 말라고 엄포를 놓았다.

'한 번만 더 희성이 눈앞에 나타나면 내 이 정도로 끝내지 않을 거다!'

조부는 이런 영적인 일은 크게 믿지 않는 사람이었다. 그럼에도 사랑하는 손자가 죽어가게 생긴 상황에서까지 제 고집을 고수하지는 못했다.

조부는 모든 인맥을 다 동원해서, 제대로 된 무당을 찾았다.

그 결과 희성을 데려간 곳이 바로 지리산이었다.

지리산 깊은 곳에 위치한 작은 신당.

그곳에 한쪽 발을 들였을 때, 희성은 너무나도 놀랐다.

내림굿 이후 희성을 계속해서 괴롭히던 헛것과 이명이 씻은 듯이 사라졌던 것이다. 그렇게 조부와 함께 신당에 들어선 희성을 보고 지리산 만신 이정화 여사는 호랑이보다 무시무시한 얼굴을 했던 것이다.

'헛짓을 해서 무당도 아니고 보통 사람도 아닌 반편이가 되었구나!'

혀를 차던 만신님은 희성에게 소금과 팥 세례를 퍼부었다. 그 작고 가벼운 것들이 뼛속까지 아릴 만큼 아팠다.

희성은 그로부터 약 반년 동안 만신님의 신당에서 지냈다. 그곳에서 잘못된 내림굿의 부작용을 떼어내고, 깊이 상처 입은 마음을 치유하기 위해서였다.

예준을 처음 만난 것도 그곳에서 지내면서였다. 예준은 무슨 청학동 동자처럼 흰 한복을 입고 땋은 머리를 하고서 할머니를 돕고 있었다.

깊고 또 고요한 곳이었다. 사람의 흔적이 거의 없는 곳이었으니. 그래도 그곳에 있는 동안은 모든 걸 다 잊을 수 있을 것만 같았다.

그곳에서 그는 만신님에게 제령을 받으면서, 어깨너머로 꽤 많은 것을 배웠다.

잘못 내린 잡귀들을 전부 걷어내고 난 뒤, 만신님은 희성을 불러 말했다.

'이제 돌아가도 될 것 같구나.'

그러고는 손을 뻗었다. 그의 눈을 향해서.

'잘못 열린 영안(靈眼)은 닫아주마. 봉인이 완전할지는 모르겠지만, 그래도 이게 네가 편히 살기에 더 나을 게다.'

그건 만신님의 배려였다. 그것을 알게 된 건 서울로 돌아오고 나서, 약 1년이 지난 뒤였다. 그때 만신님이 억지로 닫아두었던 영안이 다시 열린 것이다.

그때부터 그는 보고 말았다. 남들이 보지 못하는 것들을.

알지 못하는 이유로 고통 받는 이들을 보았다. 희성의 힘은 미약하지만 그들을 돕는 것 정도는 가능했다.

그렇게 고통에서 벗어나 환하게 웃는 사람을 보았을 때, 희성은 자신이 무엇을 해야 하는지 깨달았다.

그는 지켜야 할 사람을 지키지 못했다. 구했어야 할 사람을 구하지 못했다. 그렇다면 적어도 다른 사람을 돕고 싶었다. 정말 구하고 싶었던 사람을 대신할 수는 없겠지만, 이것이 자신이 해야 할 일인 거라고.

그는 그렇게 믿었다.

희성이 의사의 길을 택한 것도 그 때문이었다. 무속에 대한 것도 본격적으로 공부하기 시작했다.

물론 평탄하기만 했던 건 아니다. 어설픈 힘으로 남을 도우려다, 내림굿을 받았던 직후처럼 심각한 상황이 된 적도 있었다. 그 상태로 지리산으로 돌아가자, 만신님은 처음 그가 갔을 때보다 몇 배로 더 화를 냈다.

'이 반편이가……! 너 정말 죽고 싶은 거냐!'

만신님은 그리 화를 내면서도, 희성이 절대로 이 일을 그만두지 못할 거라는 걸 아셨던 듯했다. 희성에게 직접 만든 부적과 방울 등의 몇 가지 무구(巫具)를 호신용으로 준 걸 보면 분명했다.

아직도 그 호령이 귓가에 선했다.

'반편이!'

오랜만에 예준을 만났기 때문일까. 아니면 만신님의 전언을 들었기 때문일까. 그 호령이 다시 떠올랐다.

아니, 어쩌면 '반편이'라는 단어에 너무나도 어울리는 이를 만나 버려서인지도 몰랐다. 희성은 낮게 중얼거렸다.

"안두나…… 라."

그는 눈을 감았다. 그리고 다시 눈을 뜬다. 지금 그의 시야를 채운 건, 어둠에 잠긴 병실뿐이 아니었다.

병실 구석구석에는 불쾌한 그림자들이 술렁거리고 있었다.

산 사람, 혹은 죽은 자들이 남긴 감정의 찌꺼기들.

그러나 저것들은 그 자체로서 힘을 가진다. 때로는 산 자마저 괴롭힐 정도로.

병원은 저러한 부정적인 에너지들이 고이기 쉬운 공간이다.

그 불쾌한 그림자 가운데, 흐릿한 빛의 흔적이 남아 있었다.

두나가 누워 있던 침대 위쪽. 두나가 그를 덮치려고 기다리던 문 뒤. 테이블 앞. 화장실까지 가는 길.

곳곳에 그녀의 영혼이 남긴 빛의 흔적이 있었다.

희성은 저도 모르게 손을 뻗었다. 그의 손안에서, 색색으로 빛나며 위태롭게 흔들리는 흔적이 사그라졌다.

그 색은 여전히 그에게 도움을 청하고 있는 것처럼 보였다. 이제 두나는 그가 도와야 하는 상황에 처한 게 아니라는 걸 알고 있는데도 그렇다.

분명한 건 이 색에 꽤나 마음이 끌린다는 것.

그리고, 정말로 꽤나 사랑스러운 색이라는 것이었다.

희성은 그런 자신의 감상에 스스로 조금 놀랐다.

* * *

"안두나!"

예준과 함께 문을 열고 들어온 두나를 보고 하나의 입에서는 비명 같은 외침이 터져 나왔다.

두나는 겸연쩍게 웃었다.

"에헤헤. 미안. 하나야."

하나는 두나의 몸 이곳저곳을 살폈다.

"그건 됐고! 너 정말 괜찮아? 내가 아까 오전에 갑자기 충격이 와서 얼마나 놀랐는데!"

실제로 회사에서 일하던 중 하나는 갑작스런 충격이 온몸을 뒤흔드는 것을 느끼고 경악했다.

두 사람은 원래 한 몸이었던 만큼, 서로에게 큰 충격이 가해지면 그것을 느낄 수 있었다. 일란성 쌍둥이는 드물게 그런 일을 겪는다지만, 실제로 한 사람이었다가 다른 한 명이 갈라져 나온 하나와 두나에게는 일상적이고 반드시 벌어지는 일이었다.

하나는 그걸 느끼고 당황해서 두나에게 계속 전화를 해봤는데, 전혀 받지 않아 몇 시간 동안 간을 졸였었다.

애초에 예준이 두나의 휴대폰으로 전화를 걸었던 것도 불안감에 발을 동동 구르고 있는 하나를 위해서였다. 직접 병원으로 달려가겠다는 것을 예준이 달래놓고 두나를 데리러 갔던 것이다.

두나는 해맑게 웃었다.

"괜찮아! 검사했는데 아무 이상도 없었어!"

"아무리 그래도 교통사고잖아!"

여전히 미심쩍은 듯 두나의 주변을 뱅글뱅글 돌며 이상이 없는지를 확인하는 하나의 어깨를 두나가 톡톡 쳤다.

"왜?"

두나는 하나의 어깨 너머를 가리켰다.

"저기, 니 남친."

"아!"

하나가 당황해서 돌아보자, 두나를 데려온 예준이 뾰로통한 표정으로 팔짱을 끼고 있었다.

"미, 미안. 오빠!"

"……."

대답이 없다. 드문 일이었다. 무뚝뚝하기 짝이 없는 인간이지만, 하나의 말에는 늘 꿀 떨어지게 대답하던 예준이었다.

그런 예준이 하나의 사과에 침묵으로 응대한다는 건 진짜로 삐졌다는 소리다.

하나는 예준에게 다가가 팔짱을 끼며 다급하게 말했다.

"진짜 미안해, 오빠. 오늘 너무 놀랄 일들이 많아서. 저기…… 나가서 얘기하자."

"……."

예준은 대답하지 않았지만, 하나의 팔짱을 풀거나 그녀가 이끄는 손길을 뿌리치지는 않았다.

하나는 문을 닫으면서 외쳤다.

"김치볶음밥 해놨으니까 먹어!"

두나는 해맑게 웃으며 손을 흔들었다.

"응. 내일 출근은 나니까 걱정 말고 오늘 안 들어와도 괜찮아."

"안두나앗!"

말은 그렇게 하면서도, 하나는 두나의 말대로 문을 닫았다. 그리고 두런두런한 이야기 소리가 천천히 멀어져갔다.

아마 하나는 내일 돌아올 것이다. 두나는 혼자 남은 자취방 원룸에 앉아 멍하니 천장을 올려다보았다.

내일 두나가 회사에 나가는 것도 큰 문제는 없었다.

오늘 무슨 업무를 했는지는 하나가 회사 컴퓨터에 미리 정리해서 메모를 남겨두었으리라. 하나와 두나가 요일별로 분담해서 살기 시작한 지 벌써 10년 가까이 되었다.

당연히 이런 일에는 이골이 났다. 물론 가끔 착오나 문제가 발생하기는 하지만, 두나나 하나 둘 중 한 명이 뒤처리를 할 수 있는 정도였다.

실수가 없게끔 하고 싶다면, 미리 연락한 다음 내일 아침에 하나와 만나서 다시 합쳤다가 갈라지는 방법도 있다. 그러면 하나와 모든 기억을 다시 공유하게 되니까 업무상으로 문제가 생길 위험성도 적다.

하지만 두나는 한 가지 결심을 했다.

"하나한테 한동안 동기화하지 말자고 해야겠다."

오늘은 정말 많은 일이 있었다. 하나에게는 두나와 관련된 일 빼고는 정말로 평범한 하루였을 것이다.

그러나 두나에게는 달랐다.

시작부터 끝까지 처음 경험하는, 그리고 강렬한 사건사고들이었다.

좋든 나쁘든 그녀의 짧은 일생에 이토록 다사다난한 일이 연달아 터진 날은 없었다.

어쩌면, 앞으로도 없을지 모른다.

이것은 온전히 '안두나'의 것이다.

적어도 지금 이 순간만은.

물론 하나와 동기화를 하고 나면 이 모든 기억이 하나에게도 남게 되리라. 그러나 그전까지는 이 기억은 온전히 두나 자신만의 것이었다.

새삼스럽게 가슴이 벅차올랐다. 두나는 부푼 가슴을 안고 잠들 수 있었다.

3. 못 올라갈 나무

휴대폰 화면에 뜬 요일과 시간을 확인한다.

[화요일 8:10]

오늘은 여유 있게 지각을 면했다. 두나는 안도의 한숨을 흘렸다. 출근 시간보다 약 20분 먼저 사무실이 있는 건물 1층에 도착했다.

어제 같은 불상사는 피한 셈이다.

엘리베이터의 위쪽에 뜬 숫자는 1. 아직 1층에 서 있는 것 같다.

'럭키! 오늘은 운이 따라주네.'

두나는 희희낙락하며 재빠르게 버튼을 눌렀다. 다행히 아직 다른 층으로 움직이기 전이었는지 엘리베이터 문이 바로 열렸다.

그 순간, 두나는 굳어버리고 말았다.

"……."

돌처럼 굳은 그녀를 엘리베이터 안쪽에서 부르는 목소리가 있었다.

햇살처럼 따스한 목소리.

"하나야!"

"아! 유현아…… 가 아니라 강 대리님!"

하나라고 불린 두나는 조금 더듬다가 반쯤 외치듯이 답했다.

순식간에 얼굴이 새빨갛게 달아올랐다.

펑 하고 터져버릴 것 같다. 김이 폴폴 나는 기분.

멍하니 서 있는 그녀에게 강 대리, 즉 강유현이 웃으며 말한다.

"안 타? 아슬아슬한데?"

"아, 아! 죄송합니다!"

그녀는 고개를 푹 수그리고 엘리베이터 안으로 들어갔다.

딸기처럼 달아오른 얼굴을 가방을 들어 올려서라도 가리고 싶었다. 이런 얼굴을 보여줬다가는 이 고장 난 것처럼 뛰는 가슴의 고동까지 들킬 것 같아서였다.

두나가 이렇게 부끄러워하는 건 당연했다.

유현은 두나가 대학시절 하나 대신 대리출석을 나가며 처음 그를 만난 이후부터 지금까지 장장 7년여를 이어온 짝사랑 상대였으니까.

그는 두나가 속한-공식적으로는 하나가 속한- 팀의 팀원이었다. 직급은 대리, 바로 하나의 사수이기도 했다.

동시에 강유현은 하나의 대학 동기였다. 수석으로 입학해서 재학 중에도 과 톱을 내내 놓치지 않았던 덕분에 과 내에서 유현은 유명인이었다.

물론 하나도 과에서 늘 2, 3위 안에 드는 우수한 성적을 올리는 수재였지만, 졸업할 때까지 유현을 한 번도 이기지 못했다.

두나는 하나가 성적이 나올 때마다 유현을 이기지 못했다며 분통을 터뜨리는 것을 줄곧 보아왔다.

'어떻게 한 번을 못 이기냐! 분해!'

하나는 두나의 일 때문에 약 2년 정도 휴학을 했고, 결국 유현이 먼저 졸업했다. 여자가 2년 휴학을 하면, 남자가 군대에 다녀오는 것과 비슷한 공백이 생긴다.

그래서 두나는 다시 유현을 볼 수 있기를 기대했지만, 희망은 빗나갔다.

그는 건강상의 문제로 군대를 면제받았고, 그래서 휴학 없이 바로 졸업해버렸다는 소식을 뒤늦게서야 전해 들은 것이다.

복학한 뒤, 하나는 드디어 자신의 독주가 시작되었다며 즐거워했지만 두나는 학교에서 그를 볼 수 없는 것이 슬펐다.

그랬는데, 취직하고 나서 강유현과 재회한 것이다.

그것도 사수와 부사수로!

하나는 이제 상사가 되어서 자기 머리 위에서 놀고 있다면서 분통을 터뜨렸지만, 두나는 마냥 좋기만 했다. 유현을 이렇게 가까이서 볼 수 있는 것이다.

바로 지금처럼!

엘리베이터 문이 닫혔다. 그녀와 유현은 같은 팀. 당연히 내리는 층수도 같다.

같은 5층.

어제는 일진이 너무나도 사나웠는데, 오늘은 반대였다.

출근길에 이렇게 단둘이 엘리베이터에 타게 되다니!

'럭키!'

실실 나오려는 웃음을 애써 억누르며, 조신함을 유지했다.

아무리 그래도 대학시절부터 장장 7년을 짝사랑한 남자의 앞이다.

수줍은 소녀의 이미지를 유지하고 싶었다. 유현에게 그녀는 하나였으니 별 의미가 없지만 말이다.

괜히 고개를 숙이고 머리와 옷매무새를 매만졌다. 지하철에서 사람들에 치이느라 부스스해 보이지는 않을까, 하고 불안감이 들었던 것이다.

그때, 예상 못 한 목소리가 옆에서 그녀의 주의를 끌었다.

"하나야."

"네, 네?"

두근두근두근…….

자신의 이름을 부르는 것도 아닌데 이렇게 가슴이 뛴다. 다시 얼굴에 열이 오르고, 가슴이 두방망이질했다.

조심스레 시선을 그에게로 돌렸다.

시선이 마주친다.

"말 편하게 해. 그렇게 해도 된다고 벌써 몇 번이나 말했잖아?"

정말로 스윗한 말투.

그리고 어조만큼이나 내용도 달콤하다.

두나는 마음 같아서는 당장에라도,

'응! 그럴게!'

……라고 하고 싶었다. 그러나 그럴 수가 없었다.

하나가 유현에게 대하는 태도와 너무 다른 태도를 취할 수는 없는 노릇이었다.

하나는 왕년의 라이벌이자 현재의 사수로서 선을 긋고 유현을 대했다.

오늘 두나가 나왔다고 해서 유현에게 하고 싶은 대로 행동했다가는 같은 사람이 맞냐는 반응이 돌아올 것이다.

때문에 두나는 본심은 감추고 하나처럼 행동했다. 두나에게는 자연스러운 일이었다.

"지금이 대학교 때도 아니고, 지킬 건 지켜야죠."

그렇게 애써 쿨하게 말하며 웃었던 것이다.

유현은 조금 서운한 듯했다.

"그렇군요. 그게 편하다면 어쩔 수 없죠. 저도 예의를 지킬게요."

유현의 친근하던 말투가 공적인 말투로 돌아간다.

두나는 속으로 피눈물을 흘렸다.

'으헉! 나도…… 나도 유현이랑 말 편하게 하고 싶은데……!'

땡.

엘리베이터의 도착 알림음이 울렸다.

너무 짧다.

아쉬움을 느끼기도 전에 문이 열리고 유현이 먼저 나갔다. 두나는 그 뒤를 따라 조심하게 내렸다.

유현의 뒤를 따라 사무실로 가려던 하나는 곧 머리 위로 물음표를 띄울 수밖에 없었다.

유현이 서서 움직이지 않는 것이다.

"저어…… 안 들어가세요?"

아직 여유가 있기는 하지만, 이렇게 한자리에 멍하니 멈춰 있을 정도의 시간이나 이유는 없었다.

뒤돌아본 유현은 그녀를 향해 부드럽게 웃는다.

눈사람조차 미소 한 방에 녹여버리는 해님 같은 미소였다.

그는 그 미소와 함께 손에 든 테이크아웃 커피를 들어 올려 보인다.

"난 아까 출근카드 찍었어요. 커피 사러 내려갔다 오는 길. 잠깐 담배 좀 태우고 들어가려고요."

"아! 죄, 죄송합니다!"

민망해하는 하나에게 유현은 웃으며 덧붙였다.

"빨리 가봐요."

"네."

"아, 잠깐."

하나는 고개를 돌렸다. 코앞에 따스한 김이 확 와 닿았다.

"가져가요."

"하, 하지만 이거 대리님 커피잖아요?"

유현은 커피의 김만큼이나 부드럽고 따스한 미소를 지었다.

어떻게 사람 웃음에 저렇게 온도랑 질감이 느껴질 수 있느냐 말이다.

두나는 정신이 아찔할 지경이었다.

"처음부터 하나 씨 주려고 산 거예요. 내 건 여기. 뚜껑 보면 알겠지만 입 안 댔으니까 안심하고 마셔요. 아마 지금 딱 마시기 좋게 식었을 거예요."

그는 그렇게 말하고는 평소처럼 다정한 미소를 지은 채 천천히 걸어갔다.

두나는 한참 동안 유현의 등을 멍하니 바라보고 있었다.

두나가 유현에 대한 자신의 감정을 깨달은 건 대학 2학년 1학기 때였다.

아직도 어제 일처럼 선명하게 기억하고 있었다.

그때의 두나는 아직 자신의 감정을 제대로 다 깨닫지 못한 아이와 상황이었다. 혹은 인형 같다고 해도 좋으리라.

하나 대신 학교에 나와서도, 하나가 내린 지시만을 묵묵히 수행하는 것이 전부였다.

하나의 친구들과 어울리는 것도 하나가 하는 것을 그대로 흉내 내어 어울렸다. 그리고 그들과 어울리지 않을 때는, 수업에 집중하고 과제를 하는 것이 전부였다.

그 외에 조금 시간이 남은 때는, 홀로 캠퍼스 구석의 벤치에 앉아 멍하니 하늘을 보고 있었다.

그때는 이유를 아직 알지 못했다.

지금 와서 다시 생각해보면 그때 그녀는 막 '자기 자신'이라는 걸 존재를 깨닫기 직전 단계에 와 있었던 것 같다.

어설프게나마 '안두나'라는 존재를 자각하기 전.

멍하니 노을 진 하늘을 올려다보고 있는데, 등 뒤에서 익숙한 목소리가 그녀를 불렀다.

"아, 하나야."

두나는 그 목소리에 고개를 돌렸다. 그건 자신의 이름이 아니지만, 이 학교 안에서 저 이름으로 불리어야 했으므로.

그녀가 앉은 벤치 뒤에는 야트막한 언덕이 있었다. 그 위에 그가 있었다.

'강유현.'

선한 눈매가 안경 안에서 두나를 향하고 있었다.

과 내에서 유현은 유명했다.

능력 있고, 누구와도 쉽게 친해지고 잘 싸우지도 않는 인격자로. 평소에는 부드럽지만, 조금이라도 불의한 일을 보면 절대 참지 못하는 성격으로도.

그러나 하나는 유현을 싫어했다.

인격적으로 싫어한다는 소리는 아니었다. 단지 홀로 유현에 대한 경쟁심을 불태우고 있다는 게 맞다.

어쨌건 그게 하나의 행동 원리였다.

유현에 대한.

그런데 지금 자신을 보며 웃는 유현을 보고 있자니, 두나는 그 경쟁심을 어디에서 가져와서 그에게 향해야 좋을지 알 수 없었다.

두나는 고개를 갸웃했다.

이상하다.

두나의 모든 것은 하나와 똑같다. 전부 하나에게서 그대로 복사해온 것이니까. 그녀 자신만의 것이라는 건 있지 않았다.

그런데, 지금 그녀의 안에서는 유현에 대한 하나의 감정을 찾아낼 수 없었다.

도리어 그 자리에는 좀 형태가 다른 것이 있었다.

뾰족하거나 날카롭다기보다는, 조금 보드랍고 따스하고 포근한 것.

두나는 그것이 무엇인지 정확히 몰랐다.

어쨌건 지금 그녀는 안하나답게 행동해야 했다.

두나는 하나라면 어떻게 했을지를 떠올리고 그대로 행동했다.

지금 이 상황 자체가 이전과는 달랐다. 과거엔 하나라면 어떻게 행동할지 고민할 필요가 없었다. 하나의 행동과 습관은 몸에 그대로 배어 있었으니까.

그녀는 처음으로 궁리해서 하나처럼 연기했다.

불퉁한 목소리가 유현을 향했다.

"네가 상관할 바는 아니지."

그 말에 유현은 난처한 듯 뺨을 긁었다.

"하긴, 그렇긴 하네."

유현은 늘 그랬던 대로 별로 화나 보이지 않았다. 그 자신이 듣는 어떤 안 좋은 말에도, 그는 화내지 않았다.

그가 화를 내는 건 타인이 불의한 일에 상처 입었을 때다.

보통은 타인의 고통이나 슬픔에서는 눈 돌리더라도, 자신이 받는 고통과 슬픔에는 그러지 못한다. 그러나 유현은 정반대였다.

두나가 본 사람 중 저런 유형의 사람은 유현밖에 없었다.

그는 왜 그런 걸까?

그것이 늘 궁금했다.

문득 두나는 스스로 놀랐다. 자신은 유현에 대해 어째서 이렇게 잘 알고 있는 걸까?

저도 모르는 사이에 유현에게 관심이라도 가지고 있었던 걸까?

두나는 충동적으로 말하고 말았다.

"보통은 이렇게 말하면 화를 내. 넌 왜 화를 안 내?"

말을 내뱉고 나서, 두나는 아차 했다. 하나라면 절대 유현에게 이런 질문을 하지 않았을 거다.

유현은 곤란한 듯 웃었다.

"글쎄. 그게 화낼 일이 아니라고 생각해서 아니겠어?"

"다들 자신을 중요하게 생각해. 그래서 다른 사람이 자신을 공격하거나 안 좋은 말을 하면 다 화를 내지. 넌…… 너 자신이 그다지 중요하지 않은 거야?"

그 말에 유현의 얼굴이 굳었다.

"……."

"……."

무거운 침묵이 내려앉았다.

노을이 지던 하늘은 이제 무거운 핏빛으로 가득했다. 그림자가 길어진다. 덕분에 지금은 유현의 눈이 잘 보이지 않았다.

입매만은 평소처럼 웃고 있으나, 그것이 전부는 아니니라.

마침내 유현이 대답했다.

"……그런지도 모르겠네."

두나는 다시 충동적으로 툭 대답했다.

"그러지 마. 그러면 안 돼."

지금은 유현의 표정을 알아볼 수 있었다.

그는 놀란 토끼눈으로 두나를 바라보고 있었다.

"그래도 이건 어쩔 수가 없는 일이야."

그는 그렇게 말하며 슬프게 웃었다.

* * *

그 알 수 없는 대화 이후, 두나는 알 수 없는 기분에 휩싸인 채 집으로 돌아왔다.

가슴이 텅 빈 것 같았다. 텅 비어서 아픈 것 같은 착각. 이런 기분이 무엇인지 두나로서는 알 수 없었다.

그런 두나를 맞아준 건 하나였다.

"왔어?"

두나는 순종적으로 고개를 끄덕였다.

"응."

하나의 옆에 있으니 안심이 된다.

역시 하나는 두나의 중심이었다. 본체이고 진짜이다.

두나는 오로지 그녀에 의지해서 존재할 수 있는 그림자였으니까.

하나는 두나가 가져온 과제물을 확인하고, 두나가 오늘 있었던 일을 설명하려는 걸 막았다.

"그냥 동기화하자. 그러면 굳이 설명할 필요도 없으니까."

"……응."

이번 대답은 늦게 나왔다.

어째서일까? 이런 적이 없었는데.

두나는 그 순간 노을 속에서 만났던 유현을 떠올렸다. 다시 가슴이 아파지려 했다.

그러나 하나가 먼저 움직였다. 하나는 가지고 있던 매개체인 거울을 깼다.

쨍강!

현기증이 밀려와 조금 전 노을의 광경을 지워버렸다.

* * *

"휴."

하나는 한숨을 쉬었다.

두나를 몸속에 넣었다가 다시 내보내는 동기화 과정은 꽤 많은 체력을 필요로 하는 일이었다.

다시 하나의 밖으로 나온 두나는 멍하니 하나를 보았다.

하나는 두나의 오늘 치 기억을 되새김질하고 있었다.

"응, 그래. 잘 해줬……. 응?"

그때 하나가 눈을 동그랗게 뜨며 두나를 보았다.

"두나야."

"응."

"너 강유현 좋아해?"

그 말에 두나는 자신의 심장이 바닥으로 쿵 하고 떨어지는 듯한 기분을 느꼈다.

자신과 똑같은 하나의 목소리를 듣자, 두나는 깨달을 수 있었다.

'아, 그래. 내가…… 유현을 좋아하는구나.'

그제야 두나는 아까 자신이 느낀 아픔의 정체를 알 수 있었다.

자신은 유현을 좋아했다. 그렇기에 그가 가여워 보인 순간, 그리도 가슴이 아팠던 것이다.

그리고 두나가 그 사실을 스스로 깨닫기도 전에, 하나가 먼저 이를 알았다.

더없이 소중하고 안타까운 기억이었다. 그러나 그 기억은 두나 자신만의 것으로 남아 있지 못했다.

하나 역시도 그 기억을 가지고 있으니까. 동시에 하나는 그 기억을 보고, 자신보다 먼저 자신의 감정을 알아버렸다.

그 사실이 너무나도 아팠다.

두나는 감정을 깨닫기도 전에, 포기 먼저 배워야 했다.

벌써 꽤 오래된 슬픈 과거의 이야기였다.

어째서 그때의 일이 떠오른 걸까? 두나는 새삼 알 수 없어졌다.

손안에 들린 커피는 여전히 따뜻했다.

두나는 그걸 든 채 유현의 뒷모습이 사라지는 걸 잠시 동안 넋을 잃고 바라보고만 있었다.

* * *

막 일을 끝내고 지친 몸으로 집에 돌아왔을 때, 희성은 전화 벨소리를 들었다.

띠리리!

누구일까? 그는 어쩐지 떠오르는 한 사람을 생각하며 휴대폰 화면을 확인했다.

액정에는 '예준'이라는 글자가 떠 있었다.

희성은 자신이 조금 실망하는 것을 느꼈지만 그러면서도 대수롭지 않게 여기며 전화를 받았다.

"그래. 예준아."

-형. 두나랑 약속한 거 진짜로 나갈 생각이야?

"그래."

희성은 좀 의아했다. 예준은 원래 남의 일에 잘 끼어드는 성격이 아니다. 그런 그가 이렇게 사적인 영역의 일에 끼어드는 건 정말 드문 일이다.

전화 너머에서 예준이 한숨을 쉬는 소리가 작게 들렸다.

-그러고 보니 저번에 두나랑 형 일 있을 때, 미처 말을 못했는데……. 형 아직도 영적인 일로 사람들 돕고 있는 거야?

"……."

대답할 말이 없었다.

아니라고 거짓말을 하기에는 지난번 두나와 만나게 되고 그 사달이 난 경위를 예준이 이미 알고 있다. 두나가 귀신에 쓰인 줄 알고 도와주려 했다고 이미 말해버렸으니까.

예준은 날카롭게 말했다.

-할머니가 아시면 호통을 치실 거야!

"그렇겠지."

예준은 쓴웃음을 지었다.

만신님이 '이 반편이가!' 하면서 당장에라도 호통을 치실 것 같은 기분이었으니까.

-애초에 형은 내림굿을 받으면 안 되는 사람이었어. 그러니 지금처럼 일반인도 아니고 진짜 무당도 아닌 상태가 된 거고. 그 불완전한 힘으로 다른 사람 돕겠다고 나서다간 형이 다쳐!

"알아. 하지만…… 그냥 지나칠 수가 없었는걸."

그때 희성의 눈에 침대맡에 놓아둔 작은 액자가 들어왔다. 거기에는 행복해 보이는 한 가족이 웃고 있었다.

어린 시절의 그와 동생. 그리고 형제를 한 명씩 안고 행복하게 웃고 있는 부모님.

이들 중 과거의 모습 그대로 살고 있는 이는 하나도 없다. 희성은 손끝으로 액자를 쓰다듬으며 소리 없이 속삭였다.

'자기만족이라는 건 알지만, 도저히 그만둘 수가 없네.'

자신은 정말 지켜야 할 사람을 지키지 못한 것을 대신하고 싶은 걸지도 모르겠다.

여러모로 자신이 한심하고 위태롭다는 자각은 있었다.

전화 너머에서 예준이 화를 냈다.

-또 남의 업이나 기운을 대신 받아서 위험해지려고 그러는 거야? 할머니가 그런 형을 몇 번을 구해주셨는데……!

희성은 쓰게 웃었다.

"미안. 최대한 조심하고 있어. 두나 씨 일은 정말 위험한 악령은 아니라고 생각해서 그랬던 거니까."

예준이 한숨을 쉬며 물었다.

-두나랑은 왜 다시 보겠다는 거야?

"그야 내가 잘못을 했으니 빚을 갚겠다는 거지. 너야말로 왜 그렇게 예민하기 굴어? 네가 두나 씨 오빠라도 되냐?"

-…….

그 말에 놀랍게도 예준은 잠시 말을 멈췄다. 그 말이 무언가 정곡을 찌른 모양이다.

-……절대 아니지.

"그러면 네가 그렇게 예민하게 굴 이유가 없지."

-그러는 형이야말로 미안하니까 만나서 밥 사주겠다느니 그런 소리 하는 거 처음인 거 알아? 형이 다른 사람에게 그렇게 살갑게 구는 사람이었어? 위험에 처한 사람은 발 벗고 도와주다가 그 사람이 안전해지면 안면 몰수하는 게 형 특기면서.

"……."

이번엔 희성이 약간 찔렸다. 예준이 다시 정곡을 찔러왔다.

-두나는 위험에 처해 있지 않아. 물론 불완전한 상태긴 하지. 그런데 그것 때문에 형이 그 애에게 접근하는 건 아니라고 생각해.

희성은 변명했다.

"난 두나 씨가 위험에 처해 있다고 착각한 게 아냐."

-그러면 대체 무엇 때문에 안 하던 짓을 하는 건데?

"그냥, 관심이 가서?"

-내가 그 말을 믿을 거 같아?

여전히 가차 없는 예준이었다.

통화가 끝난 뒤, 희성은 새삼 자신에게 물었다.

'그러고 보니 왜 난 두나 씨에게 다시 만나자고 한 거지?'

이렇게 그가 먼저 청해서 사적으로 단둘이 타인과 만나는 건 정말로 오랜만이다.

그것도 여성과는.

성인이 된 뒤로 처음이라고 봐도 좋을 것 같다.

그는 반쪽이나마 무당으로서, 위험에 처한 이들을 도우려 노력해왔다. 그러나 예준의 말대로 도움이 끝나면, 이제 안전해진 이들과는 다시 인연을 길게 유지하지 않았다.

얼마 전에 그가 악몽을 떨쳐내도록 도와주었던 간호사 역시 같았다. 그녀 쪽에서 몇 번인가 더 그에게 접근하려 했지만, 희성은 매정하게 잘랐다.

그런데 정신을 차리니 두나에게는 먼저 약속을 잡고 있었다.

어째서?

대답은 그로서도 아직 알 수 없었다.

* * *

"아이고, 피곤하다. 하나 씨. 커피 한잔 어때?"

"네, 좋아요. 이 대리님."

오전 10시 30분. 아직 점심시간까지는 애매하게 남은 시간. 사무실 안에 단둘뿐인 여성 중 한 명인 미진이, 직장인의 하루의 낙인 커피타임을 가지자며 두나를 불러냈다.

출근할 때 유현이 준 커피를 이미 마신 뒤지만, 원래 직장인에게 카페인과 당분은 힘의 근원인 법이다.

하나도 희희낙락하며 따라갔다.

20:1의 경쟁률을 뚫고 하나가 수습사원으로 취직하는 데 성공한 신생 웹진 <인카운터>는 유명 방송사인 Y사의 자회사였다.

Y사는 방송사를 필두로 여러 언론 분야를 아우르는 체제를 구축하려고 하고 있었다. <인카운터>는 요즘 들어 영향력이 강해지는 인터넷 쪽으로 Y사가 사업을 확장하기 위해 만든 새 타이틀이었다.

물론 아직 시작 단계에 불과했기에 큰 영향력은 없지만 말이다. 그래도 본사가 워낙 탄탄하니 월급 밀릴 걱정은 없었고, 아직 규모는 작지만 착실히 자리를 잡아가고 있는 건 분명했다.

그러니 어떻게든 꼭 붙어서 수습 기간을 무사히 넘기고 정직원을 달라는 것이 미진이 그녀에게 늘 하는 당부였다.

"그리고 우리 사진기자 많이 부족한 거 하나 씨도 알지? 하나 씨 빼면 강 대리뿐이야. 강 대리 혼자서 얼마나 고생했나 몰라. 그러니까 강 대리를 위해서라도 꼭 정직원 되는 거야. 하나 씨가 수습 기간에 큰 사고만 안 치면 아마 큰 문제없이 정규직으로 전환될 거야. 걱정 말고 열심히만 하라고!"

두나도 열정적으로 고개를 끄덕였다.

요즘 같은 세상에 모두가 원하는 정규직 자리에, 게다가 두나가 사모해 마지않는 유현의 곁에서 함께 일할 수도 있다. 더 바랄 것이 없었다.

두나는 의욕을 다졌다. 하나가 의욕이 떨어져서 포기하려 들면, 본인이 나서서 하나의 등짝을 때리면서 다그쳤다.

'아자! 타도…… 가 아니라 목표 정직원!'

하나와 두나 중 지금 일에 더 만족하고 있는 건 두나 쪽이었다.

예술대학 사진과를 졸업하면서 하나는 진로를 놓고 깊이 고민했었다. 당시에 상업 사진작가 쪽 일과 사진기자 쪽 일을 놓고 고민하던 하나가 사진기자 쪽 일을 선택한 계기에는 두나의 영향도 있었다.

하나가 사진 일을 좋아하고 하기를 바라는 것처럼 두나가 기자 일을 하고 싶어 했기 때문이다.

물론 막판에 붙었던 쇼핑몰 사진작가 일이 입사 직전에 취소된 것도 영향이 크긴 했다.

하나는 울며 겨자 먹기로 유현이 있는 걸 알면서도 <인카운터>에 인턴으로 입사하는 길을 선택할 수밖에 없었다. 막상 들어와서는 일이 적성에 맞는지 군말 없이 잘 다니고 있지만 말이다.

두나는 당연히 이곳에 뿌리까지 박고 싶었다. 간절히. 기자 일도 좋았고, 유현의 곁에는 있기만 해도 좋았으니까.

"네, 저도 꼭 그렇게 되면 좋겠어요. 저 졸업하고 교수님 뵈러 갔더니, 요즘 졸업생들 정규직 취업률이 너무너무 낮다고 한숨을 쉬시더라고요."

"그렇지. 요즘 경기가 진짜 힘들지."

두 사람의 한탄 어린 대화는 길게 이어졌다.

직장인의 커피타임이 몇 안 되는 회사생활의 낙이라고는 해도 길게 이어지기는 힘들었다. 커피를 고르고 5분에서 10분 정도 꿀맛 같은 잡담을 나누다가, 몇 모금 못 마신 커피를 들고 사무실로 돌아오는 것이 정해진 코스였다.

지금도 그랬다. 미진은 반쯤 마신 아메리카노를 들고, 하나는 3분의 1쯤 마신 카페라테를 들고 천근만근 무거운 다리를 움직여 다시 사무실로 향했다.

화제는 하나의 친구가 어제 당했다는 교통사고 이야기-물론 두나 본인 이야기를 친구 이야기라며 바꾼 것이다-에서 회사 건물 1층 카페의 원두가 바뀐 것 같다는 이야기를 거쳐 같은 사무실 팀원들로 돌아갔다.

"그러고 보니까 하나 씨, 강 대리랑 대학 동기라고 했지?"

"네."

"그럼 학부 때도 아는 사이였어?"

"그냥 이름이랑 얼굴만 아는 동기 정도예요. 물론 강 대리님은 과 내에서 유명했지만요."

"하긴 그럴 만하지."

미진은 깔깔 웃었다.

"아무리 작은 팀이라고 해도 입사 2년 만에 대리 달 정도의 능력에 저렇게 사근사근한 미남이니. 대학 때도 아주 여자들이 가만히 안 뒀을 거야."

"그, 그랬죠."

"내가 우리 그이만 아니었어도 노려봤을 텐데 말이야."

두나는 식은땀을 흘렸다.

"저, 저기…… 그 남자친구분이 계신데……."

깔깔거리며 손을 휘휘 젓는 미진의 등 뒤에 한 남자가 날카로운 눈으로 그녀를 응시하고 있었던 것이다. 바로 옆 팀의 한 대리, 이미진 대리의 남자친구다.

기겁한 미진은 화들짝 놀라서 뒤돌았다.

"자, 자기야! 농담, 농담인 거 알지?"

3개월 뒤면 결혼할 약혼자에게 달려가서 삐진 남자친구를 달래기 위해 애쓰는 미진을 보며 두나는 애매한 미소를 지었다.

사내 잉꼬커플로 유명한 사람들이다. 입사 겨우 두 달째인 그녀도 저 둘의 닭살 돋는 사랑싸움을 이미 열 번 가까이 목격했다. 한창 아옹다옹하다가도 고개를 돌렸다가 다시 보면 하트를 사방에 뿌리고 있는 것이 저들의 패턴이다.

두나는 낮은 목소리로 인사를 남기고 옆으로 돌아갔다.

"저, 화장실 들렀다가 먼저 들어가볼게요."

어차피 둘 다 듣지 않겠지만.

'그래도 사이가 좋아 보이셔서 부럽네.'

사내 잉꼬커플의 닭살 행각을 부러운 눈으로 바라보며, 두나는 홀로 사무실로 향했다. 조금 우울한 생각이 들려 했다.

회사 안에서 서로에 대한 감정을 당당하게 드러낼 수 있는 평범한 사람들에 대한 부러움. 물론 사내연애가 불가능한 회사 사람들은 저렇게까지 노골적으로 애정을 드러내지 못할지도 모른다.

그러나 그런 경우라고 해도 적어도 상대방에게 고백조차 하지 못하는 두나와 같은 경우는 드물 것이다. 그것도 단순히 고백을 못하는 정도가 아니라, 자신의 이름과 정체조차 밝힐 수 없는 경우는 아마도 거의 없으리라.

언제 유현을 좋아하게 된 건지 계기는 잘 기억나지 않는다. 너무 오래되었다. 그러나 좋아하는 감정만은 분명했다.

이유는 간단했다. 대학시절, 유현에 대한 경쟁심을 불태우는 하나에게 이질감을 느끼며 지켜보다가 깨달았다.

그전까지 두나에게는 그녀 자신만의 감정은 없었다. 기억도 없었다. 전부 하나에게 받은 것뿐.

자신만의 기억도 하나에게 합쳐진 뒤에는 구분하기조차 어려워지곤 했다. 그런데 유현에 대한 감정만은 달랐다.

하나와는 다른 분명한 자신만의 것.

그런 감정을 인식한 순간부터, 두나는 자기 자신이 하나와 다르다는 사실을 분명하게 인식하기 시작했다.

종종 꿈을 꾸고는 했다. 유현에게 고백하는 꿈.

자신의 감정은 물론, 자신이 누구인지까지. 자신의 이름을 말하고 정체를 털어놓는다.

그러나 매번 그녀의 꿈은 자신이 고백하는 데에서 끝나고는 했다. 꿈속에서조차 유현이 무어라 대답하는지 알 수 없었다.

아는 것이 조금 두렵기도 했다.

그때였다.

휴대폰에서 소음이 울렸다.

삐릿!

메시지가 도착했음을 알리는 소리. 휴대폰을 들어 보자 희성에게서 온 메시지가 화면에 떠올랐다.

[두나 씨. 오늘 저녁 약속 기억하죠? 제가 데리러 갈게요. 어디로 몇 시까지 데리러 가면 돼요? 그리고 뭐 먹고 싶어요?]

절로 두나의 얼굴에 미소가 피어올랐다. 메시지 가장 앞에 쓰여 있는 두 글자.

'두나.'

그러고 보면, 이제 그녀를 두나라고 불러주는 사람이 한 명 늘었다. 두나는 재빠르게 대답 메시지를 보냈다.

[초밥이요! 비싼 걸로요!]

* * *

오늘은 칼퇴근하는 날이었다. 저녁 약속이 있는 날이니 당연하다. 게다가 약속 상대가 비싼 밥을 사주겠다고 했는데 늦는 것은 식사에 대한 예의가 아니었다. 6시 30분 땡 치자마자 출퇴근 카드를 긁고는 바람처럼 달려 1층으로 내려갔다.

어제 한 번 본 적 있는 고급스러운 검은색 세단이 사무실 앞에서 있었다. 두나가 막 정문을 나서자 새카맣게 선팅된 창이 내려가며 한 남자의 얼굴이 드러났다.

날카로우면서도 남자다운 선을 그리는 턱과 그 위에 부드럽게 호선을 그린 얇은 입술. 그리고 예상하지 못한 것이 있었다.

'서, 선글라스?'

차만큼이나 새카만 선글라스를 끼고 있는 남자는 길쭉한 손가락으로 선글라스를 슥 내린다. 일견 날카로워 보이는 눈매가 두나와 마주치는 순간 부드럽게 풀린다. 칼날처럼 빈틈 하나 없던 조금 전의 모습은 온데간데없다.

두나는 새삼 감탄했다.

정말이지 참 잘난 얼굴이다.

'속은 사이비 무당이라서 문제지.'

그러고 보면 이 남자는 진정한 의미에서 사이비였다. 잘빠진 겉모습으로 속에 든 괴짜 모습을 숨기고 있다는 면에서 특히.

아마 저 외모로 길에서 '도를 믿으십니까?'라고 진지하게 물으면, 여성 신도를 하루에 열댓 명은 늘릴 수 있을 게 분명했다. 두나도 자칫 잘못하면 넘어갈 뻔하지 않았나.

그녀가 속으로 자신을 어떻게 평하고 있는지도 모른 채, 희성은 차에서 내려 두나에게 직접 차 문을 열어주는 서비스를 했다.

두나는 고개를 꾸벅여 감사의 표시를 한 후 차에 올랐다. 순간적이지만 무슨 드라마나 만화에 나오는 잘생긴 집사에게 에스코트 받는 아가씨라도 된 기분이었다.

물론 기분만 그렇다는 의미지만.

현실은 반쪽짜리 도플갱어, 그리고 사이비 무당 의사.

만화에서조차 잘 나오지 않을 언밸런스한 조합이다.

두나가 조수석 시트에 앉자, 희성은 고개를 숙이고 손을 안쪽으로 집어넣었다. 그의 긴 팔이 안쪽으로 쭉 뻗어온다. 두나의 가슴에 닿지 않았지만 조금만 밀면 그대로 닿을 것처럼 가깝다.

'아?'

절로 얼굴이 달아올랐다. 그러나 민망해하는 것은 두나 혼자였다. 희성은 그저 손을 뻗어 두나에게 안전벨트를 직접 매어주려는 것뿐이었다. 그는 재주 좋게도 두나의 몸이나 옷에 닿지 않고서 벨트 버클을 고정했다.

찰칵.

어쩐지 단번에 맞물려들며 울리는 금속성이 기분 좋았다.

* * *

차창 밖으로 풍광이 휙휙 변한다. 두나는 대충 차창 밖 풍경을 보는 척하며 희성의 옆모습을 힐끔거렸다. 그는 여전히 검은 선글라스를 쓴 채 운전에 집중하는 중이다.

긴장한 듯 셔츠 깃 사이로 드러난 목울대부터 턱에 이르는 선이 제법 힘이 들어가 있다. 무언가에 집중하는 남자의 모습이 섹시해 보인다는 인터넷에서 떠다니던 이야기에 두나는 비로소 찬성할 수밖에 없었다.

'참…… 신기하네. 목의 혈관까지 잘생길 수 있다니…….'

어쩐지 저 혼자 민망해져서 두나는 부러 아무렇지 않은 척 말을 꺼냈다.

"차 선팅도 꽤 진한데 그 선글라스, 잘 보여요?"

무표정하게 굳어 있던 희성의 입매가 부드럽게 풀리며 꼬리가 올라간다.

"네. 원래 눈이 좀 약해서 햇빛이 강할 때는 자주 쓰는 편이에요."

하긴 서녘으로 해가 넘어가고 있기는 하지만, 옆에서 찔러드는 저녁햇살이 제법 눈부시고 따갑다.

희성이 말을 덧붙였다.

"이유가 있는 건지는 모르지만 오히려 저녁때가 눈이 더 힘들더라고요."

"아하. 시력이 좀 약하신가 봐요. 직업상 눈도 많이 쓰셔서 피곤하실 수도 있을 테고."

두나는 히죽 웃었다.

"그래서 어제는 그렇게 착각하신 거 아니에요?"

'당신 눈 나쁘죠?'

라는 대놓고 긁는 말에도 희성은 호쾌하게 웃었다.

"하하. 그랬죠, 뭐. 전 처음에 두나 씨 보고 이렇게 순식간에 귀신에 씐 사람도 있나 했어요."

"……."

그 말에 두나는 고개를 갸웃했다.

'순식간에 씐 사람?'

그 말은 어쩐지 귀신 씌기 전과 씐 후를 다 봤다는 말처럼 들렸다. 두나를 보고 희성이 귀신에 씐 사람으로 착각했으니, 그렇다면 귀신에 씌지 않은 사람은 하나일 것이다.

두나가 알기로 희성은 하나와 두나를 함께 만난 적이 없다. 두나의 기억 속에서 희성과의 첫 만남은 어제의 사고 때였다.

두나는 의심스럽게 물었다.

"우리 어제 처음 만났잖아요? 그전에 만난 적 있어요? 그것도 하나까지 보신 것처럼 말하시는데."

희성은 아차 하는 표정을 했다. 자신이 말실수를 했다는 것을 깨달은 그는 잠시 고민하다가 어떻게 말해도 변명이 불가능한 것을 깨닫고 빠르게 포기했다.

"음……. 일단 사과부터 하고 시작할게요."

"또 사과할 일이 있어요?"

두나는 어안이 벙벙해져서 물었다.

"사실…… 어제 두나 씨 처음 본 거 아니에요."

"네?"

두나는 앉은 자리에서 벨트까지 하고 그대로 펄쩍 뛸 뻔했다.

"사실 사흘 전에 그 근처에서 하나 씨랑 두나 씨를 우연히 봤어요. 함께 본 건 아니고 따로 봤어요. 대충 2, 3분 정도 차이였나?"

두나는 무의식적으로 방어를 하려는 듯이 가방을 가슴에 끌어안았다. 두 손으로 가방을 야무지게 쥔 폼이 희성의 태도가 조금만 의심스러워도 그대로 희성의 얼굴에 가방을 내던지고 달리는 차 문을 열 기세였다.

"그때 스쳐 지나가는 두나 씨를 봤는데 2, 3분도 안 되어서 갑자기 영혼의 상태가 불안정한 두나 씨가 다른 사람 같은 표정으로 제 옆을 지나가더라고요. 그리고 영혼의 색이라고 해야 하나, 그게 너무 비슷해서 쌍둥이로는 안 보였었고. 아마 처음 본 게 하나 씨였고, 그 뒤에 본 게 두나 씨였던 거 같아요. 그래서 그렇게 순식간에 귀신에게 씐 사람이라니…… 하면서 관심을 가지게 됐죠."

이건 매우 불길한 설명의 시작이다. 두나는 두근거리는 가슴을 억누르며 물었다.

"설마…… 그 뒤에 제 뒤를 캐신 건 아니죠?"

희성은 잠시 침묵했다. 그리고 자백을 시작했다.

"음. 죄송해요. 할 말이 없네요. 그때 두나 씨 뒤를 좀 미행했어요. 아, 안심하세요! 구체적으로 집이나 회사까지 따라가진 않았어요."

전혀 안심할 내용이 아닌데 말이다!

두나는 참지 못하고 외치고 말았다.

"변태! 스토커!"

희성은 '끄응' 하는 소리를 내더니 애써 변명을 계속했다.

"저기, 그러니까 전 그저…… 빙의로 괴로워하는 분을 도와드리고 싶은 선의에서……."

"빙의 자체가 헛다리 짚은 거잖아요! 게다가 스토킹은 범죄거든요! 거기에다가 감금까지 하셨잖아요! 세상에! 의사 사칭에 스토킹에 감금이라니……!"

희성은 힘없이 덧붙였다.

"의사 사칭은 아니에요. 저 면허 있고, 진짜로 K대 병원에서 일하는 거 맞다니까요. 그건 확인하셨잖아요."

"아, 그러네요. 그러면 의사 사칭은 빼고, 무당 사칭으로 해드릴게요."

"사이비 아니라니까요!"

"예준 오빠 말로는 만신님이 절대 무당 일 하지 말라고 하셨다면서요. 그러면 사이비죠. 만신님께 인정받고 오시면 정식 무당으로 인정해드릴게요. 만신님이 인정해주실 정도면 무당 국가고시(?) 합격했다고 봐도 되잖아요."

지리산 만신의 인정이라. 희성으로서는 평생 불가능한 일이다.

대답할 말이 없는지 희성의 어깨가 눈에 띄게 풀이 죽었다. 두나는 그런 남자를 재촉했다.

"자, 어서 모든 죄를 다 토해내시죠?"

"다 말했는데. 그래서 시간이 될 때 그 근처에서 두나 씨를 찾다가…… 어제 딱 발견했다는 거죠. 그게 다예요."

두나는 새삼 의문이 들었다.

"혹시…… 그래서…… 일부러 사고 내려고 하신 거예요?"

그렇게 말하는 두나의 표정은 경계심과 의심에 가득 차 있었다.

희성은 기겁했다. 사이비 무당이라고 경계당하기 이전에 인간으로서의 기본적인 인성이 의심받는 지경에 이른 것이다.

"아, 오해하지 말아요. 절대 아니에요. 귀신에 씐 사람이라고 해도 차 사고를 당하게 할 리 없잖아요! 그리고 저도 같이 치였잖아요. 진짜로 십년감수했어요, 어제 저도."

두나는 입가를 살짝 비틀어 올렸다. 진짜 웃음과는 좀 다른 웃음.

"흐응. 그러니까 지금 나 때문이라고 핑계를 대시는 거죠?"

희성은 의외로 진지하게 고개를 저었다.

"아뇨. 내 실수고 내 잘못이죠. 그래서 다행이에요. 어제 검사 결과 이상이 없어서. 아, 그러고 보니 다른 후유증 없어요?"

두나는 고개를 저었다.

"아뇨. 없…… 아, 목이 좀 뻐근하기는 한데."

희성은 쯧쯧 혀를 찼다.

"근육통은 교통사고에 필수 옵션처럼 따라붙죠. 그러니까 어제 하루는 입원하시라니까."

두나는 입술을 삐죽였다.

"거기 감금만 안 당했으면 그러고 싶었을 거예요."

정말 그 정도로 좋은 병실이기는 했으니까.

그러고 보면 그런 방은 아무리 하루라도 병원비가 상당할 것이다. 이미 희성이 돈도 냈다고 했는데 그냥 못 이기는 척하고 어제 하룻밤 잘 자고 아침까지 얻어먹을 걸 그랬나?

근데 아무리 희성이 그 병원에서 근무하는 의사라지만 그런 비싼 병원비를 턱턱 낼 수 있을 정도로 돈이 많은가?

의뭉스러웠지만 두나는 곧 편하게 생각하기로 했다.

의사잖아. 사자 붙은 직업 중에서도 대표적으로 꼽히는 전문직!

그러니 오늘 저녁은 거하게 뜯어먹어야겠다.

스토킹이라는 여죄까지 밝혀냈으니 양심의 가책 따위는 느끼지 말고 거하게 뜯어먹어줄 생각이었다.

두나의 핀잔에 희성은 과장되게 어깨를 움츠렸다.

"이런, 죽을죄를 지었네요."

그녀는 환하게 웃었다.

"걱정 마세요. 오늘 저녁이 맛있으면 반쯤은 용서해드릴 테니까."

희성의 입에서 웃음소리가 터져 나왔다.

"하하. 한 번에 다 용서받을 수 있도록 최선을 다해 대접하도록 하죠."

두나는 그의 장담을 그저 평범한 농담이라고만 생각했다. 그러나 희성이 운전한 차가 번쩍거리는 호텔 앞에 도착했을 때, 그만 얼굴을 굳히고 말았다. 드높고 거대한 건물 위에는 S호텔이라는 글자가 선명했다.

'호, 호텔이라고?'

* * *

지극히 서민적인 두나에게 S호텔은 그저 인터넷 기사 한 귀퉁이에서나 보던 이름이다. 국내 최고 수준의 호텔이라는 것만은 안다. 당연한 선망의 대상.

그런데 정작 아까 막 희성이 차를 세운 순간, S호텔의 앞에 붙은 S는 안 보이고 뒤에 '호텔'이라는 글자만 굵게 강조한 것처럼 보였다. 어제 처음 만나 몇 시간 동안 감금당한(?) 남자와 오늘은 호텔 앞에?

약 1, 2초 정도였지만 어마어마하고 민망한 상상들이 머리를 스쳐 지나갔고, 약 3초 뒤 호텔에는 침대 시트 위에 장미꽃이 뿌려진 요상한 객실만 있는 게 아니라 레스토랑이나 카페, 바도 많다는 사실을 떠올릴 수 있었다.

'그, 그래. 진정해라, 안두나!'

덕분에 간신히 표정을 수습할 수 있었다. 호텔이라는 단어가 준 충격이 가시자, 다음으로 든 생각은 엄청난 부담감이었다.

희성에게 비싼 밥을 사달라고 하긴 했지만, 그건 패밀리 레스토랑보다는 적당히 비싼 일식집이나 이자카야 같은 곳에서나 한 끼 사달라는 말이었다.

절대 지금처럼 S호텔 최상층에 입점한 최고급 초밥집에 데려다 달라는 말이 아니었단 말이다!

"어서 오십시오."

S호텔 최상층에 위치한, 일본어 이름을 가진 초밥집은 모던하면서도 일본풍의 인테리어로 꾸며져 있었다.

그녀가 하나와 가끔 가는 동네 이자카야의 '우리는 일본 음식점이에요!'라고 외치는 듯 색색의 기모노를 입은 사람들이 그려진 복제 판화나 한 손을 든 복고양이 인형이 즐비하게 늘어선 인테리어와는 전혀 달랐다. 그런데도 도리어 이곳이 더 일본 같은 분위기가 물씬 났다.

깔끔하게 차려입은 직원들이 깍듯이 그들을 맞아 예약 여부를 확인하는 순간, 그 부담감은 세 배로 무거워졌다.

단화 아래 밟히는 붉은색 양탄자가 부담스럽게 푹신했다.

'이건 천이 아니라 지폐를 밟는 기분인데.'

천희성의 이름으로 2명 예약된 것을 확인한 직원은 예의 그 부담을 팍팍 주는 태도로 희성과 그녀를 안내했다.

멍하니 반쯤 넋을 놓고 있던 두나를 깨운 것은 희성의 부름이었다.

"두나 씨?"

"네, 네?"

"문 열렸어요."

정신을 차리니 안내해주는 직원이 룸의 문을 열고 그들을 기다리고 있었다. 두나는 멍하니 바닥을 밟아보느라 그것도 못 보고 직원을 기다리게 한 것이다.

'으악!'

두나는 속으로 비명을 지르며 당황해서 앞으로 나아갔다. 그런데 너무 마음만 급했던 모양이다. 발이 꼬이고 말았다.

자신의 발에 발이 걸려 그대로 바닥으로 넘어지려는 두나에게 희성의 당황한 목소리가 울렸다.

"두나 씨!"

그리고 무언가 따스하고 단단한 것이 그녀를 감싸 간신히 넘어지는 건 면할 수 있었다.

"괘, 괜찮으세요? 손님?"

당황한 직원의 목소리가 들렸다. 두나는 너무 놀란 제 심장 소리가 쿵쿵거리는 걸 들었다.

그런데 조금 이상했다.

'응? 소리가 너무 큰데?'

그때야 그녀는 깨달았다. 이건 자신의 심장 소리가 아니다.

희성의 심장 소리다!

두나는 기겁해서 몸을 뒤로 뺐다. 쓰러질 뻔한 두나를 잡아주면서, 두나는 거의 희성에게 안기다시피 했던 것이다.

"죄, 죄송해요!"

"괜찮아요. 다치진 않으셨어요?"

문을 열고 있는 직원은 다시 그들의 대화를 지켜봐야만 하는 민망한 상황에 처했다.

약간의 미묘한 두근거림은 룸 안에서 다시 어마무시한 부담감으로 돌변했다.

룸 안의 테이블 위에는 두 명분의 세팅이 이미 완료되어 있었다. 내부 인테리어는 여전히 돈을 그대로 바른 것처럼 고급스러워 가슴에 묵직한 돌을 하나 더 올리는 듯했다.

그 부담감이 절정에 이른 것은 흰색의 정갈한 복장을 입고, 머리를 짧게 자른 나이 지긋한 중년 남성이 보조로 보이는 요리사 몇 명을 함께 데리고 들어섰을 때였다.

딱 봐도 포스가 장난 아니었다. 누가 보아도 저 사람이 주방장이라고 알아볼 수 있을 것 같았다.

대나무 받침에 올려진 따뜻한 물수건에 손을 닦던 두나의 움직임이 딱 멈췄다.

"오랜만에 오셨군요. 천 원장님께서는 잘 지내십니까?"

희성은 아주 익숙하게 말을 받았다.

"네, 걱정해주신 덕분에요. 간이 안 좋아져서 요즘 여기를 못 오신다고 꽤 아쉬워하셨습니다."

"하하. 하긴 천 원장님께서는 여기 오시면 늘 술을 말로 비우셨으니까요."

주방장과 희성이 말하는 사람은 아마 성씨로 보아 희성의 친척인 모양이다.

'그런데, 원장?'

어깨를 돌덩이처럼 딱 누르고 있는 부담감 두 개. 그리고 머릿속에 떠오르는 물음표 하나.

게다가 어째선지 모르겠는데, 저 주방장의 얼굴을 어디선가 본 적이 있는 것 같았다. 두나는 필사적으로 기억을 짜내기 시작했다.

두나의 상태는 아랑곳없이 희성과 주방장은 화기애애하게 대화를 나누고 있었다.

"오늘은 방어가 아주 좋습니다."

"그래요? 기대되네요. 늘 그런 것처럼 유 주방장님께 부탁드리겠습니다."

주방장은 너털웃음을 터뜨리며 고개를 끄덕인다.

"네, 걱정 마십시오! 오랜만에 천 원장님 댁에 들르셔서 방어맛 자랑해주세요. 그러면 아마 바로 달려오실 겁니다."

"하긴 할아버지가 방어를 참 좋아하시죠."

주방장은 꼭 다음에는 천 원장이라는 분과 함께 오겠다는 희성의 답을 듣고는, 만면에 웃음꽃을 피우고 돌아갔다.

문이 닫히고 나서야 두나는 주방장의 얼굴을 기억해낼 수 있었다.

"아! 어디서 본 거 같다 했더니……! 저 사람, 아니 저분……. 유명찬 주방장이죠? 그 얼마 전에 TV 프로그램에 나왔던……!"

그렇다. 얼마 전 방영한 유명한 맛집 소개 프로그램에서 초밥 특집을 했었는데, 거기서 봤던 얼굴이었다.

거기에서 유명한 주방장은 큰 사고를 당해서 손을 못 쓸 뻔했다가 재활에 성공했다는 휴먼스토리까지 곁들여진 사람이라 인상 깊었다.

희성은 고개를 끄덕였다.

"네, 맞아요."

두나는 잔뜩 흥분해서 물었다.

"저런 유명한 분이랑 어떻게 아는 사이신 거예요? 일부러 와서 인사까지 하고 가시고."

"별거 아니에요. 나랑 저분이 아는 사이가 아니라, 할아버지가 저분과 인연이 있으시거든요."

"할아버님이요?"

그러고 보니 아까 유 주방장은 천 원장이라는 사람을 계속 강조했었다. 아마 그 사람이 희성의 할아버지인 모양이다.

하긴 천 씨는 상당히 희귀한 성씨라, 아마도 천 원장이라는 사람이 희성의 친척일 거라 예상은 했었다.

"네, 할아버지께서 저분 팔 수술을 하셨거든요. 그 일로 친해지셨고, 또 할아버지가 원체 여기 회를 좋아하셔서……. 아마 다음에 뵐 때 여기 왔었다는 얘기하면 못 참고 달려오실 거예요."

바로 어제 만난 사람인데 이상하게 자세한 이야기까지 마구 알게 된다.

희성은 자신이 도플갱어라는 사실을 만난 그날 바로 알았고, 자신은 희성이 사이비 무당이라는 것을 만난 그날 알았다.

그리고 오늘, 또 희성의 할아버지에 대한 얘기까지 들었다.

기분이 꽤 묘했다.

두나의 미묘한 기분은 길게 이어지지 못했다. 음식이 날라져 오기 시작했던 것이다.

* * *

부담스러운 인테리어, 황송한 접객. 거기에 마지막 펀치가 더해진다. 두나는 솔직하게 신음했다.

"마, 맛있어……!"

애피타이저부터 시작해서 회, 초밥, 요리 하나하나가 너무나도 맛있었다. 입 안에서 녹아 사라져버리는 것이 안타까울 정도였다.

거의 환희에 찬 두나의 얼굴 표정을 보고 희성은 웃음이 터지는 것을 참으며 물었다.

"그렇게 맛있어요?"

"네. 이거에 비하면 지금까지 내가 먹은 회는 회가 아니라 그냥 생선살이에요."

"다행이네요. 이 정도면 용서받을 만한가요?"

두나는 시원스레 고개를 끄덕이고는 한 점 남은 회를 마저 입에 넣으며 기쁨에 어깨를 움찔거렸다.

그때 희성이 직원에게 무언가를 부탁했다.

"아, 술도 좀 주문할게요."

두나의 귀가 번쩍 뜨였다. 희성은 뭔가 이름이 복잡한 일본주를 시켰다. 그때 그녀의 귓전에 오전에 통화할 때 하나의 신신당부가 다시 리플레이 되었다.

'너 저녁 약속 때 또 술 먹지 마! 또 사고 치지 말라고!'

그러나 입 안에서 녹아 사라지는 감칠맛은 너무나도 알코올과 잘 어울리는 종류의 것이었다. 두나는 참지 못하고 검지를 올렸다.

"그, 그럼…… 맥주 한 잔만……."

당연한 말이지만, 정말 한 잔으로 끝났을 리 없었다.

그것이 모든 비극의 시작이었다.

4. 입은 재앙을 불러들이는 문이다

쏴아아…….

기분 좋은 물소리가 잠결에 귓바퀴에 감겨든다. 잠에 취한 정신은 희뿌연 막을 덮어씌운 듯 흐리멍덩했다. 뇌가 알코올에 절여진 덕분일 것이다.

깨질 듯한 두통이 각성보다 한발 먼저 머리를 후려쳤다.

눈을 뜨고 천장을 보는 것보다 두통이 먼저였던 것이다.

"아야야……."

두나는 잠에서 깨기도 전에 눈을 감은 채로 머리를 부여잡고 옆으로 굴렀다. 그리고 비극이 연달아 벌어졌다.

왜냐하면 그녀가 구른 곳에는 바닥이 없었기 때문이다. 한마디로 그대로 침대에서 바닥으로 굴러떨어졌다는 말이다.

"꺅!"

머리의 지끈거림이 가라앉기도 전에 또 다른 고통이 온몸을 후려갈긴다.

'이, 이게 뭐야…….'

바닥에 떨어지면서 부딪힌 어깨와 등짝을 어루만지는 동시에 머리를 감싸려는 이상 행동을 시도하다가, 그녀는 곧 좌절했다.

안 닿는다. 그리고 다 아파.

달칵.

작은 소리가 울렸다. 잠시 버벅거린 뒤에야 그 소리가 문이 열리는 소리라는 것을 깨달을 수 있었다. 깨달음이 한발 늦었던 것은, 그 소리가 그녀가 늘 듣던 자신의 방문 소리가 아니어서였다.

'무슨 소리지?'

두나는 천천히 고개를 들었다. 그리고 통통 부은 눈에 달린 눈곱을 대충 비벼 닦다가, 그녀는 순간 자신의 눈을 의심했다.

남자의 벗은 등이 보였던 것이다.

'뭐, 뭐지? 나 지금 잘못 보고 있나? 아님 꿈?'

날렵하게 잘 짜인 등 근육이 꿈틀거린다. 남자의 어깨가 움직였다. 잘 발달된 승모근 위에 맺힌 물방울이 그 움직임에 더는 견디지 못하고 주르륵 하고 흘러내렸다.

그 물방울은 마치 남자의 등 근육을 핥듯이 승모근을 타 넘어 척추 쪽의 골 진 부분으로 매끄럽게 미끄러진다.

주르륵…….

그녀는 그 물방울이 흘러흘러 남자의 허리께에 질끈 묶인 수건에 뚝 하고 떨어지는 것을 보았다.

수건 아래에는 미끈하면서도 남자다운 근육으로 꽉꽉 들어찬, 늘씬한 다리가 보였다. 당연히 다리도 바닥에 닿은 발도 모두 물에 젖어 있었다.

입가에서 침이 주르륵 흘러서 손등으로 툭 떨어졌다.

"어?"

무의식적으로 손등의 침을 옷깃에 닦으려다가 자신의 옷차림이 어떤 상태인지 깨달았다.

상의를 안 입고 있다!

정확히는 속옷과 얇은 캐미솔은 입고 있었지만, 그 위에 입고 있어야 할 블라우스가 없다.

두나는 멍한 얼굴로 자신의 몸에 두른 이불을 슬쩍 들추어 보았다. 그리고 거의 졸도할 것 같은 기분이 되어버렸다.

'패, 팬티만 입고 있어!'

다시 부리나케 고개를 돌려서 앞을 보았다.

'여기 어디지?'

처음 보는 방이다. 일단 자취방보다 훨씬 컸다. 굴러떨어진 침대도 자신의 것보다 높다.

가구부터 벽지, 방 안 공기의 냄새까지……. 어느 것 하나라도 눈에 익은 것이 없었다.

그 와중에 헐벗은 남자의 젖은 뒤태가 떡 펼쳐진 것이다.

남자는 화장실로 보이는 문 앞에서 머리를 말리고 있었다.

잠결에 무슨 소리를 들은 건지 이제야 알겠다.

하지만 여전히 의문이 남는다.

'여긴 어디지? 대체 이 상황이 뭐지? 저 인간은 누구야?'

충격이 너무 크면, 반응을 못 하고 굳어버린다는 말을 듣고 코웃음을 쳤었다. 그런데 정말로 그렇다는 것을 이제야 알았다.

이게 대체 무슨 재난이냐는 말이다!

간신히 제정신이 돌아오기 시작했다. 굳어 있던 여자는 멍하니 남자의 뒤태를 강제로(?) 시청 당하고 있었다.

남자는 머리가 대충 말랐는지 수건으로 머리를 털던 손을 멈춘다. 그리고 손에 들고 있던 작은 수건을 빨래통에 던졌다.

그리고 하반신을 가리고 있던 수건에 손을 가져갔다.

그 순간, 그녀는 퍼뜩 정신을 차리고 외쳤다.

"스, 스톱! 그만! 멈춰요!"

절대 눈을 뜬 순간 보인 것은 남자의 등 근육이 섹시해서 소리 지르는 것마저 잊고 있었던 것은 아니다.

그렇다고 볼 만큼 봤으니 이제 비명을 지르는 것도 절대…… 아니다!

"아, 일어났어요?"

그녀는 자신이 비명을 지른 순간, 뒤돌아보며 저렇게 물어오는 남자의 얼굴을 보고 경악했다.

"희, 희성 씨?"

전날 기억이 휘발된 상태에서 깨어나 아침에 마주한 헐벗은 남자가 생판 처음 보는 얼굴은 아니라는 사실에 안도해야 할까.

……그러다가 깨달았다. 안도할 상황이 아니다.

'그런데 저 인간이 왜 저렇게 헐벗고 있는 건데? 여긴 또 어디고? 저번에 비슷한 일이 있었던 것 같은데? 아니, 그전에 하나가 이걸 알면 날 죽이려고 할 거야!'

라고 속으로 외치면서도, 그녀는 자신의 솔직한 시선이 절로 남자의 벗은 상체의 앞쪽에 가는 것을 막지 못했다.

'모, 몸은 진짜…… 좋……. 저, 저게 초콜릿 복근이라는 거구나…… 가 문제가 아니잖아!'

잠시 땀에 젖은 남자의 가슴 근육에 정신이 팔릴 뻔했다가, 다시 꿀을 뿌린 것 같은 초콜릿 복근에 넋을 놓을 뻔했다.

결국 간신히 다시 정신을 챙기는 순간, 그가 피식 웃었다.

'으아아아!'

두나는 순간 정신이 날아가는 줄 알았다.

선이 뚜렷한 이목구비는 그 얼굴 근육이 그려내는 표정을 매우 뚜렷하게 표현해주었다.

늘 시답잖은 장난을 마치 숨 쉬는 것처럼 치던 남자는, 순식간에 표정을 바꾼다. 희성은 매우 딱딱하게 굳은 얼굴로 그녀를 응시했다.

'뭐, 뭐지? 갑자기 왜 무서운 얼굴로…….'

저 사람이 저렇게 굳은 얼굴을 하는 건 처음 보았다. 그 사실에, 두나는 잠시 놀라고 또 더럭 겁이 났다.

그때, 남자의 목소리가 그녀를 더더욱 패닉상태로 몰아넣었다.

"어제 당신이 나한테 무슨 짓 했는지 알아요?"

희성의 낮은 목소리에 가슴이 덜컹했다.

"무, 무, 무…… 무슨 짓이라뇨?"

남자는 정말로 억울해 죽겠다는 얼굴로 물었다.

“기억 안 나요, 정말? 필름 완전히 나간 거예요?”

“아, 아, 아, 안 나요!”

그녀는 거의 멘탈이 바스라지는 기분으로 외쳤다.

그리고 그녀의 머리 위로 청천벽력이 내리쳤다. 미묘한 표정으로 희성이 이렇게 말했던 것이다.

“이거 실망인데요. 난…… 처음이었는데.”

* * *

‘처음? 무슨 처음? 뭐가 처음이라는 건데?’

그녀의 머릿속을 점령한 말은 오로지 그 말 한마디였다.

혼돈과 파괴가 그녀의 정신과 언어를 한바탕 휩쓸고 난 뒤, 그 폐허에 남은 게 그 말 하나뿐이었던 것이다.

그러나 직접 소리 내어 물어볼 엄두가 나지 않았다. 어떤 대답이 나올지 무서웠던 것이다.

그녀는 거의 인간의 잔해 같은 느낌으로 멍하니 침대 위에 앉아 있었다.

그 앞에 남자가 냉장고에서 무언가를 꺼내서 가져다준다. 익숙한 색깔의 각진 모양이 그녀의 눈에 들어온다.

딸기우유다.

“먹어요. 속 불편하죠? 일단 이거 먹고 다시 제대로 해장하러 나가죠.”

여자는 퀭한 얼굴로 눈앞에 있는 남자를 올려다보았다.

멍하니 분홍색의 깜찍한 캐릭터가 그려진 우유곽을 받아 들었다. 동시에 머릿속으로 수많은 생각이 휙휙 스쳐 지나갔다.

'뭐지? 뭐가 어떻게 된 거야?'

'어제 뭘 하고 있었더라? 뭘 어떻게 했길래 이 인간이 왜 여기 있어?'

'그리고…… 처음이라니? 뭐가 처음이라는 건데? 뭐냐고요?'

……라는 말은 차마 입 밖으로 내지 못했다.

그때였다. 어제의 기억이 머릿속에 흐릿하게나마 한 장면 떠올랐다.

그래, 어제…….

'유현아아……!'

고주망태가 된 자신이 맥주에 소주를 말아서 마구 들이켰다.

그 모습을 떨떠름한 표정으로 마주 앉아 맥주잔을 든 채 바라보고 있는 남자.

바로 지금 그녀의 앞에 있는 남자, 천희성이었다.

조금씩 기억이 되살아난다.

그렇다.

어제 자신은 신세 한탄과 함께 짝사랑하는 학교 동기 겸 지금은 직장 상사인 남자에 대한 한탄을 마구 쏟아내며 술을 마셨다.

어렴풋한 어제의 기억을 떠올리고 혼자 경악하는 그녀에게 희성이 물었다.

어쩐지 걱정스런 어조. 여전히 장난기는 느껴지지 않는다. 평소와 매우 다른 모습.

"두나 씨."

"네, 네, 네?"

화들짝 놀라는 그녀, 두나에게 희성이 진지하게 말했다.

"우유팩 반대 방향으로 뜯고 있어요."

"……."

희성은 화살표가 그려진 입구의 반대쪽이 너덜너덜해지기만 할 뿐 제대로 뜯지 못한 두나의 손에서 우유팩을 받아 들었다. 그리고 제대로 된 입구를 열어서 두나에게 건넸다.

두나는 여전히 멍한 정신으로 딸기우유를 받아 마셨다.

달콤한 액체가 혀끝에 닿더니, 부드럽게 휘감기며 단숨에 목구멍까지 넘어간다.

그 한 모금을 마신 시점에서 그녀는 깨달았다. 자신이 매우 목이 마르고 배가 고픈 상태였다는 것을.

우유팩은 곧 텅 비었다.

뇌에 당분이 좀 공급되자, 정신이 조금 맑아졌다. 두나는 다시 물었다.

"이, 이게 대체 어떻게 된 거예요?"

드디어 제대로 대화가 시작될 수 있었다. 그녀의 초조한 질문에 희성은 딱딱하게 답했다.

"정말로 기억 안 나요? 자기가 무슨 짓 했는지?"

"안 나요! 그리고 옷 좀 입어요! 왜 그렇게 헐벗고 있어요!"

"그거야……."

"게다가 여긴 또 어디예요? 생전 처음 보는 집인데?"
두나는 상대가 제대로 대답하기도 전에 다시 패닉 상태가 되어서 마구마구 외쳐댔다. 여전히 제정신이 온전히 안 돌아온 모양이었다.
희성의 얼굴은 더욱 딱딱하게 굳었다. 그제야 두나는 자신이 심한 결례를 한 걸지도 모른다는 생각이 들었다.
희성이 말했다.
"나도 말 좀 하고 싶은데요."
"……아, 죄, 죄송해요."
두나는 놀라서 고개를 푹 숙였다. 희성은 설명을 시작했다.
"어제 나랑 술 먹기 시작한 건 기억나요?"
"네……."
"그럼 거의 기억하는 거네. 간단해요. 술 별로 세지도 않으면서 잔뜩 마셨고, 완전히 취해서……. 사실 집 주소는 예준이에게 물어봐도 되긴 하지만, 그랬다간 두나 씨가 곤란해질 것 같더라고요."
두나는 간신히 가슴을 쓸어내릴 수 있었다. 예준에게 말하지 않았다는 건, 하나도 아직 모른다는 소리다.
"……곤란해지는 거 맞아요. 고, 고마워요……."
감사의 인사를 주워섬기며 다시 물었다.
"그런데 여긴 어디예요?"
"내 집이요."
"……."

반쯤 예상하고 있기는 했다.

그래도 눈앞이 깜깜해진다.

술 먹고 외박도 모자라서 정신 차리니 외간 남자의 방.

또 사고를 치다니. 그래도 지금까지 이런 사고는 안 쳤는데. 지금까지는 외박이래도 찜질방에서 자고 오는 얌전한 수준이었다.

두나는 잔뜩 긴장한 얼굴로 다시 물었다.

"그런데 왜……."

"둘 다 헐벗고 있냐고요?"

두나는 식은땀을 줄줄 흘리며 고개를 끄덕였다. 희성은 여전히 딱딱한 얼굴이다.

"당신 덕분이죠."

"나, 나 때문?"

"이야, 그런 경험은 처음이었어요. 아주 화끈했죠."

"화, 화끈?"

두나는 거의 이불자락을 물어뜯고 싶은 표정으로 눈앞에 있는 반라의 남자를 바라보았다.

"그래요. 엄청나게 화끈했어요."

"뭐, 뭔 일이 있었던 건데요!"

두나가 참지 못하고 소리를 빽 질렀다.

그러자 희성이 갑자기 얼굴을 그녀에게 확 들이밀었다.

두나가 놀라 흠칫하는 그 틈에, 남자는 속삭이듯이 진실을 알려주었다.

"빈대떡을 참 잘 부치시더라고요. 내 셔츠랑 당신 옷에."

* * *

사정은 이러했다.

밤새 4차, 5차까지 돌고 거의 첫차 시간이 다 되어서야 술판이 끝났다.

희성은 원래 밖에서 두나가 술이 깨기를 기다릴 작정이었는데, 완전히 떡이 된 그녀가 빈대떡을 거나하게 부쳤던 것이다. 두나의 상하의와 희성의 셔츠가 피해를 입고 말았다.

토한 옷을 그대로 놔둘 수가 없어 결국 희성은 두나를 데리고 자신의 집으로 왔다. 그리고 두나의 옷은 눈 돌리고 벗겼다는 것이 그의 설명이었다.

그는 '눈 돌리고'에 힘을 주어서 말했다. 두나는 시뻘게진 얼굴로 고개를 끄덕였다.

희성은 두나의 뒤처리를 한 후 침대 위에 던져두고, 자신도 씻고 나온 참이었던 것이다.

이 기나긴 설명이 지금 그가 초콜릿 복근을 자랑 중인 이유였다.

사정을 듣고서 죄인이 되어 시뻘게진 얼굴을 푹 수그린 두나의 앞에서 희성은 다시 평소의 장난기 가득한 표정으로 물었다.

"음. 그러면 저 이제 옷 좀 입어도 돼요?"

"네, 죄송해요……."

두나는 쥐구멍이라도 들어가고 싶은, 아니 없는 쥐구멍도 파서 기어 들어가고 싶은 기분으로 고개를 끄덕였다.

희성은 옷장에서 편한 파마자로 보이는 옷가지 몇 개를 꺼냈다. 그리고 두나를 멀뚱히 보았다. 두나는 당황해서 물었다.

“왜, 왜 그러세요?”

“여기가 원룸이라 따로 옆방에 가서 갈아입을 수가 없어요.”

침묵하는 그녀에게 희성의 결정타가 이어졌다.

“보고 싶어요?”

그 미소가 내용과 안 어울리게 매우 상큼했다.

“아니요! 절대로 아니요!”

두나는 필사적으로 고개를 젓고는, 없는 쥐구멍을 이불에 만든 다음 그 안으로 숨어버렸다.

‘왜, 왜 이렇게 된 거야?’

두나는 이불 속에 머리를 박고 숨었다. 이불 바깥에서 수건 떨어지는 소리와 옷깃 스치는 소리가 들려와 그녀의 기분이 이상야릇해지려 해서 그런 건 절대 아니었다!

‘미쳤어! 미쳤어! 안두나!’

* * *

그렇다. 세상에 술만큼 새끼를 잘 치는 것도 없을 것이다.

한 잔은 두 잔을 부르고, 두 잔은 세 잔을 부른다. 결국 그 모든 잔들이 모여 한 여자를 꽐라로 만드는 비극을 낳고야 말았다. 물론 그 여자의 이름은 안두나였다.

두나는 머리를 부여잡았다. 토막토막으로 끊긴 기억의 파편들을 끌어모아 보면 마신 술의 종류도 다양했다.

'유현아아!'

……하고 외치며 포차에서 마시던 깡소주. 무려 병나발을 불었었다.

'흑. 나도…… 나도 연애하고 싶다. 나도…… 연애 잘할 수 있는데!'

……라고 외치며 또 다른 고깃집에서 쏘맥을 말고, 연달아 매실주까지 주문하던 자신의 모습이 휙휙 뇌리를 스친다.

그리고 식사와 함께 마셨던 맥주도 있다. 아마 희성의 일본주도 몇 입 먹어보고 맛있다고 추가로 더 시켜서 호로록 마셨다.

이미 머리를 잡고서 부들부들 떨리던 손이, 두나 자신의 머리를 쥐어뜯기 시작했다. 안 그래도 별로 결이 좋지 못한 머리가 쥐 파먹은 것처럼 부스스해졌다.

"아오……. 내가 미쳤지……!"

그렇게 자괴감에 빠져 있는데, 잊고 있던 중요한 사실 하나가 떠올랐다.

'아, 하나……!'

틀림없이 걱정하고 있을 것이다.

두나는 자신의 휴대폰을 찾아봐야 한다는 생각이 들면서도, 폰을 확인하기가 두려워졌다. 연락도 없이 외박한 자신을 향한 하나의 잔소리와 잔소리가 산처럼 쌓여 있을 것이 확실했으니까.

애먼 분노가 전혀 다른 곳으로 향했다.

그러니까, 애초에 그렇게 맛있는 초밥에 너무 맛있는 술을 사준 남자가 문제다. 초밥이라니, 회라니……. 술을 부르는 안줏감이 아닌가. 이 시점에서 두나는 그 메뉴를 선택한 것이 자신이라는 사실을 깨닫고 금세 공세의 방향을 틀었다.

'시켜달랬다고 진짜로 더 시켜준 게 문제야!'

물론 넙죽넙죽 받아 마신 자신이 더 문제고, 미친 술판의 끄트머리쯤에 가면 자신이 희성을 끌고 다니며 그에게서 알코올을 뜯어내고 있었다는 사실을 깨달았다.

"크흡!"

끝이다. 핑계도, 도망칠 곳도 없다.

두나는 다시 자신의 머리카락을 쥐어뜯으며 외쳤다.

"내가 또 술을 마시면 성을 간다!"

그때였다. 등 뒤에서 낮은 목소리가 울린다.

"오. 그거 진짜예요?"

두나의 목이 마치 뚜둑뚜둑 소리를 내는 기계인형처럼 천천히 뒤로 돌아갔다.

희성이 옷을 다 갈아입은 모양이다. 머리를 몇 번 턴 뒤 젖은 수건을 빨래 바구니로 던진다. 아직 물기가 남은 머리카락은 어제와 달리 축 늘어져 그의 이마와 뺨에 달라붙어 있었다.

이제 그는 상하의를 전부 잘 챙겨 입고 서 있었다. 다행히도. 아래는 통 넓은 파자마를, 위에는 세트인 것 같은 단추로 여미는 형식의 파자마 상의를 걸쳐서 조금 전처럼 민망한 상황은 아니었다.

"……"

그런데 왜 상의가 저렇게 벌어져 있는 건지 모르겠다.
꿀꺽.
두나는 다시 얼굴로 열이 오르는 것을 느꼈다. 속으로 홀로 절규한다.
'단추가 저렇게나 많은데! 왜 하나도 안 잠그고 있는 건데? 정숙하지 못하게시리!'
망측하게 벌어진 상의 사이로는 상당히 신경 써서 관리하고 있음이 틀림없는 가슴근육의 가운데 갈라진 부분이 매우 선명하게 드러나 있었다.
두나는 머리를 붕붕 휘저어 사악한 잡념을 튕겨냈다. 이러다간 성추행범이 되고 말 거다!
그나저나 저 남자는 다 차려입고 있는데, 왜 이렇게 야해 보이나 모르겠다.
'절대, 절대 내 눈에 음란마귀가 씌어서 그런 건 아니야!'
두나는 홀로 되뇔 뿐이었다.
그런 번뇌를 아는지 모르는지 희성은 다시 화사하게 웃으며 말했다.
"분명히 술 또 마시면 성을 간다고 했죠? 제가 들었어요. 저 증인인 거예요."
"아, 네, 네……."
두나는 대충 말을 받아넘겼다. 얼굴에는 열이 오르고 민망함만 넘치는데, 눈이 절로 벌어진 옷 틈 사이 드러난 남의 살결에 가고 만다.

'아니, 이 사람은 왜 외간 여자 앞에서 저렇게 무방비한 거야?'

두나가 속으로 실없는 소리를 중얼거리는 동안, 희성은 어느새 두나의 앞까지 다가와 있었다. 그의 손에는 그녀의 옷가지가 들려 있었다.

"자, 받아요. 마침 건조 끝났더라고요."

두나는 멍하니 입을 벌리고 옷을 받아 들었다. 갓 건조기에서 꺼냈는지 옷은 따끈따끈하고 보송보송했다. 맞다. 희성이 그녀가 더럽힌 옷을 빨았다고 했다.

"고, 고마워요."

그때였다. 두나에게 옷을 건넨 희성의 큰 손이 앞으로 길게 늘어진 두나의 부스스한 머리카락을 귀 뒤로 넘겨준다.

"헉?"

연이어 출렁 하고 침대가 꿀렁거린다.

그러고 보니, 이 침대, 물침대였다. 시트에 물이 든 침대다. 그냥 조금 특이한 침대일 뿐. 그뿐이다.

이렇게 어색해하고, 민망해할 이유까지는 없다. 그렇다.

두나는 자신에게 세뇌하려는 기세로 중얼거렸다.

두나는 희성이 바로 옆에 앉자 어쩐지 모르게 자신의 심장소리가 옆에 다 들리지 않을까 걱정이 되었다.

화들짝 놀라는 두나와 달리 희성은 천연덕스럽게, 그리고 정말로 다른 의미는 전혀 없다는 듯이 덧붙였다.

"왜 그러는지는 알겠지만, 그렇다고 해서 머리카락을 그렇게 험하게 다루지 말아요. 결 다 상해요. 예쁜 머리카락인데."

"아……. 그게…… 괜찮아요. 어차피 동기화…… 그러니까 하나한테 합쳤다가 나오면 다시 원상 복귀되니까요."

동기화는 두나와 하나가 하나로 합쳐졌다가 다시 갈라지는 것을 부르는 둘만의 은어였다.

두나가 머리를 자르거나 상처가 나도, 하나에게 합쳐졌다가 다시 빠져나오면 전부 하나의 상태로 돌아간다.

그래서 실제로 하나가 비싼 돈을 주고 미용실을 다녀온 뒤에는 둘이 다시 동기화를 하면서 비용 대비 두 배 이득이라며 같이 시시덕거리기도 했다.

도플갱어인 두나에게 생긴 육체적인 변화는 본체인 하나에게 영향을 주지 못하는 것이다.

단, 영혼의 변화, 즉 기억은 둘이 함께 공유할 수 있다.

"아, 하나!"

하나 이야기가 나오자, 두나는 다시 깨달았다.

"하나한테 연락해야 하는데……."

통화 전에 휴대폰을 찾는 것도 일이었다. 두나는 허둥지둥 주변을 뒤지다가 속옷만 입은 하반신을 가리고 있던 이불이 벗겨질 뻔해서 비명을 질렀다.

"여기, 두나 씨 휴대폰이요."

"고, 고맙습니다……."

쥐구멍이 너무나도 절실했다.

두나는 두려움에 떨며 휴대폰을 열어보았다.

그리고 열 통 가까이 쌓인 부재중 전화와 걱정에 찬 메시지, 나중에는 분노에 찬 메시지가 온 것까지 확인하고 한숨을 쉬었다.

희성이 물었다.

"내가 대신 연락해줘요?"

두나는 고개를 저었다.

"아니요. 괜찮아요."

그리고 심호흡을 한 뒤에 통화 버튼을 눌렀다.

뚜르……!

마치 기다렸다는 듯 신호가 가자마자 끊기며 하나가 받았다.

-안두나!

분노와 걱정에 찬 하나의 노호가 전화기 건너편에서 터져나왔다. 두나는 하나가 눈앞에 있다면 그대로 무릎 꿇고 석고대죄라도 할 기세로 사과부터 시작했다.

"미안! 미안해, 하나야! 그게, 다 사정이……!"

-사고 때문에 하루 동안 연락 안 된 게 며칠 전인지 기억 못하는 건 아니겠지?

"절대 아니지요, 하나 님! 겨우 이틀 전인 걸요!"

-그걸 아는 애가……!

하나가 분노의 잔소리 메들리를 시작하려는 참이었다. 예상 못한 목소리의 난입에 하나의 기세가 꺾였다.

"아, 하나 씨. 안녕하세요."

희성이 두나의 손에서 휴대폰을 빼앗아 들고 갑자기 끼어들었던 것이다.

-어? 아! 예준 오빠에게 들었어요. 희성 씨시라고.

"네, 맞습니다."

두나는 예상 못한 지원군에 눈을 동그랗게 뜨고 희성을 바라보았다.

희성은 두나에게 한쪽 눈을 찡긋해 보이고, 능숙하게 거짓말을 지어내기 시작했다. 두나가 하나에게 덜 혼날 변명이 즉석에서 마구 지어져 흘러나왔다.

"같이 마시다가 제가 술에 완전히 취해서 필름이 나가버렸지 뭡니까. 두나 씨가 옆에서 지켜주느라 이렇게 되어버렸어요. 죄송합니다."

어제 있었던 일을 정확히 반대로 비튼 말.

희성이 이렇게까지 말하자, 하나도 더는 뭐라고 하지 못했다. 그냥 오늘은 늦게 오지 말라는 말뿐이었다.

"정말 고마워요. 희성 씨."

여러모로 희성 앞에서 얼굴을 들기가 힘들게 되어버렸다.

두나는 숙취와 하나가 남긴 폭발적인 잔소리의 여파가 남아 징징 울리는 머리를 부여잡고 다시금 되뇌었다.

'내가 또 술을 마시면 성을 간다!'

과연 이 다짐을 지킬 수 있을지는 당연히 미지수였다.

* * *

아침 햇살이 쨍쨍하다. 어느새 날은 밝았다.

평일 이른 오전. 아직 출근하기에는 이른 시각.

두나와 희성은 허름한 해장국집에서 서로를 마주 보고 있었다.
두나는 당당하게 메뉴판을 희성에게 건네며 선언했다.
"저는 빚은 확실하게 갚아요."
그리고 한마디를 덧붙인다.
"그러니 마음껏 시키세요. 제가 살게요."
낡은 메뉴판을 받아 들고 잠시 두나를 바라보던 희성이 화사하게 웃으며 물었다.
"예산은 얼마까지죠?"
두나는 당당하게 손가락 세 개를 뽑아들고 외친다.
"3만 원이요! 3만 원 안에서 마음껏! 얼마든지 시키세요!"
희성의 애매한 미소를 보고 두나의 어깨가 축 처진다.
"미안해요. 어제 그렇게 비싼 거 얻어먹고……. 게다가 그렇게 피해까지 끼치고……. 지금 남은 용돈이 이게 다예요. 다음에 알바라도 해서 제대로 맛있는 거 사드릴게요."
희성은 피식 웃었다.
"그러면 어디…… 정승처럼 먹어볼까요? 물론 예산 안에서."
희성의 말에 두나가 고개를 끄덕이며 한쪽 눈을 찡긋한다.
조금 전까지 양어깨를 추욱 늘어뜨리고 우울해하다가 자기가 하던 말의 끝날 즈음에 이르러서는 다시 평소의 씩씩한 기세로 돌아간다. 그 변화가 재미있어서, 희성은 다시 웃었다.
그의 웃음을 긍정적인 대답으로 해석한 것인지 두나의 표정에 생기가 다시 돈다.
'참 신기한 사람이네. 아니, 도플갱어라고 해야 하나…….'

물론 두나의 성격도 재미있고 귀엽기는 하지만, 희성의 입장에서 가장 흥미가 가는 건 역시 두나의 존재 그 자체다.

도플갱어. 혹은 생령(生靈).

도플갱어를, 그것도 이렇게 '인간 같은' 도플갱어를 보는 것은 처음이었다.

역시 좀 더 '관찰'하고 싶어진다.

희성은 두어 장 정도밖에 안 되는 메뉴판을 팔랑거리며 뒤적였다. 당연히 어제 그가 두나를 데려간 호텔의 일식집과는 달리, 이곳의 메뉴는 단출하다 못해 빈약했다. 선택하느라 시간을 낭비할 필요는 없어서 좋다.

"조금 고급스럽게 가죠. 여기 선지해장국 곱빼기로 하죠."

"아, 선택 잘했어요. 여기 선지해장국 진짜 맛있거든요."

두나는 고개를 끄덕이며, 손을 들고 '이모!'를 외치며 종업원을 불렀다.

선지해장국 두 그릇 주문이 들어가자 두나와 안면이 있는 듯 보이는 종업원이 넉살 좋게 웃으며 주문을 받는다.

"오늘은 해장술로 소주 안 시켜? 맨날 선지해장국에 소주 한 병이 고정이었잖아."

"이모옷!"

두나의 얼굴이 빨개지는 것을 보고 이모라 불린 종업원은 까르르 웃는다.

"그러고 보니 오늘은 남자친구랑 같이 왔구먼! 이거 내가 눈치가 없어서 괜한 소리를 했네그려! 미안해!"

덕분에 희성은 본의 아니게 두나의 단골집 18번 메뉴를 알게 됐다. 그는 장난기 어린 미소와 함께 물었다.

"그런데 진짜 소주 안 시켜도 돼요?"

"괜찮거든요!"

여전히 붉은 얼굴로 대답하던 두나의 표정이 굳었다. 두나는 의심이 양 볼에 통통하게 오른 얼굴로 다시 물었다.

"혹시…… 아까 내가 또 술 마시면 성을 간다고 한 말 기억하고 그러는 거예요?"

"네."

대답은 참으로 상큼했다. 두나는 치를 떨며 고개를 저었다.

"함정에 안 넘어간다고요! 또 어제 같은 꼴이 났다가는 진짜 하나 잔소리 듣다가 늙어 죽고 말 거예요! 유혹하지 말아요!"

"그러면 다음 기회를 노려보기로 하죠."

하하하, 하고 웃는 희성이 정말로 얄미워 보였다.

두나가 이 집을 자주 오는 세 가지 이유 중의 하나가 바로 스피드였다. 다른 둘은 싼 가격과 24시간이라는 바람직한 영업시간. 그 장점은 이번에도 빛을 발했다.

두 사람이 또 아웅다웅하려는 찰나, 김이 펄펄 나는 뚝배기 두 그릇이 두 사람 앞에 놓이며 맥을 끊은 것이다.

두나도 희성도 오늘 첫 끼니가 이것이다. 날짜상으로는 오늘이지만 새벽 시간에 먹은 안주들은 당연히 제외다.

게다가 두나는 속을 한번 다 비웠고, 희성은 시체처럼 늘어진 두나를 옮기느라 나름 고생을 했다.

배가 고팠던 두 사람은 곧 말없이 뜨끈한 국물에 밥을 말아서 수저를 움직이기 시작했다.

* * *

원래 식사 시간에 안주로 가장 좋은 것은 두 사람이 공통적으로 알고 있는 화제다. 특히 이 두 사람처럼 만난 지 얼마 안 되어 마땅한 화젯거리가 없는 경우에는 더더욱.

거기에 대상에 대한 약간의 흉이 MSG처럼 첨가되면, 대화는 아주 풍성해진다.

그러니까 지금처럼 말이다.

"하나 잔소리가 얼마나 무섭냐면……. 아, 아까 들으셨죠? 전에는 진짜 농담 아니고 세 시간을 간 적이 있어요. 한번 다 듣고 나면…… 힘이 아주 쪽 빠진다니까요."

"그 기분, 나도 알 것 같아요."

"진짜요?"

희성의 얼굴에 그의 트레이드마크처럼 느껴지는 장난기 가득한 미소가 떠올랐다.

"예준이에게 종종 혼나거든요. 나도."

두나는 그 말 한마디에 모든 것을 이해했다. 그녀는 열렬하게 고개를 끄덕이며, 그의 말에 동의를 표한다.

"그렇죠. 예준 오빠는 하나보다 몇 배로 무서워요. 아마 예준 오빠라면 잔소리로 하룻밤은 너끈히 샐 수 있을 거예요."

희성도 마주 고개를 끄덕인다.

"걔랑 처음 만난 게 내가 고등학교 다닐 때였는데 말이에요. 나보다 세 살이나 어리니, 그때는 진짜 차이가 크게 느껴지잖아요. 세상에, 그런데도 잔소리가 아주……. 만신님 호통보다 예준이 잔소리가 더 무서워요. 솔직히."

마지막은 조금 아닌 것 같았지만-두나가 세상에 제일 무서워하는 것이 만신님이다- 그래도 두나는 희성에게 열정적으로 공감했다.

"그런 의미에서 아까 진짜 고마웠어요. 희성 씨가 안 도와주셨으면 하나 잔소리 시간이 두 배는 늘었을 거예요."

참고로 아까 하나와 두나의 통화 시간은 약 30분이었다. 통화 시간의 절대 다수는 하나의 분노 어린 잔소리로 채워졌음은 물론이다. 그래도 두나가 저지른 실수에 비하면 엄청나게 짧은 편이었다.

"그러니까 다음번에 희성 씨가 예준 오빠에게 혼날 일이 생기면 제가 도와드릴게요."

"……그거 참 고마운 말씀이기는 한데……."

정말 두나가 도움이 될 수 있을까.

"그보다는 제가 혼날 일 없기를 빌어주세요."

애매하게 말을 넘기던 희성의 얼굴에 화색이 돈다. 그는 은근한 표정으로 물었다.

"아, 혹시 그 대신에 질문 하나만 해도 돼요?"

국물이 뜨거워서 잠시 수저를 내려놓고 찬물을 들이켜고 있던 두나는 별다른 생각 없이 고개를 끄덕였다.

"네."

그러자 예상치 못한 방향에서 희성의 어퍼컷이 들어왔다.

"유현이라는 남자는 누구예요?"

"크헙!"

마시던 물을 뿜은 건 절대 고의가 아니었다.

거하게 뿜었다. 연이어 기침이 터졌다.

"콜록콜록!"

그나마 두 가지 점에서 다행스러웠다. 첫째, 물을 마시던 중에 뿜은 거라 선지해장국과 밥알을 섞어서 뿜는 대참사는 벌어지지 않았다는 것. 둘째, 맹물이라 해도 희성에게 직접 뿜지는 않았다는 것이다.

"……."

간발의 차이로 재앙을 피한 희성의 얼굴이 잿빛이 되었다. 그는 콜록거리며 괴로워하는 두나에게 자신의 앞에 있던 티슈를 뽑아 내밀었다. 몸에 밴 친절이다.

"고, 고마워요……."

예상치 못한 크리티컬 타격에 흔들린 멘탈을 다잡은 두나는, 간신히 이렇게 물을 수 있었다.

"그, 그, 그 이름을 어떻게 아시는 거예요?"

그녀가 알기로 희성과 유현은 전혀 접점이 없었다. 그런데 어떻게? 설마 전혀 예상 못 하게 희성과 예준이 서로 아는 사이였던 것처럼, 희성과 유현 사이에도 그런 말도 안 되는 확률의 인연이 또 있었던 건가?

그러나 희성의 대답은 조금 김이 빠지는 내용이었다.

"그야, 어제 두나 씨가 밤새 울부짖던 이름이라 외워버렸거든요."

부끄러운 내용이기도 했다.

"……."

희성은 화사하게 웃었다.

"미안해요. 세 번만 들어도 외울 수 있는 이름이라 외울 수밖에 없었어요. 본의는 아니었어요."

두나는 꿀 먹은 벙어리가 되어버렸다. 다시 머릿속을 스치는 지난 새벽 자신의 추태 중 한 장면.

어딘지 모를 포장마차에서 깡소주를 들이켜며 이렇게 외치고 있었다.

'유현아아아-!'

희성은 그런 그녀를 떨떠름한 표정으로 지켜보고 있었지.

'아, 알 수 있겠구나.'

두나는 스스로 정정했다.

'아니, 모를 수가 없겠구나…….'

타임머신이 절실하게 필요했다. 더도 덜도 말고, 딱 10시간 정도만 돌아갈 수 있으면 된다. 그러면 초밥집에서 맥주를 시키려던 자신의 뒤통수는 후려쳐서 기절시킬 수 있을 테니까!

제 얼굴을 부여잡고 고통스러워하는 두나의 앞에서 희성은 속없이 웃었다.

"혹시 좋아하는 남자 이름이에요?"

두나는 두 손으로 얼굴을 가린 그대로 고개를 끄덕끄덕했다.

어차피 다 알고 묻는 거일 거다. 한 컷 남은 기억 속 새벽의 그녀 자신은, 누가 봐도 실연을 술로 달래려다가 맛이 간 진상의 모습이었으니까.

희성의 상체가 조금 더 그녀에게로 다가왔다.

"구체적으로 누군지, 그리고 어떤 관계인지 물어봐도 돼요?"

두나는 손가락 사이로 희성을 빼끔히 바라보았다.

"그게 왜 궁금하신데요?"

"글쎄요……."

희성의 왼쪽 눈꼬리가 가늘게 떨렸다. 그러고 보면, 눈매가 진해서 잘 몰랐는데 쌍꺼풀이 짙지 않고 속쌍꺼풀이었다.

그 아래로 남자답지 않게 긴 속눈썹의 그늘이 옅게 흰자위로 드리운다. 정말로 사소한 것이건만 어쩐지 그것에 눈이 갔다.

"흠. 나는 궁금해하면 안 되나요?"

구렁이 담 넘듯 넘어오려는 그의 앞에 두나는 철벽을 쳤다. 견고하게.

"이미 다 아시면서 괜히 하시는 말씀 같아서요."

"……."

두나는 자신의 술버릇을 모르지 않았다.

어제처럼 필름이 끊길 정도로 마셔댔다면, 아주 난리를 피웠을 거다. 그렇다면 당연히 유현에 대한 것 역시 미주알고주알 늘어놓았을 게 틀림없다.

그렇게 자세하게 늘어놓지는 않았어도, 정상적인 지능을 가진 사람이라면 누구나 대충 가늠할 수 있는 수준으로는 떠들었을 테니까.

그냥 그렇구나 하고 넘어가는 게 보통이다. 일반적이라면.

그냥 이 여자가 유현이라는 남자를 짝사랑하는구나. 그래서 술 마시면 이렇게 진상이 되는구나. 그러니 앞으로는 이 여자에게 술 먹이지 말자.

이 정도가 정상적인 사고이자 반응이리라. 그런데 희성은 어딘지 모르게 조금 달랐다.

"이거, 들켰네요."

거기까지 생각이 미치자, 절로 경계심이 강화된다.

그녀의 눈에 희성의 웃음은 아주 의뭉스러워 보였다. 두나는 감정을 담아 큼지막한 선지 덩어리를 '앙!' 하고 씹으면서 물었다.

"아시면서 굳이 왜 물으세요?"

다시금 부드러운 미소가 희성의 얼굴을 가득 채운다. 동시에 그의 왼쪽 눈가가 살짝 떨렸다.

"두나 씨에 대해 더 알고 싶어서요."

"……."

두나는 열심히 선지해장국을 퍼 나르던 숟가락을 손에서 놓았다. 그리고 팔짱을 낀다. 고개가 모로 돌아갔다.

말만 들으면 서로에게 호감을 가진 채 알아가는 젊은 남녀 사이에서는 얼마든지 있을 법한 대화다. 그것도 상당히 달콤하고 간질간질한.

그런데, 두나는 저 말을 로맨스 드라마에서처럼 달콤하게 들을 수가 없었다.

무엇보다 저 눈빛이 거슬렸다.

보통 저런 말을 하면서 남자들이 저렇게 이성이 살아 있는 날카로운 눈빛을 유지하던가?

대답은 '아니다'였다. 특히 그녀는 냉철과 이성, 깐깐함의 화신 같은 예준조차 하나 앞에서는 얼마나 꿀 떨어지는 눈빛을 하는지 지나치게 잘 알고 있었던 것이다.

덕분에 두나의 목소리는 꽤나 꼬여 있었다.

"보통 만난 지 얼마 안 된 사람한테 이렇게까지 꼬치꼬치 물어보나요?"

"저도 늘 그러지는 않아요."

두나는 고개를 저었다.

"글쎄, 그건 좀 아닌 거 같은데요."

"원래 남의 연애사는 다들 궁금해하니까요."

"그런 수다는 보통 친한 친구끼리 해요."

각도와 방법을 바꾸어서 공격이 들어온다. 그것을 두나는 일일이 직접 마주해 공격을 날려서 막아버렸다.

그러자, 희성은 이번에는 전혀 다른 방식으로 공격해왔다. 예의 그 녹아내릴 듯한 부드러운 미소와 함께.

"어, 우리, 친구 아니었어요? 난 꽤 친해졌다고 생각했는데."

미소의 끄트머리에 걸린, 그의 왼쪽 눈꼬리가 살짝 가늘게 접힌다. 두나는 이번에도 칼처럼 딱 잘랐다.

"친구는 아니죠."

"아, 이건 좀 상처인데……."

희성의 어깨가 마치 회초리를 맞은 아이처럼 움찔한다.

그러나 정작 그렇게 말하는 남자의 눈빛에는 조금의 흔들림도 없었다.

어제 하루 맛있는 것 사주고, 두나가 피운 진상의 피해자가 되고, 자기 집에서 재워주고, 오늘 하나에게 변명하는 것을 도와줬다고 해서-이쯤에서 친구 아니라고 한 것이 조금 찔렸다- 경계를 완전히 푸는 건 무리다.

예상대로, 그녀가 대놓고 면박을 준 건 별로 희성에게 타격을 준 것 같지 않았다.

단번에 훌훌 털고 상큼하게 이렇게 덧붙이는 것을 보면.

"그러면 이제 친구가 되어가는 관계라고 해두죠."

지나치게 태연한 그의 태도에 의심이 깊어진 것과는 별개로, 저 말까지 부정하기는 조금 무리긴 했다. 그러기에는 두나가 어제, 오늘 빚진 게 상당했으니까.

"그렇다고 해두죠. 일단은."

여전히 미심쩍게 그를 바라보는 두나의 눈빛에, 희성은 누가 보아도 달래려는 듯한 태도로 말을 이었다. 마치 잔뜩 털을 세우고 경계하는 길고양이 앞에 맛있는 캔을 따놓고 기다리는 듯한 표정.

"그러니까 허심탄회하게 말해주지 않을래요?"

물론 그 캔은 높은 확률로 덫 속에 들어 있을 것이다.

결국 두나의 미간에 주름이 갔다. 두나는 그걸 느끼고 손가락으로 제 미간을 꾹꾹 눌렀다.

하나가 보면, 동기화할 때 자기한테 주름 옮는다며 질색을 하곤 해서 생긴 버릇이다.

"그러니까…… 왜 제 연애사에 그렇게 관심이 많으신 건데요?"

희성은 잠시 침묵했다. 그의 얼굴에 다시 자신감 어린 미소가 돌아오고, 막 입을 열려는 찰나였다.

두나가 선수를 쳤다.

"저한테 반했니, 그래서 제가 솔로인지 아닌지 궁금했니 어쩌니 하는 농담은 말고 제대로 대답해주세요."

"……."

희성은 말문이 막힌 듯했다. 곤란한 표정으로 그녀를 지그시 바라보던 그는 작게 키득거렸다.

"이런. 선수를 뺏겼는데요? 변명 삼아 그렇게 말해볼까 했는데."

두나는 입을 삐죽거렸다.

"솔직히 만난 지 이틀 된 여자인 데다, 어제 그런 못 볼 꼴까지 다 보여버렸는데, 그런 말을 하면 누가 믿어요?"

"그 문제는 별로 상관이 없긴 한데……."

희성은 조금 곤란한 표정을 했다. 조금 짙어진 눈빛은 어지간한 여자들은 단번에 넘어갈 만큼 우수에 차 보였지만, 두나에게는 안 통했다.

'저 눈빛…… 거슬려.'

희미하지만 기이한 불쾌감이 뇌리 한구석을 내내 긁고 있다.

이건 그의 제법 잘빠진 외모에 시선을 빼앗길 때에도, 맛있는 음식을 얻어먹을 때도 계속 유지되던 것이다.

물론 알코올에는 단번에 휘발되어버렸던 미약한 불쾌감과 그로 인한 경계심이었지만 말이다.

두나는 저 눈빛을 어디서 본 듯하다는 생각이 자꾸 들었다.

그러니까 어디더라. 언젠가 하나와 함께 보았던 다큐멘터리에서였다. 처음으로 발견된 종의 박제된 샘플을 놓고 열렬하게 그 생물학적 의미를 설명하던 흰 가운을 입은 학자의 눈빛.

'그래. 그거랑 비슷해.'

그리고 그제 두나가 도플갱어라는 사실을 듣고 희성의 눈빛이 비슷하게 반짝였던 것도 기억해냈다. 지금 희성의 눈빛이 그때와 매우 유사해 보였다.

매우 자연스럽게 장면이 치환된다. 흥미로운 표정으로 자신을 보는 희성은 다큐멘터리 속의 연구원으로, 자신은 포르말린 병 속에 박제된 실험동물로.

불쾌감이 뭉게뭉게 피어올랐다.

희성은 겸연쩍어하며 뒷머리를 긁었다.

"흠. 뭐라고 해야 하나……. 잘못 말하면 두나 씨가 화내실 것 같긴 한데……."

두나는 환하게 웃었다.

"이미 화났으니까 그냥 솔직하게 말씀하셔도 돼요."

남자의 얼굴에 당혹감이 어린다. 한 방 먹었다는 듯한, 들켰다는 표정.

"음."

그리고 다음 순간, 희성의 표정은 그대로 반전되었다. 어차피 들킨 거 그대로 밀고 나가자는 심산인 듯했다.

"하나 씨의 애인은 예준이잖아요. 저는 예준이를 꽤 오래 봐와서, 예준이가 몇 년째 하나 씨와 깨가 쏟아지고 있는 건 알거든요. 하나 씨 얼굴은 이번 일로 처음 알았지만요."

"그래서요?"

두나의 목소리는 점점 뾰족뾰족해지는 감정을 감추지 못했다. 그럼에도 희성은 개의치 않았다.

"두나 씨는 분명히 하나 씨의 도플갱어고, 제가 들은 바로는 두나 씨가 본체인 하나 씨에게 합쳐질 때 감정과 기억도 공유된다고 들었어요. 제가 제대로 이해한 건가요?"

"……맞아요."

희성의 얼굴에 떠오른 흥미로움이 더더욱 선명해진다.

"아주 흥미로워요."

그렇다. 지금 그는 흥이 오르고 있었다. 그에 반비례해서 두나의 기분 그래프는 바닥으로 급전직하하기 시작했다.

"……."

"두나 씨가 그 유현 씨라는 분을 좋아하고 있다면, 이건 분명히 예준이랑 예쁜 사랑을 하고 있는 하나 씨와는 다른 사람이라는 증거라고 볼 수 있거든요."

그의 말은 두나의 심리 중 일부를 놀라울 정도로 꿰뚫고 있었다.

"원래 같은 사람이었던 하나 씨와 두나 씨가 이런 차이를 보이는 건 상당히 재미있는 차이점 아닌가요? 그런 면에서 정말 흥미롭다고 생각해요. 자세히 알고 싶은 건 그것 때문이에요. 언제, 어떻게 만나게 되었고 또 지금은 어떤 관계인지……."

유현에 대한 감정이 정확히 언제, 무슨 일을 계기로 시작된 것인지는 두나 자신도 알 수 없었다.

두나의 수많은 감정과 기억들은 하나에게 기반을 두고 있거나 하나의 것과 섞여 혼란스러운 것들이 대부분이었다.

그러나 유현에 대한 감정을 자각한 순간만은 두나로서는 죽어도, 아니 자신이 세상에서 사라져버린다 해도 잊을 수 없을 것이다.

하나는 예준을 사랑한다. 그러나 두나는 예준에게 그런 감정을 느끼지 않았다.

'하지만 '난' 유현이 좋아.'

두나는 유현을 짝사랑한다. 그러나 하나는 유현에게 오히려 라이벌 의식을 가지고 싫어했다.

'난…… 하나가 아니야. 하나와는 달라.'

그 깨달음이 두나가 자아를 자각한 순간이었다.

그때 비로소 '안두나'라는 존재가 처음으로 자신의 존재를 인식했다.

하나와의 차이점, 다른 점을 스스로 인식하면서 자기 자신이 하나와는 별개의 존재라는 사실을 깨닫게 되었던 것이다.

이건 두나에게는 탄생의 순간과 맞먹을 만큼 중요했다.

그렇기에 두나는 참을 수 없었다. '그 순간'과 그때의 '깨달음'을 저렇게 단순한 호기심으로 대하는 사람은 절대 용서할 수 없었다.

"……!"

손에 반쯤 남은 물이 찰랑거리는 잔이 잡혔다. 두나는 벌떡 몸을 일으키며 자신이 들고 있던 잔에 든 물을 희성의 얼굴에 끼얹었다.

촤악!

찬물이 잘생기고 재수 없는 면상에 확 부어진다. 조금 속이 후련해졌다.

두나는 핸드백을 휙 잡아채어 들어 올리며 차갑게 말했다.

"계산은 제가 할게요. 어제, 오늘은 고마웠어요. 앞으로 절대 얼굴 보지 말죠, 우리."

5. 실수는 실패의 어머니다

왁스를 발라 모양 좋게 넘겼던 머리카락에서 물방울이 뚝뚝 떨어졌다.

남자의 얼굴에 당혹감이 천천히 번진다.

그가 상황 파악을 막 끝냈다고 판단이 드는 타이밍에 맞추어 두 나는 자리에서 일어나 또박또박 걸었다.

회사에 신고 간 힐을 그대로 신고 있던 터라 화강암 타일을 붙인 바닥에 힐의 굽이 부딪치며 딱딱한 소리를 울린다.

'진짜, 기분 더럽네.'

기분 같아서는 그대로 문을 열고 뛰쳐나가고 싶었지만, 일단 나가기 전에 계산은 해야 했다.

해장국 두 그릇 가격에 딱 맞는 현금 2만 원을 얼떨떨한 표정의 가게 이모에게 쥐여주고 문을 나섰다.

'이거, 한동안 여기는 못 오겠네.'

이렇게 깽판을 쳤으니 면이 팔려서라도 한동안은 못 온다.

'여기 선지해장국 진짜로 맛있었는데.'

두나는 속으로 아쉬움의 피눈물을 흘리면서 가게를 나섰다.

딸랑…….

문이 닫히는 종소리가 울린다.

가는 걸음걸음 부아가 치밀었다.

마음만은 구두굽이 바닥을 내려찍을 때마다 용암이 콸콸 터져 나올 것 같은 기분이었다.

'그러니까…… 지금 사람을 그따위로 관찰하고 있었다는 거지? 실험실의 실험동물을 보듯?'

그렇다. 두나는 지난 이삼일 간 희성을 보는 내내 느껴왔던 일말의 꺼림칙함의 이유를 오늘, 바로 지금에서야 확실하게 깨달았다.

그러고 보면 저 남자, 의사였다.

게다가 사이비니 뭐니 해도, 무당은 무당이었다.

어느 쪽의 입장에서 보더라도 두나는 흥미로운 존재다.

도플갱어.

인간의 신체를 연구하고 병을 치료하는 의사 입장에서도 둘도 없는 특이한 케이스일 테고, 영혼과 귀신을 다루는 무당의 입장에서도 그러할 것이다.

세상천지 어디를 가서 도플갱어를 직접 볼 수 있겠나. 두 번 다시 오지 않을 기회겠지.

조금 전 희성의 질문들은 사실상 그러한 실험대상에 대한, 실험을 위한 질문들이나 마찬가지였다.

그의 눈에는 호기심과 탐구심이 여실히 드러나 있었다.

'저 인간, 도플갱어인 나를 연구하고 싶은 거였잖아!'

그냥 안두나라는 좀 특이한 인간과 친해지고 싶어서, 그래서 호의를 베푼 것이 아니었다.

이틀 전, 자취방 바닥에 혼자 누워 있던 때가 생각났다.

그때 두나는 꽤 설레어하고 있었다.

그리고 어제는 유현의 앞에서도 본심을 숨겨야 한다는 생각에 우울해했는데 희성의 앞에서만큼은 완전히 안두나 자신으로 돌아갈 수 있다며 즐거워했었다.

오늘 아침에는 여러모로 도와주는 그가 고마웠다.

그 모든 것이 착각이었던 거다.

'아, 진짜 싫다……. 실망하고 싶지 않은데…….'

얼굴이 부끄러움과 민망함으로 붉게 달아올랐다.

힐의 굽이 부러질 듯이 바닥을 팍팍 밟아가며 걷는 동안, 조금씩 발에서 힘이 빠졌다.

분노가 활화산처럼 폭발한 자리에 남은 것은 우울함뿐이었던 것이다.

'하긴……. 내 처지에 마음을 다 터놓을 수 있는 친구라니. 생길 리가 없잖아. 무슨 드라마나 영화에서 나오는 것처럼 진짜로 좋은 사람이 뿅 하고 나타날 리 없는데.'

두나의 기분은 제 발에 차인 돌멩이처럼 바닥을 데굴데굴 굴렀다.

느려진 걸음걸이는 달팽이처럼 조금 이어지다 마침내 끊겼다. 두나는 자신의 구두코를 가만히 내려다보고 있었다.

뾰족한 구두코 바로 앞쪽으로 몇 방울의 얼룩이 톡톡 떨어졌다.

"어?"

두나는 당황해서 제 눈가를 비벼보았다.

'설마 나 울어? 이 정도 일로?'

그러나 그녀의 눈가는 바짝 말라 있었다. 도리어 안구건조증을 염려해야 할 정도로 뻑뻑하다.

'아니잖아?'

그러면 이 얼룩은 두나의 것이 아니라는 소리다.

그러고 보니, 꽤 짙은 그림자가 발 위로 드리웠다.

두나는 멍하니 고개를 들었다.

"……."

"……."

익숙한 얼굴이, 조금 전에 그녀가 물을 뿌리고 가게에 두고 온 얼굴이 있었다.

남자의 머리카락에서 흐른 물이 날카로운 턱선을 타고 방울졌다가 뚝, 하고 바닥으로 낙하한다.

그제야 두나는 알았다.

그러니까 두나의 구두코 앞에 떨어진 물방울의 출처가 저거였던 모양이다.

그전에, 지금 문제는 다른 쪽이다.

'아니, 대체 언제 쫓아온 거야?'

전혀 몰랐다.

희성은 약간 흐트러졌던 호흡을 고르고는 커다란 손으로 아직 물이 뚝뚝 흐르는 제 머리카락을 훔쳐서 뒤로 넘겼다.

부드러운 미소가 그의 얼굴 위로 번진다.

마침 해가 뜬 방향이 희성의 등 뒤쪽이라 마치 후광처럼 햇살이 산란한다. 이 순간에도 매우 멀쩡하다 못해 넘치는 남자의 허우대는 큰 역할을 했다.

잠깐 또 시선을 빼앗겼으니까.

그러나 이번에도 어영부영 넘어가기에는 분노가 컸다.

그리고 인정하고 싶지 않지만 상처도 받았다.

두나는 퉁명스럽게 물었다.

"뭐예요? 어떻게 거기서 나타나요? 게다가 나를 부르지도 않았잖아요!"

희성은 옆구리를 찔린 듯한 표정을 했다.

"뒤에서 두나 씨 부르면서 쫓아오면 당연히 도망갈 것 같았거든요."

"도망은 누가 도망을 가요! 나는 당당하거든요! 도망칠 이유는 하나도 없거든요!"

두나는 벌컥 화를 냈다.

그러자 희성은 난처한 표정으로 두 손을 들어 올린다.

"정정하겠어요. 그러면 두나 씨가 피할 것 같아서 일부러 소리 안 내고 방향을 틀어서 왔어요."

"아하, 그래요. 아주 스토킹이 전문이신가 봐요."

대놓고 비꼬는 말이 툭툭 나온다.

"그러면 계속 가시던 길 가시면 되겠네요. 전 제 갈 길 갈 테니까요!"

두나는 그대로 방향을 틀어서 희성의 옆으로 돌았다.

그리고 다시 기세 좋게 분노를 담아 발을 내디뎠다.

아니, 내디디려 했다.

'어?'

하필이면 두나가 제대로 보지 않고 발을 내디딘 쪽에 맨홀이 놓여 있었고, 공교롭게도 두나의 오른쪽 힐 굽이 맨홀의 구멍에 쏙 빠져버렸다.

"꺄악!"

휘청. 그대로 몸의 균형이 무너지며 옆으로 푹 쓰러진다.

뿍 하는, 무언가 부러지는 듯한 소리도 났다.

화가 나서 지나치게 발에 힘을 주어가며 내디딘 것이 문제였다.

"두나 씨!"

희성의 긴 팔이 뻗어왔다.

그 팔이 균형을 잃고 넘어지려는 두나의 한쪽 팔을 잡고, 다른 팔이 그녀의 허리를 감는다.

가까스로 운 좋게 넘어지지 않았다.

발목이 아프다고 호소하듯 통증이 있는 것으로 보아 단단히 삔 것 같았다.

구두 굽은 부러진 것이 확실했다.

처음의 충격이 가시자 두나는 간신히 고개를 들 수 있었다. 개암색의 맑은 눈동자와 시선이 마주친다.

"……."

"……."

두 사람의 몸은 서로 밀착해 있었다.

남자의 든든한 어깨와 단단한 가슴 근육이 두나의 몸에 닿아 있었다.

두근두근…….

놀란 심장이 뛰는 소리가 직접 들릴 정도로 그와 가까이 닿아 있었다.

* * *

두나는 풀 죽은 표정으로 손가락을 들어 올렸다.

달랑달랑.

한쪽 굽이 부러진 구두가 애처롭게 손가락 끝에 매달려 있다.

두나는 그것을 보며 한탄했다.

"아, 아까워. 산 지 한 달도 안 된 건데. 게다가 좋아하던 구두인데……."

이렇게 굽이 부러져서야 어떻게 할 수가 없다. 장렬하게 전사했다.

"또 하나한테 혼날 일 하나 추가네."

두나가 좋아하는 구두라는 건 하나도 좋아하는 구두라는 말이다.

툭.

구두가 바닥에 떨어졌다.

굽이 부러진 구두를 신고 움직일 수도 없고, 신발 없이 더 이상 갈 수도 없어 두나는 지금 길 옆의 벤치에 앉아 있었다.

거기까지 부축한 것은 물론 희성이다.

'이런…… 그 신발로는 못 걷겠네요. 잠시만 기다려요.'

그는 그렇게 말하고는 잠시 어디론가 사라졌다.

결국 두나 혼자 길가에 신발도 벗은 채 처량하게 앉아 있는 것이다.

"요새 일진이 왜 이러냐……."

사고가 난 날부터 하루도 평온하게 넘어가는 날이 없다.

아직 오전, 오늘도 한참 시간이 남았다. 일진이 더 사나울 시간적 여유는 충분한 것이다.

번뜩 생각이 들었다.

갑자기 일진이 이렇게 사나워진 게 언제부터였지?

그때 있었던 가장 특징적인 일이 뭐더라?

물론 이 질문은 형식적인 것이다. 대답은 이미 정해져 있고, 두나는 말만 하기만 하면 되었으니까.

"다 그 인간을 만난 뒤부터야! 그때부터 재수가 없어졌다고!"

그때 등 뒤에서 웃음기 어린 목소리가 울렸다.

"아, 그 재수 없는 인간…… 혹시 저인가요?"

두나는 고개를 뒤로 돌렸다. 말도 고개도 삐딱하다.

"또 누가 있겠어요."

희성은 어디서 가져온 건지 쇼핑백 하나를 들고 있었다.

두나의 앞으로 걸어온 그는, 검은색 종이 쇼핑백 안에서 상자를 하나 꺼냈다.

상자 안에 담긴 것은 새 구두 한 켤레였다.

"설마……."

"그 구두로는 못 걸으실 거 같아서요."

그는 구두를 꺼내어 태그를 떼고, 두나의 맨발 앞에 놓았다.

"아! 아직 사이즈 맞는지도 모르잖아요!"

두나는 진심으로 당황했다. 희성이 무언가 신을 것을 구하러 간 것은 알고 있었다.

그렇다고 해도 설마 이렇게 그럴듯한 구두를 새로 사올 줄은 몰랐다. 그냥 근처 편의점에서 적당한 사이즈의 삼선 슬리퍼나 사오겠거니 한 것이다.

'그런데 새 구두라니! 게다가 이거 비싸 보이는데?'

포장지에 쓰여 있던 이니셜은 두나도 몇 번 들어본 적 있는 브랜드였다.

'그걸 아직 신어보기도 전에 태그부터 떼? 내 발사이즈 모르잖아? 이 인간 왜 이렇게 막나가? 돈 많다고 시위하나?'

희성은 단언했다.

"맞을 거예요."

"그걸 어떻게 알……."

뾰족하게 올라가던 두나의 말꼬리가 뒤에 가서 누그러진다.

희성이 손에 들고 두나의 발 한쪽에 신겨준 신발이 마치 맞추기라도 한 것처럼 딱 맞게 들어갔던 것이다.

"맞…… 네?"

그것도 꼭 맞는다.

희성은 다른 한쪽 역시 직접 신겨주었다.

그러고 보니 이 남자, 지금 두나의 앞에 반쯤 무릎을 꿇은 채로 직접 구두를 신겨준 거다.

어디 드라마에서나 나올 법한 구도. 주변 사람들이 기이한 상황의 이 남녀를 흘끔흘끔 보며 지나는 것이 느껴졌다.

두나는 두 뺨이 붉게 달아오르는 것을 느꼈다. 희성이 부드럽게 웃으며 결정타를 날렸다.

"잘 맞죠?"

"내 발 사이즈…… 어떻게 알았어요?"

"그야 조금 전에 굽 부러진 구두 보고 알았죠."

대단한 눈썰미다.

두나는 잠깐 잊어버리고 있었던 희성에 대한 분노를 그제야 다시 기억해냈다.

이 정도로 넘어가기에는 그 분노가 너무 거셌다.

"아! 구, 구두값…… 얼마예요?"

절대 이 인간에게는 빚지고 싶은 생각이 없었다.

물론 돈은 없다.

조금 전 해장국 가게에서 이모님에게 쥐여주고 온 돈이 오늘 그녀가 가진 돈의 3분의 2였으니까. 남은 돈은 정말로 커피 한잔하고, 차비로 쓰면 끝날 수준이다.

그래도 두나는 오기를 부렸다. 희성 본인은 모르겠지만, 그는 조금 전 두나의 가장 아픈 부분을 건드려버렸다.

절대 그를 만난 첫날처럼 시시덕거리다 넘어가줄 생각이 없었다.

"얼마인지 얘기해줘요. 꼭 갚을 테니까."

희성은 고개를 저었다.

"아뇨. 괜찮아요. 이 사고는 제 책임도 좀 있는 것 같으니까."

두나는 볼멘소리를 중얼거렸다.

구두값이 필요 없다는 소리에, 솔직히 조금 안심하는 자신의 속내가 스스로 화가 난 탓이다.

"솔직히 책임이 좀 있는 정도가 아니죠!"

희성의 얼굴에 내내 걸려 있던 미소가 사라진다.

그는 처음 보는 진지하기 짝이 없는 얼굴로 말했다. 여전히 두나에게 구두를 신겨주느라 몸을 숙인 자세 그대로.

"정말 미안해요. 내가 두나 씨에게 크게 실례되는 말을 해버렸어요. 앞으로는 절대 그런 일 없을 거예요."

그의 목소리는 더없이 단단했다.

그건 오랜 시간, 수많은 고통 속에 단단히 굳어진 고목의 껍질 같은 목소리였다.

어째서인지는 알 수 없다.

그러나 그렇게 느껴졌다.

그 위에 남은 상처의 흔적들이 두나의 머릿속을 훑었다.

희성이 밝게 웃었다.

"내 사과…… 받아주시겠어요?"

두나는 그 흔적을 무시할 수가 없었다. 결국 고개를 끄덕일 수밖에 없었다.

* * *

두 사람은 자연스럽게 카페로 자리를 옮겼다.

지나가는 사람들의 눈이 많은 길거리에서 계속 아웅다웅하기가 꺼려졌던 부분도 있었다.

하지만 그보다는 한창 피치를 올리던 두나의 분노가 거듭되는 해프닝에 폭발할 타이밍을 놓치고 흐지부지하게 꺼져버린 탓이 더 컸다.

아직 두나의 발목은 시큰거리고 있어 멀리 갈 상황은 아니었다. 두 사람은 근처의 적당한 프랜차이즈 카페의 구석에 자리를 잡았다.

희성이 자릿값 삼아 주문한 커피들을 들고 왔다.

두나의 앞에 휘핑크림을 잔뜩 올린 카페모카가 놓인다.

풍만한 크림 위에 빨대를 꽂아 쪼옥 빨아 올리면서 두나는 계속 희성을 바라보았다.

두나는 머리를 절레절레 저었다.

'역시 너무 쉽게 넘어가는 건 아니야.'

이렇게 눙쳐서 상황을 대충 얼버무리고 넘어가는 것은 질색이다.

두나는 마음을 다잡았다.

"한 가지 분명히 해두겠어요."

"뭐를요?"

희성은 한 모금 마신 자기 몫의 카페라테를 테이블 위에 내려놓으며 물었다.

두나는 진지한 목소리로 자신의 의사를 표명했다.

"사과를 받아주긴 했지만 화는 아직 안 풀렸어요. 나."

희성은 고개를 끄덕였다.

"네. 그러실 만해요. 두나 씨가 화를 내고 나가버리고 나서야 알았어요. 제가 두나 씨에게 큰 실례를 저질렀다는 걸."

"그 실례가 뭔데요?"

두나는 팔짱을 끼고 물었다.

자기 입으로 말하면서도 어쩐지 남자친구에게 '내가 왜 화났는지 알아?'라고 묻는 여자가 된 기분이었다.

실제로는 전혀 아니지만. 그들은 연인이기는커녕 친구 사이조차 아니니까.

보통 여자친구가 그렇게 물으면 남자는 '……내가 다 잘못했어'라는 잘못된 대답을 내놓고는 한다.

그러나 희성의 대답은 두나의 예상과는 전혀 달랐다. 놀랍게도 긍정적인 의미에서.

"그러니까…… 제가 두나 씨의 특징…… 체질……. 뭐라고 표현하는 게 정확한지는 모르겠는데, 그쪽에 대해 흥미를 느끼고 일종의 관찰대상으로 삼으려 들었던 것이 두나 씨에게는 굉장히 불쾌한 일이었던 거죠."

두나는 불퉁하게 받아쳤다.

"잘 아시네요."

그리고 덧붙인다. 뾰족한 말투로.

“전 실험용 쥐가 아니에요.”

희성은 살짝 고개를 숙였다.

“정말 미안해요. 아까 말한 것처럼 절대 또 그런 일은 없을 거예요.”

숙였던 고개를 들어 올리며 얼굴 위에 피워 올린 미소가 상큼하다.

두나는 새삼 외모가 깡패라는 사실을 떠올렸다. 포장지가 예쁘면 절로 손이 가기 마련이듯 저렇게 미끈한 얼굴의 남자가 간곡하게 사과하자 계속 화를 내고 있기가 힘들었다.

게다가 희성에게 괜히 화를 전가하긴 했지만, 구두를 부러뜨려 먹은 건 95%는 자신의 실수라는 걸 두나도 잘 알고 있었다.

그걸 부축해주고 새 구두까지 사다주면서 극진히 사과하는 희성의 모습을 보니, 새삼 화를 냈던 자신이 멋쩍어졌다.

“네. 그럼…… 그러기를 바랄게요.”

잠시 어색한 침묵이 둘 사이를 감돈다.

조금 전까지 화내고 사과하고 하던 사람들이 금세 다시 화기애애하게 대화를 이어가기는 애매했던 것이다.

먼저 실없는 소리를 꺼낸 것은 두나였다.

“그러고 보니, 의사면 바쁘지 않아요? 어째 그제도, 어제도, 오늘도 좀 많이 한가해 보이시는데요.”

벌써 시간이 오전 11시가 다 되어가고 있었다. 그는 어제저녁에 만난 뒤로 지금까지 줄곧 그녀와 같이 있었다.

평범한 직장인이라면 지금은 한창 회사에서 일하고 있을 시각이다. 아마도 하나 역시 사무실에서 정신없이 일하면서 유현에 대한 경쟁심을 불태우고 있을 것이다.

희성은 고개를 끄덕이며 커피에 함께 나온 각설탕 포장지를 뜯었다. 흰 설탕가루 몇 알이 테이블 위로 쏟아진다.

"네, 바쁜 거 맞아요."

그러고 보면 조금 전 커피를 받아올 때 희성이 종이로 포장된 각설탕을 몇 개나 집어 왔었다.

두나는 눈을 동그랗게 뜨고, 그가 손에 쥔 설탕을 카페라테에 넣고 다시 또 다른 각설탕을 집어 드는 것을 보았다. 그는 여상스럽게 대답하며 거듭 커피에 설탕을 집어넣었다.

"오늘은 오후 근무예요."

"오, 좋네요. 부럽다!"

여섯 개째의 각설탕을 커피에 던진 희성이 화사하게 웃으며 답했다.

"그리고 내일 정오에 퇴근이죠."

"……."

두나는 조금 전 자기 입으로 부럽다고 한 말을 머릿속에서 잽싸게 취소했다.

"그러면 이제 금방 들어가셔야겠네요?"

"네, 안타깝지만 그러네요. 두나 씨는요?"

"이제 집에 들어가서 청소도 해놓고 밥도 해서 하나한테 덜 혼날 명분을 좀 만들어두고…… 내일 출근 준비를 하면 되겠네요."

하나와 내일은 두나가 출근하기로 이야기를 해두었다. 일반인의 두 배에 달하는 휴식 겸 출근 준비 시간이다. 희성은 진심으로 말했다.

"그거 정말로 부럽네요."

희성은 힘없이 웃었다.

"이번 일은 정말 미안해요. 어째 자꾸 이렇게 사과할 일만 만들어서 할 말이 없네요."

"아, 그 정도까지는 아니에요……."

그렇게 따지면 두나가 어젯밤에 저지른 진상짓도 있다. 물론 그걸로 희성의 잘못을 없었던 셈 치자 하고 넘어갈 수 있는 일은 아니었다.

하지만 희성은 꽤 진지하게 자신의 잘못을 스스로 미안해하고 반성하고 있는 듯했다.

"뭐랄까……. 일종의 직업병이에요. 사람 이전에 환자로 대하는 게 먼저고 다른 쪽으로도 상대가 어떤 특징이 있고 이상이 있는지, 그 원인이 뭐고 어떻게 문제 상황을 해결해야 하는지 고민하는 게 뼛속까지 박혀 있거든요."

"아……."

"이 점을 고쳐야 할 텐데 말이에요."

그걸 보고 있자니, 희성에 대한 앙금이 조금은 풀리는 듯한 기분이 들었다.

정확히는 저 표정 앞에서 앙금을 가지고 있기가 힘들었다는 것이 더 정확하다.

* * *

'어쩌다 이렇게까지 된 거지…….'

두나는 새삼스러웠다.

희성과는 만난 지 겨우 3일째다.

첫날 귀신에 씐 사람으로 오해받아서 병원에 감금당하고, 오해를 풀고 다시 풀려났다.

그리고 어제는 사과의 의미로 술을 마시다가 진상을 피웠고 그의 집에서 하룻밤 신세도 졌다. 그리고 오늘 아침부터 지금은, 희성의 차 안이다.

밥 먹고, 싸우고, 희성이 구두를 사주고, 커피 한잔을 한 다음 희성이 집까지 태워주겠다며 차에 태웠다.

그러고 보니 어제는 사실상 하룻밤을 함께(?) 보냈고, 아침도 같이 먹고 차도 마셨다.

'누가 보면 영락없이 연인관계라고 오해하고도 남을 역사(?)를 쌓은 거잖아.'

물론 그들에게는 어제도 오늘도 그런 로맨틱한 상황은 조금도 없었다. 게다가 두나는 고백을 한다거나 정말로 사귀게 되는 상황은 언감생심 바라지도 않는 데다가 그녀는 여전히 유현을 좋아하고 있었다.

두나는 고개를 끄덕였다.

'그래. 역시 아까는 잠깐 놀라서 착각한 거야.'

차창 밖으로 풍경이 휙휙 바뀐다. 희성이 운전하는 차는 부드럽게 두나와 하나의 자취방으로 향하고 있었다.

"아, 가다 보면 큰 마트 있거든요? 거기서 내려주세요."

"왜요? 뭐 살 거 있어요?"

"네, 장 봐야 하거든요. 하나랑 먹을 저녁도 미리 만들어놓고, 혼자 먹겠지만 점심도 만들어야 되고."

두나는 고개를 반짝 들었다.

"아, 혹시 괜찮으면 먹고 갈래요? 점심?"

"……."

두나도 말하고는 순간 '아차' 했다. 하지만 집에서 혼자 처량 맞게 밥 먹는 것은 두나가 세상에서 가장 싫어하는 일 중 하나였다. 그러다 보니 그에게 이렇게 물어보고 만 것이다.

희성은 조금 당황해서 대답했다. 웃음기 어린 목소리지만 당혹스러움이 묻어난다.

"같이 밥 먹을 다른 사람 없어요? 점심까지 같이 먹으면 두나 씨랑 저랑 세 끼째 같이 먹는 거예요. 중간에 술 마신 거나 차 마신 거 빼고도."

희성은 농담임이 드러나는 어투로 연이어서 말했다.

"오늘 점심까지……. 혹시 저한테 관심 있으세요?"

희성의 농담을, 두나는 아무렇지도 않게 받아쳤다.

"아니요. 그냥 같이 밥 먹을 사람 없어서가 맞아요. 나 같이 밥 먹을 사람이 없어요. 친구 없으니까."

"응? 왜 없어요? 친구 많을 거 같은데."

희성은 의아하게 물었다.

두나의 성격은 꽤나 서글서글해서 만난 지 얼마 안 된 자신과도 이렇게 편한 사이가 되어버렸다.

당연히 친구가 많을 거라고 생각했던 것이다.

"내가 아니라 하나 친구죠. '안두나'의 친구를 따로 만들면 나중에 꼭 문제가 생겨요. 그래서 어쩌다가 같이 놀거나 밥 먹고 술 한잔하는 경우는 있어도 전부 한 번으로 끝이죠."

그 말을 듣자, 희성은 두나의 말에 납득이 갔다.

공식적으로 안두나라는 인간은 존재하지 않는다. 두나는 하나 대신 회사를 나가든 친구를 만나든 어디까지나 전부 안하나로서 행동하고 말해야 한다.

결국 두나가 자신을 드러낼 수 있는 것은 사정을 아는 몇 안 되는 이들, 하나나 예준 정도가 다인 것이다.

그 사실을 떠올리자, 희성은 새삼 이 말을 해야 할 것 같다는 생각이 들었다. 어째 계속 두나에게는 이 말만 하게 되는 것 같다.

"……미안해요."

"응? 뭐가요?"

"정확히 표현하기는 애매한데, 어쨌든 두나 씨에게 미안한 말을 해야 하는 것 같아서요."

두나는 피식 웃었다.

"이게 미안할 게 뭐 있어요. 그냥 사실인데."

희성은 결론을 내렸다. 그가 해줄 수 있는 일이 하나 있다는 사실이 떠올랐던 거다.

"사과의 의미로……."

두나는 눈을 반짝였다.

"또 맛있는 거 사주시려고요?"

희성은 고개를 저었다. 두나의 어깨가 추욱 처진다. 그걸 못 본

체하고 희성은 환하게 웃으며 제안했다.

"우리 하죠. 친구."

"네?"

"그러니까 내가 처음으로 '안두나 씨'만의 친구가 되어주겠다는 거예요."

안두나만의 친구.

그 말이 두나의 가슴을 두드렸다. 찰랑찰랑, 따스하고 기분 좋은 물이 가슴에 차오르는 기분이 들었다.

하나의 애인.

하나의 친구.

하나의 동료.

두나는 늘 그 사이에서 반쯤 투명인간인 채로 살았다.

안두나는 언제 사라질지 모르는 불안정한 존재다. 그런데 처음으로 안두나 자신만의 친구가 생기는 거다. 하나와는 상관없는.

두나는 잠시 멍하니 그를 보았다.

희성이 고개를 갸웃했다.

"싫어요? 그러고 보니…… 아까 친구 아니라고 했었던 것 같은 기억이……."

두나가 희성에게 물세례를 한 그때 비슷한 대화를 한 것도 같았다.

'친구는 아니죠.'

그렇다. 분명히 그렇게 말했었다.

두나는 기겁하며 두 손을 파닥파닥거리며 고개를 저었다.

"아뇨! 좋, 좋아요!"

"그래요?"

두나는 웃으며 외쳤다.

"그래요. 해요! 친구!"

그 말에 희성의 눈매가 부드럽게 풀렸다. 그는 조금은 뜬금없는 말을 했다.

"고마워요, 두나 씨."

"응? 왜요?"

이건 두나가 희성에게 고마워해야 할 상황 아닌가? 희성이 두나의 친구가 되어주겠다고 했으니까.

희성은 또 전혀 의외의 말을 했다.

"나도 처음이거든요. 친구."

두나는 경악했다. 조금 전 두나가 친구 없다고 했던 때 희성의 반응보다 더더욱 격렬했다.

당연하지 않나. 희성 정도의 외모에 배경에 능력을 가진 사람이 친구가 없다니!

"말도 안 돼요! 희성 씨야말로 친구 엄청나게 많을 것 같은데."

희성은 조금 쓰게 웃었다.

"제가 보기보다 겁이 많은 인간이라서요. 사람을 많이 가리거든요."

"희성 씨가 겁이 많다고요?"

농담처럼 들리는 말이다. 그러나 희성은 진지했다.

"맞아요. 저 원래 엄청나게 겁이 많아요. 그래서 사람들이랑 함부로 친해지지 않으려고 해요."

"예준 오빠도 있잖아요."

그 말에 희성은 쓰게 웃었다.

"예준이는…… 동생 같은 녀석이죠. 그만큼 가깝기도 하고요. 하지만 친구는 아니에요. 아쉽게도요."

그 말을 두나는 이해할 수 있었다. 두나에게 하나는 본체이자 하나뿐인 가족이지만, 친구는 아니니까.

"겉만 보고 친해지려 하는 사람들은 별로 안 좋아하거든요. 내성적인 성격이라."

"그래도 학교에서나 병원에서도 친한 사람들은 있을 거 아니에요."

"지인이나 동료는 많죠. 하지만 친구는 없어요. 말했잖아요. 겁도 많고, 겉만 보고 친해지려는 사람 싫어한다고요."

두나는 진짜로 놀랐다.

의외로 철벽 치는 사람이었나 보다. 이 남자.

"그러다 보니…… 이 나이가 되도록 마땅한 친구 하나 없네요."

그 말에 두나가 고개를 붕붕 저었다.

"없는 거 아니에요!"

"네?"

"지금 생겼잖아요! 여기! 나 안두나!"

두나는 그렇게 말하며 자기 자신을 가리켰다. 희성의 얼굴에 부드러운 미소가 번졌다.

처음으로 '안두나'만의 친구가 생겼다.

6. 동전의 뒷면

하나와 두나가 이곳 <인카운터>에 입사하게 된 건, 그들에게 반은 불행이지만 반은 행운이었다.

하나에게는 짜증 나는 불행이지만, 두나에게는 둘도 없는 행운이었으니까.

때는 약 서너 달 전, 대학을 졸업하고 하나는 구직을 시작했다. 그중 <인카운터>의 인턴기자 자리는 하나가 최우선으로 원하던 자리였다.

그래서 두나는 면접을 보고 온 하나가 잔뜩 화난 얼굴이었을 때, 그저 작게 낙담했을 뿐이다.

"면접에서 실수했어, 하나야?"

"아니."

"떨어졌어?"

"아니. 붙었어. 다음 주 월요일부터 나오래."

"연봉 깎였어?"

"아니. 딱 내가 원하는 만큼 준대."

"그런데 왜 그래?"

하나는 분노를 터뜨리며 내며 가방을 집어 던졌다.

"그놈이 거기 있었어! 강유현이!"

하나는 면접 자리에서 사수가 유현임을 알게 되었던 것이다.

물론 두나는 자기도 모르게 자꾸 입꼬리가 올라가려는 것을 필사적으로 막아야 했다.

"왜 하필이면 그 녀석이야! 겨우 학교에서 사라졌나 했더니, 회사에서까지! 게다가 이번엔 동기도 아니고 사수야!"

두나는 하나가 <인카운터> 편집부 입사를 걷어차지 않을까 조마조마하며 바라보았다.

그러나 사진 일을 하고 싶다는 것은 하나의 오랜 꿈이었고, 안 그래도 청년 실업자가 넘쳐나는 요즘, 이러한 일자리는 정말 황금 같은 기회였다.

결국 하나는 굴욕을 참고 입사를 결정했다.

그러면서 하나는 이렇게 중얼거렸다.

"그래도 하나 좋은 점은 있네."

"응? 뭐?"

"두나 너 걔 좋아하잖아. 어디가 좋다는 건지는 모르겠지만. 앞으로 자주 볼 수 있을 거 아냐."

하나는 그래도 장점이 한 가지는 있어서 다행이라며 고개를 끄덕거렸었다. 두나는 새빨개진 얼굴로 허둥지둥했다.

그날 두나는 하나에게 특별히 그날 저녁 메뉴인 김치볶음밥에 노른자가 터지지 않은 계란 프라이를 얹어주었다.

그게 벌써 약 3개월 전의 일이었다.

* * *

"으아아. 머리 아파……."

몸이 천근만근이다. 숙취의 여파가 아직도 남아 있는 것 같았다.

어제 하루는 꽤 조신하게 보냈는데, 이틀이나 지난 지금까지 속이 쓰리고 머리가 지끈거리다니. 대체 그날 밤 자신이 얼마나 퍼마신 건지 모르겠다.

두나는 어제 그냥 하나에게 동기화해달라고 할 걸 그랬다고 후회했다.

하나가 술을 안 마신 상태에서 동기화한 다음, 다시 두나가 빠져나오면 두나의 몸 상태는 분리되기 직전 하나의 상태로 되돌아간다.

즉, 직방으로 숙취를 해소할 수 있는 것이다.

'숙취 때문에 동기화해달라고 했다가 하나한테 혼날까 봐 말 안 했는데……. 그냥 부탁할걸.'

자고 일어나면 낫겠지 했는데 오산이었다.

그 상태로 출근했더니, 사무실 바닥을 빗자루처럼 쓸고 다니고 싶은 기분이다.

두나는 깨질 듯한 머리를 안고 탕비실에서 믹스 커피를 탔다.

믹스 커피 두 봉지를 뜯어서 큰 머그잔에 한꺼번에 붓고, 정수기에서 뜨거운 물을 받는다.

'와라, 달콤한 카페인의 홍수.'

달콤한 커피 향이 확 끼쳐 오른다. 냄새만 맡아도 머리가 맑아지는 듯해 두나는 기분이 좋아졌다.

머그잔을 들고 자기 자리로 돌아왔다.

두나의 바로 옆자리는 하나의 사수이기도 한 유현의 자리다.

원래 유현은 사무실에서 가장 먼저 출근하는 성실성을 갖추고 있다.

그러나 오늘은 조금 달랐다.

'유현이가 늦는다니 드문 일이네.'

아직 두나의 옆자리는 비어 있었다. 유현은 몸이 안 좋아서 오전 반차를 내고 병원에 들렀다 온다는 연락을 미리 했다고 팀장이 설명했다.

커피 냄새에 좋아졌던 기분이 다시 가라앉았다. 두나가 하나 대신 회사에 출근했을 때의 가장 큰 낙이 바로 유현을 곁에서 보는 것이었다.

물론 절대 자신의 정체를 밝힐 수도 없고 마음을 드러낼 수도 없지만, 곁에 있는 것만으로도 좋았다.

대화라도 길게 나누면 그 하루가 행복했다.

학창시절에도 유현은 지나칠 정도로 성실한 학생이었다. 자체 휴강을 밥 먹듯이 하는 학생들 사이에서도, 유현은 단 한 번도 그런 적이 없었다.

그래서 더 걱정이 들었다.

'많이 아픈가?'

두나는 결정을 내렸다.

카드지갑을 챙겨 사무실 건물 1층에 있는 편의점으로 내려가서 따뜻한 꿀레몬 음료를 손에 들고 왔다.

그것을 살그머니 유현의 자리에 놓았다.

주변 사람들에게 자신의 행동과 가슴의 두근거림을 들킬 것 같았다.

두나는 화끈거리는 뺨을 두 손으로 감싸며 아무것도 하지 않은 척 컴퓨터의 모니터로 시선을 돌렸다.

'저번에는 커피도 받았는걸. 답례라고 하면 돼.'

그러나 유현은 따뜻한 음료가 차가워질 때까지 사무실에 출근하지 않았다.

팀장에게, 뒤늦게 몸 상태가 많이 안 좋아서 반차를 연차로 바꾸고 싶다는 연락이 왔다는 이야기를 들었다.

두나는 차게 식어버린 꿀레몬 차를 아무도 모르게 다시 가져왔다.

* * *

하나가 눈을 동그랗게 뜨며 몸을 벌떡 일으켰다.

"걔가 연차를 썼다고?"

놀라서 어찌나 격하게 움직였는지 얼굴에 붙여둔 마스크 팩이 떨어졌다.

그걸 황급하게 주워 다시 붙이는 하나에게 두나는 고개를 끄덕여 보였다.

"응. 아침에는 반차 냈다가, 몸이 안 좋다고 아예 연차로 바꾼다고 연락이 왔다더라."

하나는 마스크 팩을 다시 잘 붙이고 누운 채로 물었다. 진지한 어조다.

"해가 서쪽에서 뜨지는 않았고……. 설마 죽을병이라도 걸린 건 아니겠지?"

그런 하나에게 두나는 대놓고 타박했다.

"야, 안하나!"

그러자 하나는 손을 흔들며 사과한다.

"미안. 내가 헛소리했네. 근데 진짜 걔 안 지 몇 년 동안 그런 거 처음 보니까 하는 말이야."

"그건…… 그렇지."

확실히 너무나도 유현답지 않았다.

대학 때도, 또 직장에서도 유현이 지각하거나 결근하는 모습은 단 한 번도 본 적이 없다. 그래서 회사에서 일하는 내내, 두나는 빈 옆자리를 보고 마음이 무거웠다.

'정말 무슨 일이 있는 건가?'

걱정이 되어서 전화나 문자라도 보내보고 싶었지만, 안하나가 유현에게 그렇게 하는 것은 지나치게 어색한 일이다.

결국 가슴앓이만 하고 말았다.

하나는 고개를 갸우뚱했다.

"어째 요즘 주변에 이상한 일들이 많네."

"응? 또 무슨 일 있었어?"

하나는 고개를 주억거리며 말문을 열었다.

"응. 오늘 오빠랑 지영이 병문안 다녀왔거든."

이지영.

익숙한 이름이다. 그녀는 하나의 초등학교 때부터의 친구로, 이른바 베스트 프렌드였다.

당연히 두나 역시 그녀의 얼굴도 이름도 잘 안다. 직접 만나 이야기한 적도 있다.

물론 두나는 하나로서 지영을 만났을 뿐이니 지영 쪽에서는 두나에 대해 전혀 알지 못한다.

"병문안? 지영이가 어디 다쳤어?"

하나는 한숨을 쉬었다.

"응. 교통사고. 한쪽 다리가 복합골절이래."

"아……. 다른 데는?"

"다행히 다른 데는 괜찮고, 부러진 데도 수술까지는 안 해도 되고. 시간 좀 걸리겠지만, 치료 잘하면 큰 문제는 없을 거라고 하더라."

"그나마 다행인가. 그래도 그 정도면 한동안 일은 쉬어야겠네."

골절이라.

절로 식은땀이 흘렀다.

그러고 보면 교통사고는 며칠 전에 두나도 당했었다. 어디 하나 부러지지 않은 것이 천만다행이었다.

특히 두나를 감싸고도 희성이 다치지 않은 건 진짜 천운이다.

막 희성을 떠올린 순간, 하나의 입에서 그 이름이 바로 튀어나왔다. 두나는 소스라치게 놀랐다.

"희성 씨가 도움을 많이 주셨어."

"희, 희성 씨?"

절로 목소리가 뒤집어졌다. 하나에게 누굴 떠올렸는지 들킨 느낌이었던 것이다.

다행히 하나는 두나의 이상을 눈치채지 못한 것 같았다.

천만다행이다.

"응. 마침 지영이가 갔던 병원이 희성 씨가 일하는 병원이었거든. 예준 오빠가 좀 잘 봐달라고 부탁을 해서 희성 씨가 그때 병원에 없어서 본인이 보지는 못했는데, 다른 좋은 의사분을 소개해주셨어."

"그, 그래……."

그 순간, 하나의 고개가 두나 쪽을 향한다.

덕분에 정면에서 시선이 마주쳤다. 두나는 다시 찔끔했다.

"아, 맞다. 희성 씨가 너한테 안부 전해달라더라."

"으, 응? 그, 그래."

하나의 입꼬리가 다 알고 있다는 듯이 말려 올라갔다. 그 표정이 이렇게 말하고 있는 것 같았다.

'오, 능력 있어.'

두나는 물을 마셔야겠니 어쩌니 시답잖은 말들을 주워섬기며 거실로 나갔다.

다행히 하나는 두나를 더 놀리지 않았다. 예준과의 통화를 시작한 것이다.

"응응. 오빠. 나 지금 오빠가 사준 팩 하고 있어."

깨 볶는 냄새가 코에 닿는 듯한 착각이 일 정도다. 두나는 떨떠름한 표정으로 옆방으로 향했다.

하나가 예준과 통화를 시작하면 1시간은 기본이다.

어차피 오늘 하루 종일 둘이 잘 놀아놓고 또 뭐가 그렇게 애틋하다고 저렇게 통화를 하는지 모르겠다.

두나는 가라앉은 얼굴로 오늘 들고 나갔던 핸드백을 열었다. 그 안에는 싸늘하게 식은 꿀레몬 음료 캔이 들어 있었다.

개봉하지 않은 그대로였다. 결국 유현에게는 주지 못했다.

"내가 그렇지 뭘……."

중얼거림은 조금 우울했다.

틱.

캔을 땄다.

두나는 우울하게 반만 남은 달을 올려다보며 꿀레몬 음료수를 마셨다. 들척지근하게 입 안에 붙는 감촉이 어쩐지 쓰게 느껴졌다.

다음 날, 유현은 평소와 똑같이 출근했다고 한다.

물론 하나가 출근한 날이었으므로, 두나는 하나가 보내준 메시지를 통해서밖에 겨우 그의 소식을 알 수 없었다.

* * *

며칠 뒤.

그 며칠 전의 불운을 보상이라도 해주듯, 행운이 찾아왔다. 두나는 놀라서 한 팀장에게 되물었다.

"취재요? 강 대리님과요?"

사무실 사람들은 다들 바빴다. 단 한 명, 사무실 컴퓨터로 게임하는 것이 유일한 업무로 보이는 한 팀장만 빼고. 그가 두나에게 유현과 함께 취재를 다녀오라고 지시한 거다.

입사한 지 얼마 안 된 두나도 알 수 있었다.

'그러니까…… 이거 나랑 유현이한테 일을 떠넘기는 거지?'

그러고 보니 어제 본사에서 이번에 중요한 브랜드 CF에 투입되는 유명 배우에 대한 기사 협조를 <인카운터>에 요청한 일이 떠올랐다.

'그런 중요한 일이니 미진 대리님이 유현이랑 같이 가야 맞는데…….'

그러나 미진 대리는 팀장의 일을 대신 맡아서 고생 중이라 사무실을 비울 수가 없었다.

결국 팀장은 실질적인 업무는 유현에게 맡기고, 인턴은 머릿수 채우기용으로 같이 보내려는 심산인 것이다.

팀장 등 뒤에서 서류철을 들고 움직이던 미진 대리의 찌푸린 얼굴을 보면, 틀림없는 것 같았다.

'어떻게 저러고도 안 잘리지…….'

이건 사무실 사람들이 품고 있는 풀리지 않는 공통된 미스터리였다. 이에 대해서는 의견이 분분했는데, 미진 대리가 본사에서 일한다는 친구에게 들었다는, 본사 회장님의 팀장 사돈의 팔촌의 동창이라는 소문이 가장 유력했다.

함께 업무 하달을 받은 유현이 옆에서 고개를 끄덕였다.

"알겠습니다."

팀장이 투실한 턱을 위아래로 끄덕이며 대충 말을 던진다. 그의 시선은 모니터 안의 고스톱 게임에 고정돼 있었다.

"그래요. 이제 하나 씨도 취재 경험을 할 때도 됐지. 강 대리가 사수니까 잘 챙겨줘요."

"네."

두나는 속으로 외쳤다.

'팀장님 나이스!'

두나의 탄성에 맞장구가 있었다.

"아싸-!"

팀장의 입에서 환성이 터졌던 것이다. 점수가 난 모양이었다.

* * *

두나는 유현과 함께 회사 건물 1층으로 내려왔다.

막 건물 1층에 도착했을 때였다. 두나는 그곳에서 익숙한 사람을 발견하고 말았다.

"어? 지영아?"

바로 하나의 가장 친한 친구 지영이었다. 며칠 전 하나와 그녀에 대한 이야기를 나누었는데, 이렇게 우연히 만나다니.

두나는 익숙하게 하나로서, 하나의 친구를 대했다. 요 며칠 사이에 하나와의 기억 공유가 되지 않은 상황이란 것이 조금 걸렸지만 지금까지 하나 행세를 해온 짬밥이 있다. 당당하게 밀고 나가면 그만이다.

'난 하나다. 난 하나다…….'

두나는 그렇게 자기 최면을 걸고 지영을 대했다.

지영은 하나의 말대로 한쪽 다리에 깁스를 하고 목발을 짚고 있었다.

"너 여기는 어쩐 일이야? 이 다리를 해가지고 왜 이렇게 멀리 나온 거야?"

지영은 반갑게 웃었다.

"아, 하나야."

분명히 웃고 있는데도, 얼굴에 진 그늘은 어쩔 수 없었다. 아무리 사고를 당했다고 해도, 저렇게까지 표정이 어두울 수 있을까?

"얼굴이 너무 안 좋네. 또 무슨 안 좋은 일 있어?"

등 뒤에서 유현이 끼어들었다.

"아, 하나 씨 친구분이신가요?"

그 말에 두나와 지영은 그제야 유현의 존재를 떠올렸다. 두나는 당황해서 유현에게 지영을 소개해주었다.

"아, 이분은 같은 팀 강 대리님이셔. 같이 외근 나가던 참이야. 강 대리님, 이쪽은 이지영. 제 친구예요."

유현은 산뜻하게 웃었다.

"만나서 반갑습니다. 강유현입니다."

"아, ……네. 이지영입니다."

두 사람은 간단한 악수를 나눴다. 일반적인 경우보다 살짝 오래 걸린 듯한 악수였다.

유현이 물었다.

"친구분들끼리 급한 일이시면 잠시 제가 비켜드릴까요?"

그 말에 지영은 창백한 얼굴로 고개를 저었다.

"아, 아니요! 괜찮아요. 그렇게 급한 일도 아니고요."

두나는 어쩐지 조금 석연찮은 기분이 들었다. 지영이 무언가 하나에게 하고 싶은 말이 있는 것 같다는 느낌이 들었던 것이다.

그래서 두나는 걱정스럽게 물었다.

"정말 괜찮아?"

그러나 지영은 고개를 저었다.

"응. 괜찮아. 나중에……. 나중에 내가 다시 연락할게. 일하러 가."

지영은 그렇게 말하고는 뒤돌아서 걷기 시작했다. 절뚝절뚝거리면서.

두나는 그 모습이 어쩐지 마음에 걸렸다. 그러나 당장은 해야 할 일이 있었다.

퇴근하면 하나에게 이 일을 알려주고, 무슨 일이 있는 건 아닌지 확인하라고 말해줘야겠다.

* * *

두나는 새삼스레 깨달았다. 유현과 단둘이 외근을 나간다는 말의 의미를 제대로 몰랐었다는 걸.

그건 좁은 차 안에서 단둘이 있게 된다는 의미였다.

과년한 남녀 둘이!

그것도 오래 짝사랑해온 유현과 함께!

심장이 미친 것 같다.

두근두근두근…….

절로 얼굴이 빨개지며 홍조가 일었다. 심장이 평소보다 몇 배로 빠르게 뛰며 온몸에 피를 과다하게 공급하고 있는 모양이었다.

'시, 심장이 터질 거 같아!'

두나는 불안했다. 제 귓전을 울리는 본인의 심장 소리가 마치 천둥소리처럼 들렸던 것이다.

입을 열면 심장 소리가 마치 나팔 소리처럼 터져 나올 것 같다.

아니, 입을 열지 않아도 주변 모든 사람들이 미친 듯이 뛰는 이 시끄러운 심장 소리를 들을 수 있을 것 같아 불안했다.

이대로 유현에게 들켜버리는 건 아닐까 하는 불안감이 미친 듯 뛰는 심장 주변을 빼곡히 채웠다.

그때였다. 익숙한 부름이 그녀의 정신을 일깨웠다.

"……씨! 하나 씨!"

"아, 네! 죄송해요!"

심장 소리가 들릴 것 같은 착각에 휩싸여 있느라 정작 옆자리의 유현이 자신을 부르는 소리를 제대로 듣지 못한 것이다.

"아니에요. 운전할 때 조수석에만 있으면 무료하고 졸리니까요."

"아, 네, 네."

옆에서 존 걸로 오해받은 모양이다. 두나는 붉어지려는 뺨을 손등으로 식혔다. 마음속에서 비명을 지른다.

'아, 이거……. 너무…… 너무 위험해!'

지금 장소는 유현의 자동차 안. 단정하고 상냥한 본인의 성격처럼, 차 안은 깔끔하게 정리되어 있었고, 기분 좋은 향기도 났다. 그곳에 유현과 두나 단둘이 있는 것이다.

조금만 가까이 붙어도 유현의 숨소리까지 느껴질 것 같다. 유현의 향기가 코끝을 달콤하게 간질여서-사실은 방향제 냄새인 것도 같지만 넘어가자- 더더욱 가슴이 설렌다. 다시 심장이 미친 듯이 뛰기 시작했다.

두나는 확신할 수 있었다. 지금 두나의 혈압을 재면 고혈압 판정이 나올 거고, 심박수를 재면 협심증을 의심받을 거다.

'내 심장에 위험해!'

심장이 입으로 튀어나올 기세로 뛰고 있었다. 두나에게는 정말로 다행히도, 그녀의 심장이 입으로 튀어나오기 전에 차가 멈췄다.

목적지에 도착한 것이다.

* * *

CF 촬영장은 거대하게 만들어진 세트였다. 휘황찬란한 조명들이 사방에서 내리쬐고, 촬영을 위한 소품인지 번쩍거리는 외제차까지 놓여 있었다.

취재를 위해 찾아온 언론사도 많아서 유현과 두나 단둘이 온 소형 웹진은 감히 명함도 내밀기 힘들었다.

두나는 식은땀이 등을 적시는 것을 느꼈다. 이렇게 큰 촬영 현장은 처음이다. 침을 꿀꺽 삼키며 곁눈질했다.

"하나 씨, 현장 처음이죠?"

마치 그녀의 곁눈질을 기다렸다는 듯 유현의 물음이 던져졌다. 두나는 화들짝 놀랐다가 그럴 일이 아님을 깨닫고 평범하게 대답했다.

"네."

"앞으로 자주 올 거예요. 그러니까 긴장 풀고 가죠."

"네!"

가라앉은 표정의 유현은 사뭇 진지해 보였다. 긴장한 두나에 비해 훨씬 차분한 모습이었다.

그의 안정감이 두나에게도 전염되는 것 같다. 덕분에 긴장된 마음이 가라앉은 두나는 그의 뒤를 따라 촬영장으로 들어섰다.

그들의 목에는 허락받은 취재인원임을 표시하는 스태프 목걸이가 걸려 있었다.

하나와 유현이 근무하는 웹진 <인카운터>의 모회사 Y사는 대규모 지상파 방송국을 소유한 언론 재벌이다.

당연히 그 브랜드 이미지를 홍보하기 위한 CF는 대대로 톱배우들이 맡아왔다. 한류스타로 이름 높은 배우와 장기 계약을 맺고 있었다. 그런데 이번에는 근 5년 만에 CF 모델이 바뀌었다.

'이전 모델이 스캔들에 휘말렸다고 했었지.'

이번 기회에 기업 이미지를 젊은 느낌으로 쇄신하기를 위쪽에서 원했다는 이야기도 들렸다.

그 결과 선택된 행운의 CF 모델이 바로 최근의 대박 드라마 '다정한 불청객'에서 첫 주연을 맡으며, 국민 남동생이라는 별명을 얻은 손민형이었다.

“……무엇보다 응원해주시는 팬분들께 가장 감사드립니다.”

사방에서 터지는 플래시 속에서 그 손민형이 웃고 있었다.

Y사의 자회사인 방송국의 연예 소식 프로그램과 녹화 중인 인터뷰를 마무리하고 있는 듯했다.

리포터, VJ와 인사를 나누는 손민형의 모습을 보고 있자니 도무지 현실감이 없어 마치 꿈속인 것만 같았다.

“인터뷰 감사합니다.”

“별말씀을요. 저야말로 감사하죠.”

두나는 멍하니 입을 벌렸다.

‘그 손민형이 진짜로 눈앞에 있어! 세상에!’

2초 만에 그녀는 자신이 얼마나 멍청한 얼굴을 하고 있을지를 퍼뜩 깨닫고 카메라를 든 손을 들어 올렸다. 얼굴을 가리려는 것이다.

파인더 너머로 지난달까지 매주 수·목요일 저녁마다 TV 화면 앞으로 달려가게 만들었던 당사자를 훔쳐본다.

렌즈 건너편에 있는 남자는 저녁마다 두나와 하나를 설레게 한 드라마 속의 남자 주인공과 똑같이 생겼다.

그 캐릭터를 연기한 배우 당사자이니 당연하겠지만.

누가 잡아 늘여놓은 것처럼 오뚝한 콧날과 칼로 자른 듯한 날카로운 턱 선. 축 처진 강아지 같은 눈매가 인상적이다.

손민형은 드라마에서 연상인 여주인공을 향한 아련한 감정 표현 연기로 특히 호평을 받고 있었다.

드라마가 방영되고, 백만 누나들이 그의 팬이 되었다고 할 정도였으니까.

오죽하면 눈꼴이 시어서 보기 힘들 만큼 한 쌍의 다정한 바퀴벌레처럼 굴던 하나와 예준이 바로 손민형이 연기한 그 캐릭터 때문에 잠시 다투었을 정도였다.

하나가 드라마 속에서 여주인공을 향한 순정을 드러내는 손민형이 연기한 캐릭터를, 지나치게 칭찬했다가 예준이 살짝 삐졌었던 것이다.

물론 30분 만에 화해하긴 했지만.

'오늘 손민형 본 거 알면 하나가 부러워하겠네.'

동기화하면 기억은 공유되지만, 그래도 직접 보고 싶은 것이 팬의 마음일 것이다.

하나 정도로 좋아하는 건 아니지만, 그래도 손민형이 연기한 연하남 윤후를 TV 화면에서 보며 좋아서 바닥을 구르던 것이 지난달까지 매주 수·목 저녁의 일정이었던 두나였다.

아직도 손이 살짝 떨렸다.

'으아아! 내 눈앞에 윤후가 3D…… 아니 4D로 움직이고 있어!'

어느덧 인터뷰를 마친 손민형은 본격적인 CF 촬영을 위해 감독과 작가에게 설명을 듣는 중이었다.

그는 간혹 고개를 끄덕이며 진지하고 겸손하게 감독과 작가의 설명을 듣고 있었다.

누가 보아도 성실한 자세다. 톱스타의 반열에 든 배우니까 거만하지 않을까 생각했는데 전혀 아니었다.

'인성도 잘생겼다더니 진짜가 봐.'

인터넷상에는 손민형이 이름을 숨기고 한 기부나 사적인 자리에서 보인 그의 배려 등등 그의 좋은 인성을 증명하는 이야기들이 넘쳐났다.

그야말로 드라마 속에서 빠져나온 것 같은 배우였다.

두나는 그의 솜털 하나까지 모두 가둘 기세로 부지런히 셔터를 눌렀다.

* * *

CF 촬영은 예상보다 길게 이어졌다. 해외에서 상도 받은, 완벽주의로 유명한 감독이 촬영을 맡았으니 당연하다면 당연했다.

감독은 그 명성만큼이나 깐깐하기로 악명이 높았는데, 현실은 그 이상이었다. 제삼자인 두나가 보기에도 질릴 정도였으니까.

"자, 한 번만 더 가봅시다. 손민형 씨."

벌써 이 한 컷만 다섯 번째다.

딱히 중요한 부분도 아니고, 차를 향해 모델이 천천히 걸어오는 장면일 뿐인데 이렇게 반복시키고 있는 것이다.

아무리 일이라지만 이렇게 계속 NG를 외치면 어느 누구라도 얼굴에 못마땅한 기색이 스치기 마련이다.

그런데도 손민형의 얼굴에는 주름 하나 가지 않았다. 그는 화사하게 웃으며 답했다.

"예, 감독님."

그는 자신이 조금 전에 서 있던 장소로 다시 돌아갔다. 그리고 다시 걸어간다.

그제야 감독에게서 'OK' 사인이 난다.

솔직히 두나가 보기에는 그게 그거 같은데 왜 다섯 번이나 촬영을 했는지 도무지 알 수가 없었다. 손민형은 여전히 얼굴에 화사한 미소를 지우지 않았다.

'대단하네.'

두나는 혀를 내둘렀다. 동시에 좋은 기삿거리가 하나 나왔다는 생각이 들었다.

오늘 찍은 사진 중에 잘 나온 컷에 이 내용을 붙이면, 손민형의 인성을 찬양하는 증거물이 또 하나 늘 것이다.

어차피 기업 전체 브랜드 이미지를 위한 광고니까 그 광고 모델의 인성을 포장하는 내용이 기사로 나가면 도움이 될 것이다.

두나는 희희낙락하며 들고 온 넷북 키보드를 쳤다. 지금 두나와 유현은 촬영장의 상황과 손민형을 찍고, 관련 기사 작성을 번갈아 가며 하고 있었다.

지금은 두나가 기사를 작성하는 중이었다.

그 옆에서 유현이 조용히 카메라 셔터를 누르고 있었다.

"……."

기이한 고요함이 그의 주변을 감돌고 있었다.

두나는 팬을 자처하는 배우를 눈앞에 두고서 정작 그 옆에서 배우를 피사체로 삼아 찍고 있는 사진기자에게 시선을 빼앗겼다.

어찌 보면 당연했다. 유현은 두나가 오랫동안 짝사랑해온 상대니까.

그런데 지금 그녀가 그에게 시선을 빼앗긴 이유는 그뿐만이 아니었다.

평소의 유현은 정말로 다정한 남자였다. 조금이라도 주변 사람들에게 가시를 세우거나 충돌하려 하지 않는 사람이었다.

가끔은 너무 모가 없고 부드럽기만 해서 어떻게 험한 세상을 살아가나 걱정이 될 정도였다.

그런 그가 카메라를 든 순간, 분위기가 일변한다. 마치 잘 갈아놓은 칼처럼 건드리기만 하면 베일 듯한 기세.

그는 모든 피사체가 당장이라도 사라져버릴 신기루라도 되는 듯 매달렸다. 그렇게 절실하게 사진을 찍었다.

그래서 대학시절 두나는 그가 보도 사진 계열로 진로를 원한다고 들었을 때 당연하다고 생각했다.

어쩌면 해외로 나갈 수도 있지 않을까, 생각했다. 실제로 해외 사진 공모전에서 입상까지 했던 드문 인재기도 했다.

지금 촬영은 딱히 시사적이거나 역사적으로 중요한 의미가 있는 촬영은 아니다. 단순히 유명 배우가 광고를 찍는 장면일 뿐이다.

그런데도 그는 정말로 필사적으로 피사체를 담아내려 노력했다. 모든 시간과 순간을 잘라내어 보전하려는 듯.

새삼 깨달았다.

'그래. 내가 유현이의 저 모습에 반했었구나…….'

두근두근…….

다시 주책없이 심장이 날뛰려는 찰나였다.

그런 그녀를 질책이라도 하듯이 카메라 셔터 소리가 날카롭게 울렸다.

찰칵!

건드리면 베일 듯한 유현의 시선이 손민형에게 고정되어 있었다.

생각보다 촬영 시간이 길어졌다.

사실 두나와 유현의 할 일은 거의 끝났지만, 유현의 전화를 받은 한 팀장이 촬영이 끝날 때까지 기다려서 몇 마디라도 꼭 손민형의 인터뷰를 따오라고 억지를 부렸다.

덕분에 그들은 기약 없는 기다림을 감수할 수밖에 없었다.

이렇게까지 촬영이 길어진 이유는 역시나 감독 때문이었다.

그는 모든 컷을 전부 최소 세 번 이상씩 촬영해댔던 것이다. 깐깐함도 이 정도면 병적이라 할 만했다.

'지나친 완벽주의자 아냐?'

지켜보는 두나조차도 지칠 지경이었다. 실제 촬영에 참여하는 스태프들 얼굴에 지친 기색과 짜증이 늘어갔다.

손민형의 웃는 얼굴도 어째 창백해 보이는 건 아마도 착각이 아닐 것이다. 그때였다. 손민형이 정말 미안하다며 잠시 쉬자고 요청해왔다.

"곧 점심시간이고 하니 잠시 쉬었다 하죠. 다른 스태프분들도 피곤해 보이시고요."

감독은 잠시 못마땅한 얼굴을 했지만, 자신이 보기에도 모델과 스태프 모두가 지친 것이 눈에 보이는 상황이었다.

"어쩔 수 없네요. 그러면 한 시간 정도 저녁 식사 겸 휴식 시간을 갖도록 하죠."

모두의 입에서 안도의 한숨 소리가 새어 나왔다. 분명히 극히 작은 소리였을 텐데, 두나의 귀에 그 소리가 마치 합창처럼 들렸다.

* * *

"식사 겸 휴식 시간이니까…… 지금이면 인터뷰 딸 수 있지 않을까요?"

유현의 얼굴에 회의감이 어린다.

"물론 그렇게 되면 좋겠지만…… 아침부터 지금까지 쭉 쉬지도 않고 강행군한 촬영이잖아요? 저쪽에서 응해줄까요?"

인터뷰를 딴다고 해도 길지 않은 몇 마디 정도면 충분했다. 그렇다고 해도 손민형의 입장에서는 짜증이 날지도 모르겠다.

특히 <인카운터>는 아까 따로 인터뷰를 한 공중파 방송사의 연애 프로그램처럼 인지도가 높지도 않다.

그저 수백 개는 될 법한 웹진 중 하나일 뿐이니까. 내세울 것이라고는 그저 모회사가 브랜드 광고의 클라이언트라는 사실 하나뿐.

"그래도 한번 시도해볼게요."

두나는 기세 좋게 나섰다.

주변을 두리번거렸으나 손민형의 모습이 온데간데없다.

"어, 없네? 그사이에 어디로 간 거지?"

그 명성이 자자하다는 인성에 기대서 인터뷰 한마디라도 얻으려고 비벼볼 참이었던 두나는 김이 팍 새버렸다.

유현은 기운이 쭉 빠진 두나를 위로해주었다.

"힘내요. 인터뷰 따면 운이 좋은 거고, 못 해도 어쩔 수 없죠. 팀장님도 말은 그렇게 했어도 정말 못 딴다고 뭐라고 하시지는 않을 거예요."

다시 평소의 다정하고 부드러운 그로 돌아와 있었다.

조금 전 카메라를 든 그는 건드리면 베일 듯이 날카로워 보였었는데 말이다.

"우리도 좀 쉬어요. 점심도 제대로 못 먹었는데 요기라도 하죠."

"그러면 뭐 먹죠? 어디 나가서 먹고 오기에는 좀 애매하네요. 기다리다가 손민형 씨 나오면 바로 인터뷰를 따는 게 좋을 것 같은데……."

"그러면 간단한 걸로 사다 먹죠. 어차피 스태프들 모두 여기서 먹는다고 하니까요."

타당한 의견이다. 두나도 고개를 끄덕였다.

"네, 그러면 제가 다녀올게요."

유현이 고개를 젓는다.

"좀 쉬고 있어요. 내가 다녀올 테니까."

"하, 하지만……."

유현의 얼굴에 다시 녹아 들어갈 듯 부드러운 미소가 번진다. 두나는 귓가에 제 심장이 쿵 하고 바닥을 구르는 듯한 착각이 들었다.

'이렇게 정면에서 이런 얼굴로 웃어 보이다니……. 반칙이잖아!'

두나는 거의 넋을 놓을 뻔했다. 그런데 유현의 본의가 아닐 것이 분명한 추가타가 이어졌다.

"여기서 쉬고 있어요. 내가 나가서 사올게요. 올 때 이 앞에 편의점 있는 거 봤거든요."

그는 두나에게 부담을 가지지 말라는 듯이 한마디를 덧붙였다.

"그동안 혹시 손민형이 나타나면 인터뷰 따두고요."

유현이 간단한 요깃거리를 사러 나가자, 촬영장 안에 아는 사람 없이 두나 홀로 덩그러니 남겨졌다.

"……."

두나가 이런 취재 현장에 나온 것 자체가 처음이기도 하고, 그렇다고 운이 좋아서 알던 이들이 촬영 스태프 중에 끼어 있는 것도 아니니 당연한 일이었다.

이대로 멍하니 있자니 어색하고 또 심심하기까지 했다. 두나는 몸을 일으켰다.

어차피 유현 역시 가능하면 손민형의 인터뷰를 따보라고 말했다. 그녀는 꽤 지쳐 있었고 손민형의 인터뷰를 따서 최대한 빨리 사무실로 돌아가고 싶었다.

두나는 자신의 뺨을 스스로 찰싹찰싹 치고는 기세를 올렸다.

"오케이. 밑져야 본전이지. 찾아보자."

그렇게 두나는 스태프들이 반 이상 자리를 비운 휑한 촬영장 안을 배회하기 시작했다.

* * *

"다리 아파……."

눈을 감은 채 코끼리코를 하고 뱅글뱅글 도는 사람처럼 두나는 촬영장 곳곳을 홀로 돌아다녔다.

그러나 30분 가까이 샅샅이 뒤져보아도 손민형은 그 잘생긴 코빼기 하나 비치지 않았다.

생각해보면 당연했다. 그의 대기실이 정확히 어디인지도 확인하지 않고서 무작정 돌아다니기만 했던 것이다.

그런 인기 연예인이면 당연히 휴식 시간에는 대기실이든 밴이든 콕 박혀서 쉬고 있을 거다. 그런 간단한 것도 생각 못 하다니.

"근데 여긴 또 어디냐?"

촬영장은 쓸데없이 넓었다. 정신을 차리니 어디까지 온 건지를 모르겠다. 주변에 먼지 쌓인 소품들이 가득 들어찬 상자가 쌓여 있는 것을 보니, 잘 안 쓰는 소품들을 모아놓는 창고인 모양이다.

한숨만이 길어졌다.

"진짜로 만나면 인터뷰는 못 따더라도 사인은 받아가고 싶었는데……."

그것도 기왕이면 두 장이 더 좋을 것이다. 하나 거 하나, 두나 거 하나.

"기왕이면 이름도 적어달라고 하고 싶었는데……."

'To 안하나, To 안두나'. 이렇게 말이다.

하나는 본인을 이렇게도 생각해주는 자신의 도플갱어에게 감사해야 마땅했다.

'그러니 용돈을 더 올려줘야 마땅하단 말이야!'

그러나 사인을 못 받으면 하나 앞에서 빼기면서 내밀 것이 없어진다. 당연히 용돈 인상을 주장할 근거도 빈약해지고 만다.

두나의 어깨가 다시금 축 처졌다.

스스로 생각하기에도 바보 같은 희망이라는 걸 알지만, 솔직히 말하자면 인터뷰 따는 데 실패하더라도 사인을 받는 건 그보다 몇 배는 쉬울 것 같았던 것이다.

저런 히스테릭한 감독에게도 눈썹 하나 까딱하지 않고 웃으며 깍듯이 대하는 걸 보면, 진짜 인성도 좋은 것 같았으니까.

'그러니까 인터뷰는 무리라도 사인 정도는 해줄 거 같은데…….'

두나의 손에 들린 다이어리를 찢은 종이가 시무룩하게 떨어졌다.

"아……!"

바닥에 떨어진 얇은 종잇조각은 팔랑거리다 두나의 옆에 안착했다. 허리를 숙이고 그것을 집어 올린다.

그때였다.

익숙한 목소리가 전혀 익숙하지 않은 어조를 타고 들려왔다.

"XX!"

'이 목소리는……?'

두나는 깨달았다. 지난달까지 수·목 저녁 시간에 그녀를 즐겁게 해주던 그 목소리다.

'손민형?'

반색을 하고 그 방향으로 몸을 일으켜고 다가가려는데, 왠지 분위기가 이상했다.

드라마에서나 조금 전 촬영 현장에서의 다정하고 상냥하며 예의 바른 그 사람과는 전혀 다른 사람처럼 들리는 목소리였다.

두나는 무의식적으로 숨을 죽이고 귀를 기울였다. 두 눈은 지금 자신이 몸을 숨긴 가구 틈 사이를 주시한다.

"XX! 너 제대로 하라 그랬어, 안 그랬어?"

주변에 들리지 않도록 한껏 낮춘 소리로 말하고 있었다. 그러나 욕설이 섞인 거친 어조는 누가 들어도 상대방을 비난하고 깔아뭉개고 있었다.

"죄, 죄송합니다, 형. 이것밖에 없어서……."

그러나 변명하는 목소리는 끝까지 이어지지 못했다. 둔탁한 타격음 뒤에 '윽!' 하는 억눌린 신음소리가 울렸던 것이다.

찌그러진 페트병이 바닥에서 빙글빙글 돌았다.

두나는 경악했다.

'지금 사람 머리에 음료수가 든 페트병을 던진 거야?'

바닥에 떨어지며 충격을 받았는지 페트병에서는 커피가 줄줄 새어 나오고 있었다.

페트병을 던진 당사자, 즉 손민형의 것이 분명한 목소리가 다시 막다른 복도를 울렸다.

"너도 내가 저 성격 거지 같은 감독한테 굽실거린다고 무시하냐?"

거친 목소리와 말투. 모두가 아는 손민형의 이미지와는 전혀 맞지 않았다.

"아, 아닙니다. 형. 그럴 리가……."

콰직!

구두에 맞고 날아간 페트병이 벽에 부딪치며 요란한 소리를 낸다.

동시에 손민형에게 혼나고 있는 상대의 다리 전체에 커피가 팍 튄다. 청바지 전체에 갈색 얼룩이 생겼다.

"썅! 말대꾸 작작하라고!"

"……."

"저 감독 새끼가 상까지 받은 유명한 인간 아니었으면 진작 이빨을 다 털어버렸을 거라고! 내가 못할 것 같냐? 응?"

"……."

상스럽고 저열한 목소리.

두나가 아는 목소리이지만 정말 그 사람이 맞는지 도저히 믿어지지 않을 정도였다. 경악스러울 정도로 어조가 달랐다.

"아, XX! 너 내가 그렇게 만만하냐! 왜 입 다물고 무시하고 있어?"

"아, 아닙니다! 죄송합니다!"

다시 퍽 하고 벽을 차는 소리가 들렸다. 그나마 상대방을 직접 때리지는 않는 것 같았다.

'자기가 말대꾸하지 말라고 해놓고 바로 입 다물고 무시하냐고 화를 내고 있어?'

두나가 지켜보고 있다는 사실을 전혀 알지 못하는 두 사람의 대화는 계속해서 이어졌다.

"너, 제대로 해라."

"네, 네. 형."

"다시 가서 사와. 무설탕으로. 내가 다이어트 하느라 얼마나 개고생 하는지 알면서 이따위 거 사오는 건 나더러 약 올라 죽으라는 소리지. 개념이 있으면 니가 이러면 안 되지."

상대는 손민형에게 거듭 머리를 조아려 사죄했다.

"아까처럼 가게에 없다고 그냥 오면 각오해라. 없으면 이 동네 다 뒤지든 만들어 오든 니가 알아서 하라고. 그게 니가 할 일이잖아. 응? 그러려고 내가 너 비싼 월급 주는 거라고."

"네, 꼭 사오겠습니다."

손민형은 다시 부드럽게 웃었다. 그리고 이번에는 마치 다른 사람처럼 손을 뻗어 상대의 어깨를 툭툭 치며 말한다.

"그래. 착하게 말 잘 들으면 얼마나 좋아."

그는 지갑을 열고는 거기서 5만 원 권을 몇 장 꺼내서 상대의 손 위에 올려준다.

"이건 세탁비 하고 남으면 니 용돈 좀 해."

"……감사, 합니다."

남자의 목소리가 모멸감으로 떨리고 있는 건 누가 보아도 분명했다. 그러나 손민형은 눈썹 하나 까닥하지 않았다.

"아, 여기 벽에 튄 거 잘 닦아놓고."

이번에도 긍정 외에 다른 대답을 할 수 있을 리 없었다. 그제야 손민형은 만족한 듯이 홀가분하게 돌아서 사라졌다.

다행히 두나가 숨은 방향과는 다른 곳이어서 들키는 불상사는 일어나지 않았다.

두나는 남겨진 남자가 주변에 튄 커피를 닦고 나서 터덜터덜 사라질 때까지 그대로 멍하니 벽에 기대어 있었다.

* * *

뭐라고 말로 표현할 수 없는 복잡한 마음을 안고서 두나가 현장으로 돌아왔을 때, 그녀를 맞아준 것은 눈을 동그랗게 뜬 유현이었다.

"하나 씨 어디 갔었어요?"

손에는 김밥과 음료수가 든 비닐봉지를 들고 있었다.

"아, 미안해요. 기다리셨죠? 손민형 찾으면 인터뷰 따보려고 돌아다녔어요. 결국 못 땄어요."

"아……. 그래도 좀 쉬시지 그랬어요."

두나는 애써 웃었다. 아무리 생각지도 못한 불쾌한 일을 목격했다고 해도, 상황도 모르는 유현 앞에서 그런 티를 내고 싶지는 않았다.

"저도 빨리 끝내고 사무실 돌아가고 싶었거든요."

"하긴 저도 그렇긴 하네요."

두나와 유현은 촬영장 구석에 마련된 탕비실로 향했다. 거기서 간단하게 요기를 할 참이었다.

유현은 근처 편의점에서 간단한 간식을 사오려고 가봤지만 마땅한 것이 없어서 다시 근처 분식집을 찾아서 김밥을 포장해왔다고 했다.

봉지 안에는 포장된 김밥과 페트병에 든 녹차, 무설탕 아메리카노가 들어 있었다. 무설탕 아메리카노에 절로 시선이 갔다.

'다시 가서 사와. 무설탕으로.'

그때 그 바닥을 뒹굴던 커피와 같은 브랜드의 음료였다. 차이가 있다면 이건 무설탕이고, 그건 설탕과 우유가 다 들어가 있는 거 정도.

아마 그 사람은 이걸 못 사서 그런 봉변을 당했던 모양이다.

"에휴……."

마음이 무거우니 좋아하는 치즈 김밥도 코로 들어가는지 입으로 들어가는지 모르겠다.

"무슨 안 좋은 일 있었어요?"

"네?"

당황하는 두나에게 녹차가 든 페트병 뚜껑을 따서 건네며, 유현은 부드럽게 말했다.

"표정이 아까 내가 나갈 때랑은 완전히 달라서 그래요. 단순히 배고프고 피곤해서 그런 건 아닌 것 같고."

"음. 그게 말이죠……."

두나는 조금 망설였다. 이걸 함부로 말해도 되려나?

"무슨 일인지는 모르겠지만, 나라도 괜찮으면 상의해봐요. 이런 일 들어주는 건 자신 있으니까."

그는 그렇게 말하며 다시 웃었다. 두나는 젓가락을 물고 멍하니 그런 그의 표정을 보았다.

그러고 보면 비슷한 말을 예전에도 유현에게 들은 적이 있었다. 대학 시절, 막 자신의 존재에 대한 자각이 조금씩 싹트던 때.

자신의 감정이라는 것이 어색해서, 자신이 우울해하고 있다는 것조차 모르던 그때였다.

"난 말주변이 없어서 듣기 좋은 위로 같은 건 잘 못해. 대신 들어주는 건 할 수 있어. 말하고 싶은 마음이 들면, 언제든 마음껏 이야기해도 돼."

그랬다. 그렇게 말해줬었다. 바로 지금처럼.

긴장했던 마음이 온돌 위에 올린 버터처럼 스르륵 녹아내리는 것 같았다. 가슴이 간질간질거린다.

두나는 결국 마음이 시키는 대로 하고 말았다.

'에이, 그 뭐냐…… 근심은 나누면 반이 된다는 말도 있으니까…….'

그렇게 자기 합리화를 하며, 아까 본 장면에 대해 입을 떼었다.

조심스럽게.

"……그래서, 너무 놀랐다니까요."

두나는 이제 대놓고 한숨을 쉬었다.

"물론 배우랑 배역 사이에는 건널 수 없는 강이 있다는 건 알고 있었지만…… 이건 그 수준이 아니잖아요."

"그렇긴 하네요."

두나의 말에 맞장구쳐주는 유현의 목소리도 떨떠름했다.

당연하다. 오늘 어떻게든 인터뷰를 따야 하는 당사자의 전혀 예상 못 한 면에 대해 들어버렸으니 말이다.

아마 이게 외부에 알려지면 사람들이 꽤 좋아할 가십거리가 되지 싶었다.

"물론 인터넷에 연예인들 인성에 대한 증언 같은 건 언론 플레이의 일환인 경우가 많다는 건 알고 있었는데……. 그래도 이건 좀 심하더라고요."

유현은 나직이 물었다.

"하나 씨, 혹시 이 일 기사화할 생각이에요?"

두나의 눈이 커졌다. 잠시 고민하던 두나는 고개를 갸우뚱했다.

"……잘, 모르겠어요. 오늘 본 걸 생각하면 손민형에 대한 잘못된 정보를 정정하고 사실을 알리기 위해서라도 기사화해야 하지 않나 싶기는 한데……. 한편으로 그건 좀 꺼려지거든요. 프라이버시 문제이기도 하고요."

유현의 미간이 좁혀들었다.

"……조금 주제넘긴 하지만 조언을 하나 하자면…… 프라이버시라서 꺼려지는 부분도 있겠지만, 나나 하나 씨가 올려도 기사화 안 될 거예요."

"네?"

"사실 어느 정도 소문은 있거든요. 저도 들어본 적 있어요. 손민형의 인성에 대해서는."

"그, 그러면……?"

그 무수하게 흘러넘치는 훌륭한 인성에 대한 간증 글들은 뭐란 말인가.

"손민형의 과거 이력은 해외에서 초·중·고를 다 나왔다는 것 외에는 신기할 정도로 알려진 게 없어요. 게다가 오늘 일 같은 소문도 관계자 사이에서 떠돌기는 해도 그게 공론화된 적이 없었죠."

아무리 얼마 전에 드라마로 크게 떴다고는 해도 Y사의 브랜드

CF를 찍을 정도의 인지도가 있느냐고 묻는다면 고개를 저을 수밖에 없었다.

“뭔가…… 엄청난 백이 있다거나…… 그런 느낌이네요.”

“그럴 거라는 예상들이 많아요.”

대답하는 유현의 얼굴에 떠오른 표정은 정말로 씁쓸했다.

오늘 두나 안에서 손민형이라는 배우의 좋기만 했던 이미지는 와장창 깨져나갔다.

아마 영영 복구되지는 못할 것 같았다.

사인을 받으려고 준비했던 종이는 구겨진 채 다 먹은 김밥, 음료수와 함께 봉지에 싸여 버려졌다.

띠리리리…….

익숙한 벨소리를 듣고 두나는 휴대폰을 들어 보았다.

스마트폰 화면에 이름이 당당하게 떠 있다.

[팀장님]

“……으.”

“왜 그래요, 하나 씨?”

두나는 휴대폰 화면을 들어 유현에게 보여주었다.

그러고는 한숨을 쉬며 부장의 전화를 받았다.

“네, 팀장님.”

스피커 너머에서 닦달하는 소리가 울렸다.

-그래, 손민형 인터뷰는 땄어?

“죄송해요, 아직 못 땄어요.”

-뭐? 아침부터 나가 있으면서 그거 하나를 못 땄어?

짜증 가득한 목소리가 스피커를 타고 마구 넘어온다.

스트레스 지수가 왈칵왈칵 치솟는다. 하고 싶은 말이야 많지만, 정작 할 수 있는 말은 적다.

뭐라고 변명을 하려던 참이었다.

쾅!!!

엄청난 소리였다.

소음이면서 동시에 엄청난 진동. 귀를 찌르고 바닥을 울리는 소리에 놀라 들고 있던 폰을 떨어트리고 말았다.

"뭐, 뭐야?"

7. 연기를 내려면 굴뚝에 불을 때라

두나와 유현은 바닥을 울리는 엄청난 진동과 굉음을 듣자마자 그 진원지로 달려갔다.

진원지는 매우 가까웠다.

바로 한 시간 전까지만 해도 촬영을 하던 촬영장이었으니까.

그곳으로 달려간 두 사람의 눈에 비친 것은 온통 난장판이 된 촬영장의 모습이었다.

촬영장의 조명은 유달리 번쩍번쩍 휘황찬란했다.

그 빛을 발산하고 있던 것이니 크기도 어마어마하다는 것을 이렇게 눈앞에서 확인하게 될 줄은 몰랐다.

그 검은 철골 괴물이 차와 사람들을 덮친 모양새였다.

사방에 깨진 유리 파편 등이 널려 있었다.

두나가 달려 나가려는 것을 유현이 잡았다.

"안 돼요. 위험해요."

촬영장 중앙에 소품 삼아 놓여 있던 외제차 위로 거대한 철골 괴물을 닮은 조명기구가 통째로 떨어져 있었다.

검은색의 날렵하던 차체는 흉하게 우그러져 있었고, 앞 유리창은 거미줄처럼 금이 갔다. 그나마 형체를 유지하고 있는 건 조명이 차체의 뒤쪽에 떨어졌기 때문이다.

뒤쪽 유리창은 박살 나서 바닥에 흩어져 있었다.

"아아아악! 살려, 살려줘요!"

스태프 중 한 명으로 보이는 여자가 철골 아래 깔려서 비명을 질렀다. 다른 남자들도 저음이지만 비슷한 소리들을 질러댔다.

직접 부상을 입지 않은 다른 사람들도 너무 놀라 굳어 있거나, 당황하여 비명을 지르거나 둘 중 하나였다.

그 와중에 떨어진 조명에 달린 파이프가 충격을 받았는지 끼익 하는 소리를 내며 부서져 내렸다.

와지끈.

그나마 형체가 남아 있던 차의 앞 유리창이 박살이 났다.

쨍그랑!

말 그대로 아비규환.

뒤늦게 정신을 차린 사람들이 움직이기 시작했다.

"위험해!"

"아래 깔린 사람이 있어!"

유현 역시 그들 사이에 끼어 부상자들의 상태를 확인하기 위해

달려갔다.

그는 창백해진 얼굴로 두나에게 외쳤다.

"119를……!"

두나는 고개를 끄덕였다. 덜덜 떨리는 잇몸을 씹어가며 휴대폰을 다시 열었다.

그런데 아직 통화가 끊기지 않은 상태였다.

수화기 너머에서 당황한 듯한 팀장의 목소리가 울렸다.

-뭐야? 무슨 일이야? 사고라도 난 거야?

어쩐지 그 목소리에 화색이 도는 것이 느껴져 두나는 와락 얼굴을 구겼다.

그렇게 큰 소리에 주변의 소란스러운 상황이 그대로 전해졌을 테니 사고가 났다는 건 확실히 알 수 있을 것이다.

그런데 저런 말투라니.

두나는 자신의 목소리가 뾰족해지지 않도록 최대한 열심히 둥글리면서 대답했다.

"네. 조명 추락사고예요. 지금 바로 119에 신고를……."

휴대폰 너머로 울리는 팀장의 말은 전혀 예상 밖의 것이었다.

-잘됐네!

"네?"

-이거 특종이야! CF 촬영 중에 조명 추락사고! 누구보다 빠르게 기사를 올려야 한다고! 그러니까 빨리 현장 사진 보내고, 구체적으로 어떤 상황인지 자세하게 설명을 해달라고!

두나는 비명을 지르고 싶은 것을 억지로 참았다.

"지금 사람들이 다쳤어요!"

-그러니까! 어차피 구조는 소방대원들이나 구급대원들이 하는 거라고! 우리가 할 일은 정확한 상황을 기사로 알리는 거야! 그것도 기왕이면 누구보다 빨리!

더 듣고 있을 수가 없었다. 두나는 통화 정지 버튼을 터치해서 팀장의 헛소리를 끊어버렸다.

그리고 119에 전화를 걸기 시작했다.

유치원 때부터 주변에 사고가 나면 119에 신고하라는 이야기는 귀에 못이 박히도록 듣는다. 그러나 정작 그럴 만한 일이 없었음을 오늘에서야 새삼 깨닫는다.

두나가 망설이거나 혼란스러워할 사이도 없이 상대방이 전화를 받았다.

-네, 무슨 일이신가요?

죄지은 것도 없건만 가슴이 덜컹한다. 머릿속이 까맣게 빈다. 두나는 자신이 무슨 말을 하는 것인지도 정확히 모른 채로 사고 상황을 설명하고, 건물의 위치를 설명했다.

안내원은 곧 구급대가 도착할 것이라는 설명과 함께 전화를 끊었다.

끊긴 전화 화면을 보자 그녀가 119에 신고하는 사이에 팀장에게 온 부재중 전화 표시가 몇 통이나 쌓여 있다.

아마 멋대로 전화를 끊었다고 화를 내거나 어서 사진을 보내라는 거겠지.

아니나 다를까, 메시지함에 현장 상황과 사진을 보내라는 독촉이 날아들고 있었다.

“정말이지……. 이런 상황에 그러고 싶냐……!”

보내주더라도 지금 그러고 싶지는 않았다.

두나는 짜증을 내며 전화 화면을 껐다.

검은색의 반질반질한 액정이 마치 거울처럼 보였다.

거기에 무언가 이상한 것이 비쳤다.

“응?”

두나는 반사적으로 고개를 올려다보았다.

조명이 달려 있던 천장 주변은 사람이 올라갈 수 있는 구조물이 달려 있었다. 조명의 설치 및 관리를 위한 구조물이었다.

“……사람?”

거기에 사람의 그림자가 비친 것이다. 그런데 그 그림자가 이상했다.

순식간에 그 그림자는 두나의 위치에서 제대로 보이지 않는 사각지대로 사라져버렸다.

그러나 그 찰나의 순간, 두나는 분명히 볼 수 있었다.

그 사람의 형체 주변에는 무언가 정체를 알 수 없는 검은 그림자들이 소용돌이치며 어른어른거리고 있었던 것이다.

* * *

두나는 한숨을 쉬며 손가락을 움직여 마우스의 휠을 돌렸다.

드륵.

작은 플라스틱 바퀴가 돌며 모니터에 비친 포털 사이트 화면이 쭉 내려간다. 사이트 메인에 뜬 기사 제목들이 눈에 들어왔다.

[손민형, CF 촬영 중 조명 추락사고로 부상]

[인기배우 손민형, 부상! 인재인가?]

[정말 사고인가? 아니면……?]

거의 모든 인터넷 사이트의 연예기사 관련 페이지가 오후에 있었던 CF 촬영 현장에서의 조명 추락사고를 대서특필하고 있었다.

아마도 내일 조간신문에도 1면은 아니지만 관련 소식이 실릴 것이다.

일렬로 늘어선 기사들의 가장 아래쪽에는 누구보다 먼저 이 사고를 속보로 내보낸 웹진의 이름이 달린 기사가 있었다.

[독점 손민형, CF 촬영 중 조명 추락사고로 부상 -『인카운터』]

그때였다. 옆자리에서 자랑스럽게 떠드는 팀장의 목소리가 들렸다.

"그러니까 이게 다 내가 거기 가 있으라고 한 덕분이라고!"

중년 남자의 커다란 웃음소리가 연달아 터진다. 미진 대리가 맞은편에서 표정을 샐쭉이는 것이 보였다.

그녀는 두나에게 입모양만으로 말하고 있었다. 소리가 나진 않지만 말을 알아차리는 데는 무리가 없다.

'재수 없어.'

두나도 무언으로 긍정하며 고개를 슬쩍 위아래로 움직였다.

지금 이 작은 사무실에서 기분 좋은 사람은 팀장 하나뿐이다. 그 외에 모두가 홀로 기뻐하는 사람 때문에 기분이 나빴다.

당연하다. 자기 일을 미진 대리에게 미루고, 원래대로라면 미진 대리와 유현을 함께 보냈어야 할 자리에 신입 인턴인 하나-두나-를 대신 보낸 것이 팀장이었다.

그래 놓고는 누가 보아도 무리인 인터뷰를 어떻게든 따오라며 억지를 부렸다.

그 억지 때문에 늦게까지 현장에 남아 있었던 유현과 두나가 우연히 사고 현장을 목격했고, 사고가 난 그 순간 두나와 통화 중이던 팀장이 전화를 통해 상황을 알았다.

그런데 그걸 자신이 미리 모든 상황을 예측하고 지시한 것처럼 저렇게 구는 것이다.

'소 뒷걸음질 치다 쥐 잡은 격이지.'

사무실 사람들 모두가 어떻게 팀장이 저 자리를 지키고 있는지 잘 몰랐었다.

그런데 오늘 그 이유를 하나 알았다.

팀장은 사고 상황을 듣자마자 바로 특종을 예감한 듯했다.

두나와 유현에게 상황 설명을 듣고 스마트폰으로 현장 사진을 바로 보내라고 지시한 뒤에 누구보다 빠르게 속보를 내보냈다.

모든 언론사를 통틀어 해당 사고의 속보를 가장 먼저 내는 데 성공한 것이다. 덕분에 창사 이래 처음으로 메인 포털사이트 첫 화면에 기사 제목이 나가는 쾌거를 이룩했다.

팀장의 콧대는 이제 하늘을 찌를 지경에 이르렀다.

"이게 다 내 선견지명인 거지! 핫핫핫!"

팀장 본인을 제외한 다른 모든 사람은 그러한 팀장의 태도를 아니꼬워했지만, 어찌 되었건 팀장의 임기응변이 큰 역할을 한 것도 사실이었다.

다들 몇 마디씩 주워섬겼다. 사회생활을 하려면 어쩔 수가 없다.

"역시 팀장님이세요."

"포털 메인에 기사 실린 건 처음이잖아요."

"조회수가 지금도 엄청나게 올라가고 있어요."

두나 역시 옆에서 추임새를 넣어 거들었다.

팀장은 한창 자화자찬에 이어 부하직원들의 상찬까지 듣고 나자, 무척 만족스러운 듯했다. 그제야 고생한 당사자들에게도 칭찬을 할 마음이 든 모양이었다.

"강 대리, 그리고…… 하나 씨. 오늘 고생했어."

팀장이 두나-하나-의 이름을 부르는 목소리에서 못마땅함이 묻어났다.

팀장의 재촉에도 119 신고를 하느라 사건 발생 즉시 원하는 정보를 보내주지 않은 데 대한 불쾌감일 것이다. 유현과 두나는 대충 예의 바르게 답했다.

"아닙니다."

"저는 별로 한 일이 없는 걸요."

그 대답도 아마 팀장의 마음에 든 것 같았다.

"아냐, 아냐. 시키는 대로 잘하는 것도 능력이지. 그래, 조금 늦기는 했지만……. 뭐 너무 당황해서 그런 걸 테고. 그때까지 기다리느라 고생하기도 했고 말이야. 내가 시키는 대로 잘해줬으니까 말이야!"

결국 다시 결론은 자화자찬으로 끝났다.

그래도 좋은 일은 하나 있었다.

"좋아. 좋았어. 그러면 오늘은 일찍들 들어가보라고."

이게 얼마 만의 칼퇴인가!

모두가 소박한 기쁨에 젖었을 때였다. 팀장이 덧붙인 한마디가 단 한 명을 슬프게 만들고 말았다.

"아, 이 대리는 내가 아까 시킨 일 내일 오전까지 줄 수 있지? 본사에 내일 오전 중에 제출해야 하는 거거든."

"……네."

어느 한 명의 야근이 확정되는 소리가 들렸다. 두나는 진심으로 이미진 대리에게 동정의 눈길을 보냈다. 그리고 속으로 다짐했다.

'내일 하나한테 이 대리님 커피라도 한 잔 사드리라고 해야겠다.'

물론 이 대리는 내일의 커피 한 잔보다는 오늘의 칼퇴를 원할 테지만, 그것은 두나의 역량 밖의 일이니 어쩔 도리가 없었다.

* * *

"하나 씨, 바로 퇴근하시는 거예요?"

익숙한 목소리에 두나는 소리 나는 방향으로 고개를 돌렸다. 엘리베이터를 기다리던 그녀를 잡은 목소리의 주인공은 유현이었다.

안경의 가는 은테가 저녁노을을 받아서 옅은 주황빛으로 빛난다. 그 안경 안에 숨은 눈매는 부드럽게 휘어 있었다.

"아, 네……."

띵……!

엘리베이터 문이 열린다. 두나와 유현은 자연스럽게 함께 엘리베이터 안으로 들어섰다. 엘리베이터 안은 운 좋게도 텅 비어 있었다. 오직 단둘뿐.

두나는 두근거리는 가슴을 안고서 1층을 눌렀다.

"오늘 많이 놀랐죠?"

"네."

확실히 엄청나게 놀랐었다. 촬영장 전체를 뒤흔드는 거대한 굉음. 그리고 연달아 사람들의 비명소리가 울렸다. 그 아비규환을 실제 현장에서 목격한 것은 상상 이상으로 충격이 컸다.

그나마 두나보다 훨씬 침착했던 유현이 옆에 없었다면, 정말로 패닉 상태에 빠져서 아무것도 못 했을지도 모른다.

그런 면에서 보면 휴대폰 너머로 특종 소리를 내지르며 상황과 사진을 보내라고 소리를 지르던 팀장 덕을 조금 보기는 했다. 시키는 대로 따라 하다 보니, 어느새 정신을 차렸던 것이다.

그동안 유현은 두나가 정신을 차리도록 도왔고 팀장의 지시대로 상황 정보를 보내는 것을 확인한 후에 사고 현장 수습을 도왔다.

지금 생각하면 정말 대단했다. 같은 나이라고는 믿어지지 않을 정도로 침착하고 어른스러웠다. 물론 두나는 만들어진 때로부터 계산하면 10살이라고 해야 맞을지도 모르겠지만 말이다.

하나는 종종 그렇게 말하며 두나를 어린애 취급하려 들었고, 그러면 두나는 자신은 하나의 기억을 공유하니 정신연령은 하나와 같다며 투덜거리곤 했다.

두나는 솔직하게 자신이 느낀 바를 표현했다.

"오늘 정말 대단하시더라고요. 대리님 아니었으면 저 아무것도 제대로 못하고 버벅거리다가 끝났을 거예요."

유현은 고개를 저었다.

"아뇨. 제가 있든 없든 하나 씨는 오늘처럼 침착하게 잘하셨을 거예요."

부드러운 미소가 여전히 심장을 녹아내리게 한다. 그 미소 띤 입으로 말하는 이름이 '하나'인 것이 가슴이 쓰렸다.

과연 언제쯤 그에게서 자신의 이름을 들을 수 있을까.

'아마 영영 들을 수 없겠지만.'

안 그래도 큰일로 싱숭생숭한 기분이 바닥으로 추락하려고 했다. 두나는 의식적으로 자신의 생각을 다른 곳으로 돌렸다.

"그나저나…… 원래 기사는 이렇게 나가는 건가요?"

"어떻게요?"

두나는 떨떠름한 표정으로 고개를 갸우뚱했다. 스마트폰을 들어 오늘 사건 기사들을 내려 본다. 거기 있는 내용들은 오늘 사고에서 두나가 직접 본 것과는 많이 달랐던 것이다.

"사실 손민형 부상은 별로 안 컸잖아요."

"그러긴 했죠."

실제로 손민형은 119 앰뷸런스가 도착했을 때, 찰과상 몇 곳만 입은 상태로 제 발로 걸어서 앰뷸런스에 탔다.

그런데 기사에는 전치 몇 주의 부상이라는 내용들이 즐비했다. 개중에는 회복이 불가능한 치명상을 입었다는 헛소문에 가까운 기사들도 있었다.

"게다가 코디를 보호하려다가 더 다쳤다니……. 이건 아예 거짓말이잖아요."

손민형이 걸어서 앰뷸런스를 탈 수 있었던 건, 사고 당시 천장에 달려 있던 조명이 이상한 소리를 내며 떨어지려는 것을 먼저 발견한 코디 덕분이었다.

그는 조명이 손민형의 머리 바로 위로 떨어지려는 것을 보고 몸을 던져 손민형을 밀어냈다.

그 결과 코디는 큰 부상을 입고서 들것에 실려 앰뷸런스에 올라야 했던 것이다.

벌써 인터넷에서는 역시 손민형이라며 그의 인성을 칭찬하고 영웅시하는 반응을 보였다. 그러나 정작 그러한 칭찬과 찬사를 받아야 하는 사람은 손민형이 아니라 이름 모를 그의 코디였다.

게다가 두나의 마음을 더 무겁게 하는 건 들것에 실려 가는 코디의 얼굴을 보았기 때문이었다.

바로 그 사람이었다. 두나가 본의 아니게 보고 말았던 광경 속 두 사람 중 하나. 손민형에게 커피 때문에 봉변을 당한 그 남자였던 것이다.

유현 역시 그 사실을 두나에게 들어서 알았다.

"늘 그런 건 아니지만……. 생각보다는 자주 있는 일이에요."

"슬프네요."

"게다가 이번에는 본사 쪽에서도 좋은 이야깃거리거든요."

맞는 이야기다. 지금 손민형은 본사의 브랜드 CF 광고 모델로 계약한 상태였다. 이미 계약은 했고, 돈을 들여 촬영 중에 사고가 발생했다. CF 촬영이 다 끝나지 않았으니 예산은 어차피 추가로 들 수밖에 없다.

그렇다면 이미 널리 알려진 사건에 손민형의 이미지를 더 좋게 만들 에피소드를 추가해서 돌리는 쪽이 더 나았다.

'씁쓸하네.'

광고 모델의 이미지는 곧 브랜드 이미지와도 직결된다. 애초에 전 광고 모델과 계약을 해지한 것 역시 미성년자와 얽힌 스캔들로 이미지 타격을 입은 사람을 계속 광고 모델로 쓸 수 없다는 이유에서였다.

본사는 당연히 이번 일이 손민형의 미담으로 알려질수록 더 좋아할 것이다. 정확히는 모르지만, 손민형의 대단하신 뒷배도 비슷하게 생각하겠지. 양쪽 모두의 이익이 일치한 것이다.

덕분에 인터넷에는 관련된 내용들의 언론 플레이가 아주 대단했다. 거기에 편승해서 <인카운터>도 이익을 한몫 챙긴 셈이었다.

두나와 유현 역시 덕분에 칼퇴를 하고 있다.

모두가 윈윈이다. 선행을 하고도 그 공을 빼앗긴 채 병원에 외롭게 누워 있을 한 사람만 제외하면 말이다.

이것이 옳다고, 제대로 된 일이라고는 도저히 생각할 수가 없었다. 가슴이 무거웠다. 유현의 목소리에도 두나가 느끼는 것과 비슷한 감정이 묻어났다.

"씁쓸한 일이죠. 이럴 때는 이 길로 온 걸 조금 후회하게 돼요."

두나는 눈을 둥그렇게 뜨고 유현을 보았다.

그러고 보면 대학시절, 두나는 유현이 당연히 해외로 나갈 거라고 생각했다. 그는 늘 보도사진을 찍고 싶어 했고 사회의 어두운 그림자를 파헤치고 진실을 밝히는 일에 관심이 많았다.

사실 두나가 기자라는 직업을 동경하기 시작했던 이유 중에는 유현이 큰 영향을 끼쳤다. 그 당시 유현의 모습은 두나에게 너무나도 절대적이고 이상적인 존재였으므로.

불쑥 그 질문이 떠오른 것은 오늘 하루 유현과 이상할 정도로 가까워졌다는 느낌 때문이었다.

"한 가지 여쭤봐도 돼요?"

"뭘요?"

망설임은 잠시였다.

"전 대리님이 당연히 해외에 나가실 줄 알았어요."

"……."

"몇 년 있다가 아프가니스탄 같은 데서 종군기자로 일한다는 소식이 들려도 놀라지 않을 거라고 동기들이랑 얘기하기도 했었거든요. 그래서 퓰리처상 소식을 전해 듣는 거 아니냐고들 그랬었으니까……."

실제로 그랬다.

유현은 고만고만한 이들로 가득한 대학 동기들 사이에서 유난히 도드라지는 존재였다.

실력도 실력이지만 어딘지 모르게 초탈한 듯한 분위기가 특히 그랬다. 그런 면은 캠퍼스 내 동기들 사이에서도, 그리고 지금 같은 사무실에서도 홀로 겉도는 듯한 느낌을 주곤 했다.

그때의 이야기로 말머리가 접어들자, 절로 거리감 있는 존댓말에서 대학시절 동기 사이로 돌아간 듯 말이 짧아져버린다.

"교수님께서 유학 기회가 있었는데도 고사했다고 엄청 아쉬워하셨었어."

물론 복학하고 나서 가장 따르던 교수에게 그런 유현의 소식을 들은 하나는 더욱 재수가 없다며 화를 냈지만 말이다.

이 순간, 그들은 20대 후반의 직장인이 아니라 20대 초반 대학캠퍼스 동기로 돌아가 있었다.

유현은 애매하게 웃었다.

"그러고 보니 그랬었지."

그의 말투가 바뀐 것을 듣는 이도 신경 쓰지 않았다.

지금 그들은 <인카운터>의 기자가 아니라 같은 대학을 나온 친구로서 말하고 있었으므로.

두나는 조심스레 물었다.

"왜 유학 포기한 거야?"

유현의 대답이 나오기까지 약간의 공백이 있었다.

실제 시간은 몇 초도 되지 않는 짧은 시간이건만 그 찰나가 두나에게는 너무나도 길고 또 공허하게 느껴졌다.

"꼭 하고 싶은 일이 있거든."

"꼭…… 하고 싶은 일?"

일반적인 장래희망이나 꿈을 말하는 어조가 아니었다.

그보다는 무언가 거대한 사명을 말하는 듯한 무게감이 느껴졌다.

"해외로 나가는 건 사실 그 일에서 도망치는 것이기도 했으니까. 어리고 약했을 때는 결국 하지 못했었던 일이었어."

유현의 대답은 매우 강하게 주변의 공기를 울렸다.

* * *

두나는 멍하니 위를 올려다보았다.

사방에 매끈한 유리를 붙인, 각이 선 현대적인 건물 위쪽에 붙은 글자들이 익숙하다.

<K대 병원>

건물 자체의 디자인 역시 눈에 익다.

사실 당연한 일이었다. 희성이 일하는 병원이니까.

'어쩌면 우연히 마주칠 수도 있으려나?'

거기까지 생각이 조금 미치자, 약간 켕기는 마음이 들었다.

이런 생각이 들었기 때문이다.

'혹시 내가 일부러 쫓아온 것처럼 보이면 어쩌지?'

변명이 아니라 두나는 정말로 희성을 목적으로 이곳에 온 것이 아니었다.

조명 추락사고 피해자인 손민형의 코디가 입원한 병실을 잠시 들러보려고 했을 뿐이다.

앰뷸런스에 실려 간 손민형과 그 코디가 어느 병원으로 갔는지를 알아내고 보니, 이 병원이었다.

어찌 생각하면 당연했다. 여긴 인근에서 가장 큰 종합병원이었으니까.

병원 입구는 꽤나 시끄러웠다.

그녀가 왔던 며칠 전과는 전혀 달랐다.

병원 스태프들이 화를 내는 소리가 들렸다. 숫제 외치는 목소리다.

"여긴 병원입니다! 환자들이 있는 곳이에요. 소란 피우지 말아주세요!"

병원 앞에는 딱 봐도 취재를 위해 몰려온 기자들이 그 앞에 우글우글 모여 있었다.

그들이 환자와 보호자, 그리고 병원 직원들의 진로를 방해하고 있었다.

휠체어에 탄 환자를 이송하던 간호사가 화를 냈다.

"비켜주세요!"

그러나 큰 건수를 잡은 기자들은 막무가내였다. 그들은 병원 관계자들의 앞을 막고서 질문 세례를 퍼부었다.

"손민형 씨의 상태는 어떻습니까?"

"주치의는 정해졌습니까?"

"사고인가요? 아니면 인기 연예인을 노린 계획범죄인가요?"

마침내 기자들을 막고 있던 병원 관계자가 폭발했다.

"그건 경찰한테 가서 물어보세요!"

쩌렁쩌렁.

분노의 일갈이 터져 나왔다.

아마도 경력이 상당해 보이는 듯한 중년 간호사의 호통에 기자들은 잠시 기세가 꺾였다.

그러나 잠시 움츠러들었던 그들은 곧 다시 카메라를 병원에 들이대기 시작했다. 손민형의 인터뷰를 얻기 전까지는 절대 물러날 기세가 아니었다.

어쩐지 저 아비규환인 기자들의 모습이 오늘 낮에 자신의 모습이 겹쳐져서 두나는 절로 한숨을 흘렸다.

“이렇게 보니까 진짜 보기 안 좋네…….”

그러나 어쩌겠는가.

오늘 낮에 자신도 그렇고, 저들도 힘이 없었다.

위에서 하라는 대로 하는 수밖에.

손에 들린 음료수 박스가 유달리 무겁게 느껴졌다.

눈에 불을 켠 기자 무리와 그들과 대치 중인 병원 관계자 외에도 또 한 무리가 있었다.

그들은 자체 제작한 것이 분명해 보이는 플래카드를 들고 있었다.

<우.윳.빛.깔 손민형>

<오빠 꼭 낳으세요!>

등등의 컬러풀한 글자로 채워진 플래카드를 병원 유리창을 향해서 열정적으로 흔들고 있었다.

아마 팬들인 모양이다.

플래카드의 문법 오류를 지적해주고 싶어지는 것은 직업병일 테지만, 그녀는 사진기자였으므로 괜찮다고 자신을 타이르며 시선을 돌렸다.

두나는 아무리 작은 웹진이라도 기자였다. 실제로 오늘 사고가 기사화되는 데 혁혁한 공을 세우기도 했다.

하지만 기자들 사이에 낄 마음은 들지 않았다. 그렇다고 해서 병원 직원은 아니니 기자들과 대치 중인 직원들 사이에 낄 수도 없었다. 또한 팬들 사이에 끼어 있기에도 어색했다.

어디에도 낄 수 없고 어디에도 끼고 싶지 않았다.

그러고 보면 이러한 상황이 어쩐지 익숙했다.

늘 사람들 사이에 자연스럽게 끼어들지 못하는 것이 그녀였으니까.

두나는 오도카니 서서 눈앞에서 벌어지는 상황을 그저 지켜보고만 있었다.

목적지는 병원의 병실이었지만, 도저히 저 아비규환의 난장판을 헤치고 안으로 들어갈 엄두가 나지 않았다.

이런 생각까지 들 정도였다.

'차라리 그 인간이 뿅 하고 나타나주면 좋을 텐데.'

누군가의 농간일까?

바로 그때, 등 뒤에서 익숙한 목소리가 들렸다.

"두나 씨?"

'하나'가 아니라 '두나'다.

다시금 이유를 알 수 없는 감동 같은 것이 가슴을 찌르르 울렸다.

그녀를 그렇게 부를 사람은 단 한 사람밖에 없다.

안두나라는 존재를 아는 다른 두 사람은 그녀에게 절대 '씨'라는 존칭을 붙이지 않으니까.

두나는 어쩐지 뭉글거리는 따뜻한 물속에 퐁당 빠진 듯한 기분이 되어서는 천천히 뒤돌았다.

흰 가운을 걸친 남자, 희성이 앞에 서 있었다.

"안 무거워요?"

희성은 피식 웃었다. 두나에게서 반강제로 음료수 박스를 빼앗아 들 때와 비슷한 미소다.

"나 힘 꽤 세요."

뽐내거나 허세를 부리는 말투가 아니었다.

'하긴 키도 크고, 저번에 보니까…… 몸도 좋았…… 지.'

다시금 불끈불끈하던 그 초콜릿 복근이 떠오르자, 안 그래도 발그레해진 얼굴에 열이 확 몰렸다.

그대로 터져버릴 것만 같은 느낌.

두나는 고개를 돌리며 손부채질을 했다.

"아, 병원 공기가 은근히 덥네요. 하하."

"응? 아닐 텐데요."

희성은 고개를 갸웃했다.

"병원에서는 기온을 낮게 유지해요. 그래야 병원균을 막는 데 도움이 되거든요."

"그, 그래요? 하하."

실없는 대화가 이어졌다.

두나는 조금 전 자신이 한 바보 같은 변명을 없던 것으로 만들기 위해 오늘 있었던 가장 충격적인 사고를 화제로 삼았다.

희성 역시 조금 전 병원 입구에서 본 난장판의 원인이기도 한 그 사건에 대해 흥미를 보였고, 덕분에 대화는 어색하지 않게 이어질 수 있었다.

어쩌다 보니 사고 상황과 코디와 손민형에 대해 사실과는 반대로 기사가 났다는 말까지 희성에게 털어놓고 말았다.

물론 이건 절대 대외비라고 강조하는 건 잊지 않았다.

게다가 희성은 두 환자가 입원한 병원의 의사니까 아예 관계자가 아닌 것도 아니다.

두나는 그렇게 자기 자신을 합리화했다.

"그러니까……. 그 부상당한 코디의 상태를 보고 싶어서 왔다고요?"

"네."

두나는 고개를 끄덕이며 희성의 바로 옆에서 걸었다. 아까 생각했던 걱정을 덧붙이는 것도 잊지 않았다.

"절대 희성 씨 만나려고 일부러 온 거 아니에요."

희성은 하하, 웃으며 농담을 던졌다.

"강한 부정은 강한 긍정이라던데."

"절- 대-! 아니거든요."

두나의 두 볼이 복어처럼 부풀었다.

그렇게 볼멘소리를 중얼거리면서도 두나는 조금 신기했다.

만난 지 얼마나 됐다고 이 사람이랑 대화하는 게 이렇게 익숙해진 건지 모르겠다.

"그래도 여기 오면 내가 있을 거라는 건 알았을 거 아니에요."

사실이긴 했다. 그래서 병원 앞에 서자마자 그를 떠올리고 난감해하고 있었으니까. 그리고 나중에는 차라리 나타나줬으면 좋겠다고 생각하기도 했다.

그렇다고 진짜로 나타날 줄은 몰랐지만.

“네. 그래서 지금 인맥의 힘에 매우 감사해하고 있어요.”

기자와 병원 직원, 팬들이 어우러진 아수라장은 지금 한참 먼 곳에 있다.

그들이 있는 곳은 K대 병원 3층이었다.

병원 관계자인 희성은 아수라장이 된 정문 말고 병원 직원들만이 사용하는 입구 쪽으로 두나를 안내해주었던 것이다.

그와 함께 있으니 환자나 보호자들도 들어가지 못하는 통로가 완전히 프리패스였다.

두나는 소리 없이 환호했다.

‘인맥 만만세!’

희성은 장난스럽게 웃었다.

“이건 빚으로 달아둘게요. 나중에 갚으셔야 됩니다?”

두나는 당당하게 받아쳤다.

“저도 나중에 도움되는 인맥이 되어드릴게요. 이래 봬도 기자라고요.”

희성은 능숙하게 맞장구를 쳐준다.

“다음에는 잘 부탁드리도록 하죠. 아, 다른 병원 스태프들 앞에서는 기자라는 거 얘기하지 말아주세요. 환자 측 허가도 안 났는데 기자 데려온 게 알려지면 큰일 나요.”

"걱정 마세요. 지금은 기자가 아니라 그냥 안두나로 온 거니까. 공식적으로 <인카운터> 신입 기자는 안하나니까요."

그렇게 말하며 눈을 찡긋하는 두나의 능글거림에 희성은 피식 웃었다.

"맞는 이야기기는 하네요."

희성의 발걸음이 멈췄다. 두나 역시 그를 따라 멈춘다. 이제 목적지에 도착한 것이다.

* * *

딱히 화려한 병실을 기대하거나 거창한 취재진들이 있을 거라고 생각하지는 않았다.

그래도 이 상황은 예상 밖이었다.

평범한 6인실은 모든 자리가 차 있었고, 병실 안은 환자와 그 가족들로 북적거렸다.

그 가장 안쪽에 왼쪽 팔과 왼쪽 다리에 깁스를 하고 누운 한 사람의 얼굴이 눈에 익었다.

사고 직후 들것에 실려 간 그 코디였다.

퍼렇게 멍이 들고 부어 있었는데, 들것에 실려 가던 때의 얼굴이 지금의 상태와 크게 다르지 않아서 바로 알아볼 수 있었다.

잠들었는지 눈을 감고 있었다.

그 어머니로 보이는 중년 여성이 훌쩍거리며 아들을 돌보고 있었다.

그 밖에 다른 방문자는 없어 보였다. 주변에는 작은 과일 바구니 하나, 음료수 박스 하나 보이지 않는다.

누가 가슴에 추를 꽁꽁 묶은 것처럼 콱 하고 바닥으로 끌어 내려지는 기분이 들었다.

그런 그녀의 기분을 아는지 모르는지 희성이 묻는다.

"안 들어가봐요?"

잠시 망설이던 두나는 고개를 저었다.

"아니요. 아는 사이도 아닌 걸요. 제가 직접 가면 아마 더 당황해하실 거예요. 그냥…… 상태가 어떤지만 눈으로 확인하고 싶었어요."

가까운 사이도 아니다.

더구나 저쪽은 두나가 누군지도 모를 것이다.

두나가 그저 상대가 고초를 겪는 걸 두 번 본 것뿐이다.

그중 한 번으로 그런 모욕적인 장면을 타인에게 들켰다는 것을 안다면, 도리어 저 사람은 싫어할지도 모를 그런 상황이었다.

두나는 희성이 대신 들고 있는 음료수 박스를 가리키며 부탁했다.

"괜찮으시면 대신 전해주실래요? 대충 현장에 있던 스태프나 회사에서 보낸 거라고 하면서요."

희성은 두나가 왜 저렇게 말하는지 굳이 캐묻지 않았다. 그런 그가 새삼 고마웠다.

"알았어요."

희성은 음료수 박스를 들고 병실 안으로 들어섰다.

그 넓은 등을 보며 두나는 복잡한 기분으로 환자를 보았다.

상황을 다 목격하고도 사실을 알리지 못하고, 혼자서 환자의 상태를 확인하러 온 것이 고작이다.

옳지 못한 일을 저지른 공범이 된 기분이다. 두나는 자신이 죄책감을 조금이라도 덜고 싶어서 이렇게 행동한다는 자각이 있었다.

손민형은 5층 특실에 입원해 있다고 했다.

두나가 잠시 머물렀던 그 특실 바로 위층이다. 하룻밤 입원료만으로도 몇백만 원은 내야 한다고 들었다.

부상 정도가 훨씬 덜하건만 특실에서 기획사의 온갖 시중을 다 받으며 행패를 부리고 있다고 했다.

낮에 그가 코디에게 보인 행태를 보면 어떻게 행동할지 직접 보지 않아도 충분히 예상이 갔다.

정작 그를 구해준 당사자는 작은 병실에서 저렇게 초라하게 누워 있는데.

게다가 그 손민형에게 온갖 모욕까지 다 받은 사람이 말이다.

'진짜 기분이 그러네.'

잠시 병실 안쪽으로 시선을 돌렸던 두나는 그대로 몸을 돌렸다. 더 보고 있기가 힘들었다. 아마 양심의 가책 때문이겠지.

하지만 두나가 할 수 있는 일이 없었다.

이번 사건에 대한 기사가 저렇게 나간 것은 전적으로 윗선에서 결정한 것이다. <인카운터>만이 아니었다. 오히려 그보다 위쪽의 더 힘 있는 사람들의 입김에 의해 조작되었다.

말단 중의 말단인, 그것도 실질적으로 말하자면 진짜 기자 안하나조차 아닌 자신은 아무것도 할 수 있는 일이 없었다.

무력감과 우울함이 스멀스멀 발을 채려 했다.

이대로 그냥 가버릴까 하던 찰나였다. 익숙한 발걸음 소리가 등 뒤로 따라붙었다.

"두나 씨."

저 이름을, 그 부름을, 두나는 절대 거부할 수도 거절할 수도 없었다.

"네."

그녀는 대답하며 다시 돌아섰다. 그녀를 부른 남자가 서 있었다.

조금 전 마음을 어지럽혔던 부정적인 생각은 온데간데없이 사라져버린다.

정말이지 신기한 사람이었다, 그는.

* * *

두 사람은 자연스럽게 이야기를 나누며 아래층으로 내려갔다.

엘리베이터가 아니라 계단으로 내려가자고 요청한 것은 두나였다. 사람들이 적은 곳에서 묻고 싶은 이야기가 있었기 때문이다.

계단으로 이어지는 통로는 널찍해서 목소리가 웅웅 울렸다. 사람이 하나도 없었기 때문에 그 소리는 온전히 두 사람에게만 들렸다.

"아, 그런데 한 가지 물어보고 싶은 게 있어요."

"뭔데요?"

두나는 어떻게 표현해야 할지 망설였다. 그러다 결국 처음부터 다 설명하는 게 맞다는 생각이 들었다.

아까 사고 현장에 자신이 있었다는 것은 이미 언급을 했으니, 그 뒤부터 말하는 것이 나을 것이다.

"그러니까…… 사고 때 제가 이상한 걸 봤거든요."

"사고라면, 손민형과 오늘 본 환자가 부상당한 사고 말인가요?"

"네, 맞아요."

두나는 기억을 떠올렸다.

"그러니까 그게 어떻게 된 거냐면요……."

두나는 사고 현장에서 자신이 본 것을 자세하게 설명하기 시작했다. 범인의 모습과 그의 주변에 어른거리던 그림자까지.

희성의 얼굴이 심각하게 굳었다.

"검은 그림자요?"

두나 역시 굳은 얼굴로 고개를 끄덕였다.

"네. 저도 순간적으로 잘못 본 게 아닌가 하고 고민을 해봤는데, 아무리 생각해도 아니에요. 정말로 본 게 맞아요."

두나는 분명히 도플갱어다. 일반적인 사람이라고 볼 수는 없었고, 그렇다 보니 영적인 존재에 보통 사람보다 더 민감하게 느낄 수 있었다.

그러나 정작 그러한 경험은 거의 해본 적이 없었다. 하나 역시 두나를 만들어내기 전까지는 영적인 무언가를 보거나 경험한 바가 없다고 했었다.

사실 예준에게 물어도 되긴 했다. 예준에게 물어도 모르면, 그

조모인 지리산 만신님께 말을 전해줄 수는 있을 테니.

'하지만 이 사람에게 묻고 싶었어.'

그 이유가 뭔지까지는 깊이 생각하지 않았다.

아직은 모든 것이 혼란스러울 뿐이니까. 그녀는 그저 마음이 가는 대로 움직일 뿐이었다.

희성은 심각한 얼굴로 물었다.

"검은 연기 같은 그림자가 일렁거렸다고 했죠?"

"네."

"그걸 봤을 때 느낌이 어땠어요?"

두나는 눈을 동그랗게 떴다.

"느낌…… 이요? 그야 놀라고 당황하고……."

희성은 고개를 저었다.

"그걸 묻는 게 아니에요. 두나 씨의 말을 들어보면, 그 사건에 뭔가 영적인 것이 개입했을 가능성이 커요. 두나 씨도 그렇게 생각해서 내게 물어보려는 거죠?"

두나는 고개를 끄덕였다. 그녀의 생각에도 그때 그녀가 본 것은 범상치 않았다.

"그렇다면 그걸 처음 본 순간 두나 씨가 어떤 느낌을 받았는지가 중요해요. 이성적으로 하는 생각이나 판단이 아니라 본능적인 느낌이죠. 두나 씨의 경우에는 그러한 감이 더 정확할 가능성이 높아요. 이런 일의 경우에 말이죠."

두나는 기억을 떠올렸다. 그때 보았던 그 검은 연기처럼 일렁이는 그림자를.

그걸 목격한 순간은 정말로 짧았다. 겨우 1, 2초도 되지 않는 찰나. 그런데도 그 장면을 떠올리면 절로 가슴이 불안하게 두근거린다.

"떠오르는 이미지나 느낌을 그냥 가감 없이 말해줘요. 저나 예준이가 직접 봤다면 더 좋겠지만, 그게 아니니 이 경우에는 직접 본 두나 씨가 받은 느낌이 가장 정확할 거예요."

시작도 끝도 없이 감긴 실꾸리의 마리를 잡기 위해 애쓰는 것 같았다. 끄트머리를 찾으려고 복잡하게 꼬인 실타래 안에 손을 집어넣었더니, 더욱 헝클어져버리는 느낌.

두나는 머리를 흔들었다.

'그러면 차라리 쉽게 생각하자.'

희성도 그렇게 말했다.

그때의 느낌을 +와 -로 나누어보자. 그렇다면 분명히 -에 속한다.

"일단 굉장히 부정적인 느낌이에요."

말로 설명하기 시작하자, 이미지가 구체화된다. 단순히 싫다는 것과는 다른 느낌. 본능적으로 거부감이 들었었다.

실마리가 잡힌 기분이다.

두나는 연달아 떠오르는 단어들을 술술 잡아 뽑아냈다.

"의지가 있었어요. 분명하게. 악의가 느껴졌어요. 네, 그 사고 자체를 무언가가, 혹은 누군가가 의도한 것 같아요."

"누군가요?"

희성이 두나가 쏟아내는 단어 중 하나를 집어내어 물었다. 두나는 고개를 끄덕였다.

"무언가…… 보다는 그러네요. 누군가라는 느낌이에요. 이것도 정확한 근거는 없지만요."

"아까도 말했지만, 이런 일에서 느낌이나 감은 상당히 중요한 거예요. 애초에 이런 종류의 일은 물리법칙이니 이성이니 하는 것들과는 동떨어져 있는 거니까."

그는 확신하고 있었다.

희성의 설명은 이러한 상황을, 그가 제법 자주 겪어온 사람이라는 티가 났다.

하긴 그는 두나가 악령에 빙의된 사람인 줄 착각하고서 의사도 묻지 않고 제령해주겠다며 끌고 오는 오지랖을 부린 사람이다.

아마 본인이 제 발로 이런 일에 자주 뛰어들었던 것이 분명했다. 그러고 보면 예준도 희성에게 그런 이유로 화를 냈었다.

"그래요?"

"두나 씨가 그렇게 느꼈다면 사고 자체를 누군가가 악의를 가지고 일으켰을 가능성이 높겠네요."

그렇게 정리가 되자, 두나는 더럭 겁이 났다.

단순한 사고가 아니라 범죄라는 의미다. 물론 영적인 사건을 법적인 범죄로 단정 지을 수 있을지는 모르겠지만.

희성의 말이 이어졌다.

"그렇다면 여기서 문제가 하나 더 남아요. 두나 씨가 본 그게 영체인지 아니면 사람에게 무언가가 씐 건지. 사람에게 씌었다면, 그 씐 것이 죽은 사람의 사념인지 혹은…… 산 사람의 사념인지도요."

두나는 경악해서 외쳤다.

"산 사람의 사념이요?"

"그런 경우도 있다는 의미예요. 그런 경우가 생각보다는 자주 있어요."

희성은 씁쓸하게 웃으면서 어깨를 으쓱했다.

"일단 물리적인 사고가 벌어진 이상 사고를 일으킨 주체 자체는 살아 있는 사람일 가능성이 높아요. 제가 본 바로는 죽은 사람의 영체가 물리적인 일을 일으킬 수 있을 만큼 강력한 경우는 없었어요."

"정말…… 요?"

"네. 만신님 말씀을 들어보면 그 정도로 강력한 사령(死靈)도 있기는 한 모양이지만, 본 적이 없어요. 그만큼 드문 일이라는 거겠죠."

두나는 안도의 한숨을 쉬었다. 파리하게 긴장되었던 얼굴에 화색이 돈다.

"다, 다행이에요. 사실…… 좀 무서웠거든요."

희성의 질문에서는 숨기지 못하는 웃음기가 묻어났다.

"귀신이 무서운 거예요?"

"당연하죠! 나나 하나나 공포영화 절대 못 봐요! 귀신 진짜 무서워한다고요!"

두나는 진지했다. 그리고 그 진지함이 더욱 큰 웃음을 부른다.

'귀신을 무서워하는 도플갱어라.'

여러모로 듣도 보도 못한 상황이다. 두나 본인도 자신이 한 말이 주는 아이러니를 깨달았다.

결국 참지 못하고 희성은 폭소를 터뜨리고 말았다. 두나는 얼굴이 빨개져서 바락 소리를 쳤다.

"왜, 왜요! 도플갱어는 귀신 무서워하면 안 된다는 법이라도 있어요?"

희성의 웃음소리는 더욱 커졌다.

조금 전에 느꼈던 암울함과 두려움은 순식간에 사라졌다.

* * *

그렇게 둘은 아웅다웅하면서 계단을 내려왔다. 두나가 귀신을 무서워하는 것이 본인의 정체성 문제와 연결이 되니 마니 따지는 사이, 어느새 1층에 도착했다.

두나는 바락 외쳤다.

"귀신 무서워할 수도 있지! 도플갱어가 귀신 무서워하면 안 되나!"

결국 진 쪽은 희성이다. 희성은 애매하게 웃으며 고개를 끄덕여 주었다.

"알았어요. 그런 걸로 넘어가죠."

"넘어가죠가 아니라, 안 이상하다니까요!"

희성은 능숙하게 화제를 다른 쪽으로 돌림으로써 다툼을 피했다.

"그런데 말하는 거 들어보니까 귀신 한 번도 본 적 없는 것 같은데, 혹시 그런 거예요?"

두나는 고개를 끄덕였다.

"네. 아직 한 번도 본 적 없어요. 하나도 그렇고요. 예준 오빠는 좀 본 적 있다 그러긴 하던데……. 희성 씨는 자주 보셨죠?"

그러자 희성의 얼굴에 무어라고 말로 표현하기 어려운 표정이 스친다.

굳이 빗댄다면, 늘 불투명하던 유리가 처음으로 살짝 투명해진 느낌. 그래서 조금도 보이지 않던 속의 것이 살짝 비친 듯했다.

그리고 언뜻 보인 그건 너무나도 약해 보였다. 그 얇고 약한 것에는 수없이 많은 금이 이미 빼곡히 들어차 있어서 건드리기 두려웠다. 그대로 산산조각 나버리지 않을까 싶은, 그런 불안감이 들게 하는 모습.

'약하고 위태롭다니…….'

두나는 자신의 생각에 스스로 놀랐다.

천희성이라는 이 남자에게는 어울리지 않는 표현이다.

누가 보아도 그는 모델이 아닐까 할 정도로 잘생긴 외모에 의사이기까지 하다. 행동과 말투에서도 자신감이 묻어난다. 이는 타고난 재능에 노력을 더해 완벽하게 갖춰진 능력을 가진 사람만이 가질 수 있는 견고한 자신감이다.

누구든 눈이 마주치기만 해도 압도당하는 느낌을 줄 수 있는 사람이 바로 희성이다. 희성과 비교가 가능한 수준의 남자는 정말 드물었다. 예준이나, 스타일은 많이 다르지만 유현이 정도나 겨우 견줄 수 있으리라.

이른바 알파메일이라고 불리기에 부족함이 없는 남자인 것이다.

'그런데 그런 그가 약해 보인다고?'

두나는 자신의 생각을 스스로 부정했다. 말도 안 된다.

물론 너무나도 찰나의 일이라 그렇게 느낀 두나조차 본인이 왜 그렇게 생각했는지 어리둥절해졌다. 동시에 자기가 뭘 본 건지도 잘 인식하지 못했다.

그렇게 멍하니 선 두나에게 약간의 틈을 두고 희성의 대답이 나왔다.

"글쎄요……. 정말로 죽은 사람의 영혼을 본 건 딱 한 번이었어요."

"그, 그래요……."

대답을 하면서도 두나는 이미 귀신을 본 경험에 대한 이야기는 머릿속에서 훌랑 날아가버린 상태였다.

그보다는 자신이 조금 전 본 것이 뭔지 궁금해졌다. 기이한 의혹에 휩싸여 두나는 희성을 뚫어져라 보았다.

'분명히 표정에서…… 뭔가가 보인 것 같았는데…….'

"……."

난처해져 침묵하던 희성이 물었다.

"왜 그렇게 뚫어지게 쳐다봐요?"

두나는 뭐라고 대답해야 좋을지 알 수가 없었다.

두나 본인도 조금 전 자신이 왜 그랬는지 알 수 없었으니까. 자신이 뭘 본 건지, 제대로 본 것이 맞기는 한 것인지도 알 수 없었다.

그래서 일부러 약 올리려 고무공을 던지듯 되물었다.

"진짜로 뚫어지나 궁금해서요."

그때 희성의 얼굴이 훅 하고 가까이로 다가왔다. 두나는 손에 들고 있던 휴대폰을 떨어뜨릴 뻔했다. 한 박자 늦게 놀란 가슴을 진정시키고 화를 낼 수 있었다.

"뭐, 뭐예요?"

하하. 희성은 여전히 단단하게 웃었다.

"그렇게 멀리서 쳐다본다고 뚫어지겠어요? 이 정도는 가까이 와야지."

너무도 단단한 미소. 두나는 이번에도 원인을 알 것도 같고 모를 것도 같은 약간의 당혹감과 알 수 없는 패배감에 젖어서 인정했다.

아무튼 이 남자에게는 당할 수가 없다. 자꾸 질질 끌려가버린다.

문제는 그것이 영 기분 나쁘지만은 않다는 것이다.

희성은 생각에 빠진 두나를 보고는 피식 웃으며 1층 비상구의 문을 열었다.

"자, 레이디 퍼스트."

두나는 다시금 그에게 끌려 문을 나왔다.

8. 잡으려고 하면 더 꼬이는 실

어느새 병원 1층 로비에 도착했다. 희성은 두나를 병원 입구까지 바래다주겠다고 했다.

덕분에 두나는 1층 로비에서 전혀 예기치 못한 상황과 맞닥뜨리게 되었다.

이미 7시 가까운 시각이라 로비와 접수창구에는 사람이 적었다. 면회 가능 시간이 지났기 때문이다.

게다가 손민형의 사고로 몰린 취재진과 그들을 상대하는 인력들이 정문 밖에 몰려 있어서 로비는 매우 한산했다.

"그래서……."

부드러운 웃음기가 어려 있던 희성의 목소리가 딱 멎는다. 두나와 보조를 맞추어 걷던 발걸음도 멈췄다.

갑작스런 상황에 두나는 고개를 들어 희성을 보았다. 그리고 드러내놓고 불쾌한 표정을 짓고 있는 희성의 시선이 향하는 곳도.

그곳에 서 있는 건 한 여자였다. 화려한 차림의 중년 여인.

로비가 한산한 덕분에 그녀는 매우 눈에 띄었다.

'누구지?'

딱 봐도 엄청나게 비쌀 것 같은 검은색 원피스를 우아하게 차려입고, 귀에는 광택이 아름다운 진주 귀걸이를 했다.

손에 든 것은 두나가 먼지만큼의 흠집이라도 냈다간 10년은 노예처럼 일해서 수선비를 내줘야 할 정도로 비싼 브랜드의 가방이었다.

그때, 여자의 시선이 이쪽을 향한다. 정확히는 두나의 옆에 선 희성에게 닿았다.

그녀는 희성을 알아보고는 내내 찌푸리고 있던 표정을 풀었다. 그러나 두나는 어쩐지 그 표정이, 진심이 아닌 가식 같다고 느꼈다.

'가면 같아.'

처음 보는, 이름도 모르는 사람에 대한 평가치고는 꽤 가혹했지만 어차피 당사자는 듣지 못하니까 상관없을 거다.

그 중년 여자가 희성을 향해 또각또각 구두 소리를 울리며 다가왔다. 희성의 미간에 팬 주름이 더욱 깊어진다.

그녀는 여전히 가면 같은 미소를 띤 채 꽤나 다정하게 들릴 법한 목소리로 말을 건다.

"오랜만이구나, 희성아."

꽤나 가식적인 말투.

희성은 대답하지 않았다. 고개를 돌려 두나를 본다.

"자, 가시죠."

그러자 대놓고 무시당한 중년 여자가 날카롭게 말을 건넨다.

"아무리 그래도 어미를 그렇게 무시하는 거니?"

두나는 놀랐다.

'어머니? 희성 씨 어머니라고?'

그러나 그녀는 희성과 외모도 분위기도 조금도 닮지 않았다. 그리고 어머니를 앞에 두고 이렇게 불쾌해하고 무시하려 드는 희성도 이상했다.

그녀가 보아온 천희성이라는 남자는, 생판 남에게도 오지랖을 부리며 도와주려 드는 남자였으니까.

게다가 그녀에게 무언가 실수를 하면 즉각 사과하는 매너가 좋은 편인 사람이었다. 그가 이렇게 반응하는 건 두나가 보기에도 확실히 이상했다.

희성은 얼음처럼 차가운 목소리로 답했다.

"……여긴 병원입니다. 그리고 제 손님도 있는 자리에서 그런 이야기는 자제해주시죠."

누가 들어도 아들이 어머니를 대하는 태도로 생각하기 힘든 모습. 스스로 희성의 어머니라 칭한 여인은 나이가 들었어도 고운 얼굴을 와락 구기며 말을 이었다.

"네가 내 연락은 받지도 않고 이렇게 직접 얼굴을 대고 만나도 지금처럼 피하려고만 하는데……. 내가 어떻게 가만히 있겠니?"

그러나 대답은 냉랭할 뿐이다.

"어차피 무슨 말을 하시러 온 건지 압니다. 그건 할아버님께 직접 말씀하세요."

그녀는 손을 뻗어 희성의 소매를 잡는다.

"희성아……."

"……."

그녀에게 잡힌 제 소매를 내려다보는 희성의 얼굴에 떠오른 것은 분명한 혐오감이었다.

누가 보아도 이 두 사람은 일반적인 모자관계를 넘어 가족 같아 보이지도 않았다.

희성은 그녀의 손을 대놓고 쳐내면서 말했다.

"희완이 일은 제가 해줄 수 있는 일이 없다는 거 잘 알지 않습니까? 직접 알아서 하시거나 아버지께 말씀하세요."

그녀는 끈질겼다. 다시 희성을 붙잡으며 매달린다.

"너희 아버지가 무슨 힘이 있어서? 어차피 이 집안 재산은 전부 아버님께서 직접 관리하시는 거 너도 잘 알잖아!"

"그러면 직접 할아버님께 말씀드리시면 되잖습니까?"

"말씀드렸지! 그것도 몇 번이나! 하지만 매번 그 정도 성적 가지고 유학이라니 말이 되냐고 자르고 계시잖니! 그렇게 자랑스러워하는 큰손자인 희성이 너도 유학 안 가고 S대 의대를 졸업했다면서!"

"제 일은 제 일이고, 할아버님 판단은 할아버님 판단이세요! 그리고 그 애 성적문제나 유학문제 가지고 저한테 와서 이러시는 건 너무하다고 생각 안 하시나요?"

잠시 그녀의 안색이 창백해진다.

"너 혹시……. 그때 일로 아직도 나랑 희완이를 원망하고 있어서…… 할아버님께 희완이 유학 보내지 말아달라고 따로 말씀이라도 드린 거니?"

제삼자인 두나가 듣기에도 말도 안 되는 비약이다. 그러나 당사자는 진지했다. 거의 확신하는 듯이 희성을 몰아붙인다.

"벌써 몇 년 전 일인데, 그걸 아직도 가슴에 품고 있는 거니? 내가 너희 친엄마를 쫓아내고 집에 들어온 것도 아니고, 이혼한 뒤에 선봐서 결혼했다는 건 너도 알잖니!"

희성은 이를 악물고 간신히 이성을 잃지 않으려 노력했다.

"그 이야기가 아니지 않습니까."

"희완이도 네 동생이야! 아니, 이제 세상에 너한테 동기간은 그 애 하나뿐인데 너라도 챙겨줘야지! 형이 되어가지고서는……. 어떻게 내가 이렇게까지 말하는데도 그렇게 나 몰라라 하고만 있을 수가 있는 거니!"

그녀는 이제 아예 이성을 잃은 것처럼 보였다. 누가 들어도 이렇게 탁 트인 공공장소에서 할 법한 말이 아니었다.

지금은 사람이 별로 없어서 두 사람 빼고는 두나뿐이지만, 평소에는 무수히 많은 사람의 눈과 귀가 있는 곳인데 말이다.

'이건 일부러 희성 씨를 못된 사람으로 만들려고 작정한 거 같잖아!'

두나는 더 참지 못하고 끼어들었다. 부러 목소리를 높이고, 일

관련해서 사람을 만날 때 쓰는 공적인 비즈니스 말투를 썼다.

"저, 천희성 박사님."

"아, 네……?"

희성이 눈에 띄게 당황했다. 그제야 그녀가 옆에 있었음을 눈치챘는지 중년 여성은 입을 다물었다.

얼마나 주변을 안 보고 이성을 안 챙기면, 희성 바로 옆에 있던 그녀를 배경 취급할 수 있었던 건지 신기할 따름이다.

두나 역시 그녀는 아예 없는 사람인 것처럼 취급했다.

"상황이 여의치 않으시면 인터뷰는 다음으로 미루기로 할까요?"

두나는 희성에게만 보이는 각도로 눈을 찡긋해 보였다.

당혹한 표정을 하던 희성도 곧 그녀의 의도를 눈치챘다. 바로 장단을 맞춰온다.

"아, 그렇게 불편하게 해드릴 수는 없죠. 약속대로 바로 진행할 수 있습니다. 기자님."

제일 뒤에 붙는 '기자님'이라는 호칭에 부러 힘을 준다. 그 말에 희성을 몰아붙이던 중년 여성의 얼굴이 창백하게 변했다.

두나는 늘 가지고 다니는 카메라를 꺼내 들며 물었다.

"그러면 잠시 병원 로비를 배경으로 프로필 사진을 촬영해도 될까요? 마침 사람도 별로 없으니 딱일 것 같아서요."

정작 이미 로비 불이 꺼지는 타임이라 사진에서 가장 중요한 조명이 엉망이었지만 상관없었다. 쓰려고 찍는 사진이 아니었으니 말이다.

희성은 천연덕스럽게 포즈를 취했고, 두나는 자연스럽게 카메라 셔터를 눌렀다.

찰칵. 찰칵.

경쾌한 소리가 울리며, 플래시도 펑펑 터진다.

갑작스런 상황에 놀라 입을 벌리고 한 발 물러선 중년 여성에게 두나가 대놓고 말을 걸었다.

"죄송하지만, 조금만 물러나주시지 않을래요? 카메라에 잡혀서요."

"네? 아, 어…… 네. 알았어요."

그녀는 창백하게 질린 얼굴로 천천히 물러났다. 그리고 대놓고 자신을 무시하는 중인 희성과 두나를 번갈아가며 보다가 입술을 깨물었다.

그러나 더 무어라고 희성에게 말을 붙이지는 못했다. '기자'라는 단어와 두나가 들고 팡팡 찍어대는 중인 커다란 카메라가 그녀의 입을 막는 데 효과적이었던 것이다.

결국 그녀는 미간을 잔뜩 찌푸린 채 이 말 한마디만 남기고 물러났다.

"다음에 다시 얘기하자."

그렇게 총총히 사라지는 여자의 뒷모습을 보고는 다시 카메라로 시선을 돌렸다.

거기에는 조금 전 천연덕스럽게 계모 앞에서 두나와 짜고 치는 연기를 하던 남자의 모습은 없었다. 그저 어딘지 모를 곳을 바라보는 평소의 희성 그대로의 모습이다.

파인더 안에 들어온 희성의 모습은 여전히 참 매끈하니 잘생겼다. 그러나 평소와 조금 달랐다. 두나 자신의 눈으로 직접 보는 것이 아니라 카메라의 파인더를 통해 보았기 때문일까.

카메라 렌즈는 참으로 신기한 힘을 지녔다. 분명히 자신의 눈으로 보고 찍은 것이라도 카메라를 통하면 제삼자의 시선으로 바라보는 느낌이 들곤 했다. 피사체를 좀 더 객관적인 시선에서 보게 되는 것이다.

그렇게 제삼자의 시선에서 본 희성의 모습은 어쩐지 많이 외로워 보였다.

세상에 외따로 떨어진 사람 같은.

참 천희성이라는 남자와는 어울리지 않는 감상이었다.

그래서였을까. 두나의 손이 제멋대로 셔터를 눌러버렸다.

찰칵.

그렇게 그 순간 희성의 모습은 두나의 손 안에서 영원히 남겨졌다.

두나는 카메라를 다시 가방 안에 챙겨 넣었다.

옆에서 희성의 힘 빠진 목소리가 흘러나온다.

"고마워요."

"이 정도 가지고 뭘요."

두나는 히죽 웃었다.

"너무 마음에 두지 마세요. 잘은 모르지만 엄청나게 개인적이고 복잡한 사정이 있는 것 같고, 그런 건 굳이 안 물어봐요, 저. 그리고 곤란할 때 이 정도 도와주는 건 우리, 대충 친구니까 해줘도 되는 일이잖아요."

"대충 친구요? 그냥 친구도 아니고?"

그녀의 표현에 희성은 피식 웃었다. 그 웃음 덕분에 안 어울리게 희성의 얼굴에 내려앉아 있던 우울한 빛이 잠시 가신다.

"정 고마우면 나중에 밥이나 한 번 더 사주세요. 빚은 밥으로 갚는 게 제일이죠."

희성은 화사하게 웃었다.

"그러면 오늘 바로 갚을까요? 그 빚?"

두나는 눈을 동그랗게 떴다.

* * *

그렇게 졸지에 두나는 희성의 뒤를 따라가게 되었다.

"오늘 일 있으신 거 아니었어요? 아까 그런 느낌이던데."

"맞는데, 그럴 기분이 아니게 되어서요. 술이 좀 필요한 기분이에요. 저 도와주는 셈치고 술친구 해주세요."

희성은 당당하게 선언하고 요청했다.

땡땡이를 칠 테니 그 동료가 되어라!

보상은 비싸고 맛있는 식사. 게다가 술.

참새가 방앗간을 지나치지 두나가 공짜 밥과 술을 무시할 수 있을 리 없다.

두나는 희성의 차를 따라 타며 물었다.

"저, 그런데 의사가 이렇게 즉흥적으로 일정 바꾸고 해도 되는 거예요?"

"안 돼요. 그런데 오늘은 수술 같은 중요한 일 때문에 있는 당직은 아니라서 급하게 바꿨어요."

그는 씩 웃어 보였다.

"이럴 땐 뒷배가 든든한 게 참 좋은 거죠. 병원장 손자라는 뒷배가 좋긴 좋아요."

"그, 그렇네요……."

대충 눈치채기는 했다.

두나가 아무리 둔해빠졌다고 해도 희성의 행적이 지나치게 수상쩍었던 것이다.

저렇게 큰 종합병원의 특실을 한 시간 만에 뚝딱 비워서 두나를 입원시켰던 데다 함께 간 초밥집에서 셰프가 직접 나와 할아버지를 운운했던 것까지.

그러니까 천희성이라는 남자는 젊은 나이에 의사인 데다 병원장의 손자라는 탯줄까지 금을 발라서 태어난 금수저 인간이었던 것이다.

역시 한국은 인맥 사회다. 그리고 모든 인맥 중에 가장 앞서는 것이 바로 혈맥이라지 않는가.

그렇게 두나를 태운 차는 이태원의 어떤 펍에 도착했다.

희성은 종종 와본 곳인지 헤매지도 않고 2층 테라스에 바로 자리를 잡았다.

해가 진 뒤라 가게와 주변 거리의 조명이 화려하게 반짝인다.

테이블 위에 놓인 향초의 불빛이 어쩐지 안 어울리게 로맨틱하게 일렁인다.

"……."

어째서인지 모르겠지만 두나는 긴장했다.

'그러고 보니까 이거…… 남들이 보기에는 데이트겠지?'

한창때의 두 남녀가 저녁 시간에 펍에 와서 테라스에 단둘이 자리를 잡는다. 지나가는 사람을 잡고 물어봐도 열에 아홉은 데이트라고 대답할 상황이다.

지금에야 깨달았는데, 어째 요즘 들어 희성이랑 데이트라고 할 만한 상황에 자주 처했다. 그걸 깨닫자 새삼스럽게 긴장되었다.

'진짜 좋아하는 유현이랑은 차 한 번도 여유 있게 못 마셔봤는데……!'

며칠 전 손민형 취재 때문에 함께 나갔던 게 전부였다. 그것마저도 사고가 터져서 둘만이라는 설렘이나 즐거움도 모조리 날아가버렸다.

그때 희성의 물음이 두나를 정신 차리게 만들었다.

"뭐 드실래요?"

어느 순간 희성에게 메뉴판을 받아 들고 보다가 딴생각에 빠져버렸다니.

두나는 민망함에 다시 메뉴판에 시선을 고정하고 페이지를 넘기기 시작했다. 희성의 설명은 친절했다.

"저녁 시간이니까 식사도 겸할 수 있는 곳이 좋겠다 싶었어요. 여기는 소시지나 감자튀김 같은 충분히 끼니가 될 수 있는 요리들도 괜찮거든요. 물론 제일 좋은 건 맥주죠."

실제로 신기한 이름의 맥주들이 메뉴판 절반 이상을 빼곡히 채우고 있었다.

'꿀꺽!'

절로 침이 넘어간다. 그리고 막 맥주를 고르려다 그녀는 떠올리고 말았다.

'내가 또 술 마시면 성을 간다……!'

분명히 희성이 보는 앞에서 그렇게 울부짖은 게 겨우 며칠 전이다. 두나는 메뉴판 너머로 빼꼼히 희성을 보았다.

"저기, 희성 씨."

"네. 메뉴 고르셨어요?"

"혹시 일부러 저 여기 데려오신 거예요?"

두나의 눈매가 예리해졌다!

"제가 분명히 전에 또 술 마시면 성을 간다고 다짐을 했었던 것 같은데……."

그 말에 희성은 풉 하고 웃음을 참았다.

"아. 혹시 그것 때문에 일부러 여기 데려왔냐고 의심하는 거예요?"

두나는 대답하지 않았지만, 건드리면 베일 듯 예리해진 두나의 눈매가 대답을 대신하고 있었다. 희성은 애써 웃음을 참으며 솔직하게 대답했다.

"그런 말 한 것도 잊고 있었어요. 걱정 말아요. 그것 때문이 아니라…… 그냥 오늘 내가 한잔하고 싶어서 온 거예요."

"……."

"특히…… 혼자 한잔했다간 사고라도 치지 않을까 싶었거든요. 옆에 누가 있어줬으면 했어요."

두나로서는 뭐라고 대답해야 좋을지 알 수 없었다.

아까 같은 상황을 겪었으니 희성의 기분이 좋을 리 만무했다.

우울한 기분에 술이 마시고는 싶은데, 혼자는 싫다는 이유도 두나 역시 충분히 이해할 만했다.

종종 하나가 나간 집에서 혼자 앉아서 편의점 소주와 족발을 사다놓고 TV를 보며 한잔하고 있다 보면, 기분이 더더욱 가라앉아 땅을 뚫고 꺼져 들어갈 것 같은 때가 있기 때문이었다.

희성은 다정하게 말했다.

"그러니까 먹고 싶은 거 있으면 맘껏 시켜요. 오늘 나 혼자 마시지 않게 해준 것만으로도 난 고맙거든요."

어쩐지 저게 악마의 속삭임처럼 들리는 건 두나가 지금 술을 마신다는 것 자체에 심한 죄책감을 느끼고 있기 때문일 거다.

지난 며칠간 술 먹고 친 사고가 몇 건인가!

"흐흥……."

두나는 어쩔까 하고 메뉴판을 보며 고민에 빠졌다. 이성은 알코올을 자제하라 외치고 있으나 감정은 이런 횡재를 어찌 놓치겠느냐며 채근한다.

둘 사이에서 이리저리 흔들리던 두나를 한쪽으로 밀어버린 건 희성의 한마디였다.

"아, 역시 의지가 강하시네요. 두나 씨. 그러면 술은 저 혼자 마실 테니……. 여기 무알콜 칵테일이나 아이스티 종류도 꽤 맛있거든요. 그러면 그쪽을……."

두나는 버럭 외치고 말았다.

"아뇨! 마실래요! 술! 메뉴 다 골랐어요!"

희성은 참지 못하고 폭소하고 말았다.

* * *

그의 장담대로, 펍의 맥주는 정말로 끝내줬다. 짭짤한 소시지와 따끈따끈한 감자튀김은 맥주를 무한정 들어가게 만드는 악마의 안주였다.

"……캬! 여기 맥주 진짜 맛있어요!"

"그렇죠? 다 마신 것 같은데, 좀 더 시킬까요?"

"네!"

메뉴판을 꺼내 드는 희성과 그 앞에서 고개를 끄덕이든 두나. 두 사람의 앞에는 이미 빈 맥주잔이 서너 개 이상씩 놓여 있었다.

희성은 맥주를 한 잔씩 더 주문하고 다 떨어진 안주도 추가했다.

추가 주문을 받은 서버는 테이블에 남은 빈 잔과 안주 접시들을 깨끗하게 치웠고, 곧 가득 찬 새 맥주잔이 두 사람 앞에 놓였다.

두나는 새로 나와 고소한 기름 냄새를 풍기는 감자튀김을 탐하려던 참이었다.

어찌 보면 당연하게, 희성의 본론이 시작되었다.

"……흠. 역시 좀 취기가 올라야 말할 엄두가 나네요."

두나 역시 반쯤은 예상하고 있었다. 그 어머니라는 여자가 지나치게 할 말 못 할 말 다 해버렸으니까.

"좀 오래 걸리시긴 했네요."

희성의 얼굴에 약간의 그림자가 어렸다.

아까 저녁 무렵, 병원 로비에서 그가 처음으로 내보였던 어두운 감정의 표현이다.

두나가 먼저 물었다.

"아까…… 병원에서 만난 그분과 관련된 이야기죠?"

두나는 꿀꺽, 하고 침을 삼켰다. 주변은 꽤 조용해서 그 소리가 너무 크게 들리지 않았나 하고 걱정이 되었다.

"음. 원래 다들 남에게 말 못할 사정 하나씩은 있잖아요. 그런 거겠죠, 뭐."

두나 본인만 해도 그렇다. 그것도 자신이 도플갱어라는, 말했다간 다들 정신병원에서 탈출한 환자로 볼 그런 이야기를 갖고 있지 않은가.

그에 비하면야 희성의 이야기는 좀 더 일반적인 사정이리라.

"……그렇긴 하겠죠. 그래도 두나 씨에게는 제대로 얘기하는 게 맞다는 생각이 들었어요."

이 문장이 희성의 입술을 떠난 순간, 두나는 당황했다.

심장이 제멋대로 날뛰기 시작했다.

두근두근, 두근두근…….

술을 지나치게 마셔서일까. 얼굴에 열이 올랐다.

희성은 그런 두나의 상태를 모른 채 자신의 술잔을 내려다보며 말을 이어나갔다.

"아까 절 도와주시기도 했고 말이죠."

"네. 네에."

자꾸 목이 탔다. 두나는 새로 나온 밀 맥주를 벌컥벌컥 들이켰다.

그래도 목마름은 가라앉지 않았다.

뺨 역시 무슨 숯이라도 된 건지 더 뜨거워진다.

"그러니까 어디서부터 얘기를 해야 하나……. 일단 저희 부모님은 연애결혼을 하셨어요. 외아들인 아버지가 일생에 두 번 크게 할아버지를 거역한 적이 있는데, 첫 번째는 의사가 되지 않겠다고 한 거고……. 두 번째는 어머니와 결혼한 거였어요."

정말 예상 못한 시점에서부터 이야기가 시작되었다. 두나는 여전히 빨간 얼굴로 멍하니 희성을 바라보았다.

"차이가 심하게 나는 결혼이라, 할아버지가 많이 반대하셨다고 해요. 할머니가 일찍 돌아가시고 아들 하나 번듯하게 키우겠다고 많이 노력하신 만큼 가난한 집 딸이었던 어머니가 눈에 안 차셨던 거겠죠."

확실히 여기저기서 주워 들은 이야기와 비슷했다. 하나의 어머니가 매일 열렬하게 시청하는 아침 드라마나 로맨스 소설에 나올 법한 신데렐라 스토리.

하지만 아마 그다지 해피엔드는 아니겠지.

"그리고 그 집안 차이 때문에 결국은 갈라서시게 된 거죠. 할아버지께서 장남인 저는 절대 못 준다고 하셔서 저는 아버지께 남고,

동생은 어머니께 갔어요. 그 뒤에 아버지는 할아버지의 명령대로 선을 봐서 결혼했고, 그 상대인 새어머니가 아까 보신 그분이에요. 그냥…… 별로 재미도 없는 시시한 이야기죠."

그렇다면 아까 희성의 어머니가 계속 이야기한 희완이라는 사람은 아마도 새어머니가 낳은 이복동생일 것이다.

그렇다면…….

"저 이런 거 물어도 실례가 아닐지 모르겠는데……."

두나는 어울리지 않게 주저주저했다.

"그냥 맘 편하게 물어봐도 돼요."

"그…… 아까 새어머니분이 이제 동기간은 하나 아니냐고 하셨던 건……."

그렇다. 희성의 어머니도 동생이 있다는데, 새어머니는 본인의 자식인 동생이 세상에 하나뿐인 동기간이라고 말했었다.

그렇다면 친동생은?

"사고였어요. 아직 중학교 다니던 나이였는데……. 그 뒤로 어머니는 아예 한국을 떠나서 이민을 가셨어요. 저랑만 가끔 연락하시죠."

"아……."

두나는 괜히 더 물어봤다고 후회했다. 희성이 말한 부분까지만 해도 충분히 우울하고 민감한 가족사였는데, 두나의 질문으로 그것이 화룡점정으로 완성되어버렸다.

묻지 말 걸 그랬다고 사과를 하려던 참이었다. 희성이 먼저 선수를 쳤다.

"미안해요, 두나 씨."

"아, 네?"

"이런 우울한 이야기 들어주는 거 솔직히 좀 그렇잖아요. 그래도 좀 터놓고 이야기를 하고 싶었거든요."

"그건 그렇지만……."

"아주머니가……. 아, 전 도저히 그분을 어머니나 새어머니라고 못 부르겠더라고요. 아무튼 그분이 감정이 좀 격해지면 말을 막 하고 주변 따윈 신경 쓰지도 않는 경향이 좀 강해요. 그것 때문에 두나 씨만 괜히 고생하셨네요. 미안해요."

두나는 얼떨떨했다.

"아, 아뇨……."

사과는 자신이 해야 할 것 같은데, 도리어 희성이 사과하고 있다. 이게 맞는 상황인 건지 두나는 진심으로 헷갈렸다.

희성은 이제 차갑지 않은 맥주를 단번에 쭉 마셔버리고는 다시 말을 이어나갔다.

"사실…… 저도 잘 모르겠어요. 왜 두나 씨에게 이런 걸 다 말하고 있는 건지 말이에요."

"……."

"두나 씨랑 만난 지 얼마 되지도 않았고, 첫 만남도 두나 씨 입장에서는 참 불쾌했을 텐데."

그건 그랬다.

"물론 아까 아주머니 때문에 두나 씨도 피해를 좀 보기도 하셨고…… 도와주시기도 하셨으니 대략적인 사정은 이야기하는 게 예의가 아닐까 하는 생각도 하는데, 조금 변명인 것 같고요."

두나는 입에 아교가 붙은 것처럼 떨어지지 않았다. 입술 끝에 열이 올라 바짝바짝 마른다. 그리고 뺨이 당장에라도 떨어져 나갈 것처럼 뜨거웠다.

희성은 어쩐지 쓸쓸해 보이는 미소를 지었다. 그 미소가 눈에 들어온 순간, 두나는 얼굴에 오르던 열기와 목마름도 잊었다.

뭔가 차가운 것이 가슴을 슥 긋고 지나간 것 같았다.

'아? 이게 뭐지?'

당혹감에 빠진 두나의 앞에서 희성은 여전히 그렇게 웃고 있었다. 참 외롭게. 세상에 혼자뿐인 것처럼.

두나 본인이 언젠가 혼자 방에 남아 술을 마시며 거울을 보았을 때, 자신의 얼굴에서 보았던 쓰디쓴 미소와 참으로 닮은 표정이었다.

이 남자에게는, 오지랖 넓고 활달하고 장난기 넘치는 이 남자에게는 어울리지 않는 표정이었다.

정확히는 두나가 이 사람의 얼굴에서는 보고 싶지 않은 표정이었다.

"그냥 좀 한탄도 하고 흉도 좀 보고 싶었나 봐요. 불쾌하셨죠. 미안해요."

"……."

여전히 뭐라고 대답해야 좋을지 알 수 없었다. 그래서 정신없이 맥주를 들이켰다. 맛이 전혀 느껴지지 않았다.

혀가 마비라도 된 걸까?

두나는 이 기이한 감상에서 벗어나려 고개를 흔들었다.

너무 마신 모양이다. 벌써 취한 건가? 오늘도 만취해서 들어가면 하나가 이번에야말로 그녀를 잡으려 들 게 분명하다.

두나는 찬물을 벌컥벌컥 들이켜며 말을 돌렸다.

"사과하실 거 하나도 없어요. 전혀 안 불쾌하니까요. 그리고…… 그냥 그런 한탄이나 하소연은 그렇게 무게 안 잡고 편하게 얘기하셔도 돼요."

두나는 잠시 심호흡을 했다. 폐에 가득 찬 알코올을 날려버리고 싶어서였다.

"우리, 친구잖아요?"

그 말에 희성의 얼굴에 부드러운 미소가 천천히 퍼져나간다. 두나가 정말로 보고 싶지 않았던 그 쓸쓸한 미소가 천천히 쓸려 지워진다.

그리고 그 자리에 남은 건 평소의 희성처럼 장난기 가득한 미소를 얼굴에 가득 띤 남자였다. 조금 안심이 되었다.

그는 되새기듯 중얼거렸다.

"그러고 보니 우리 친구였죠."

그 말에 두나가 볼을 부풀렸다.

"설마 친구 하기로 한 거 잊고 있었던 건 아니겠죠?"

"하하. 절대 아니에요."

희성은 잠시 침묵했다가 진지하게 덧붙였다.

"내 친구가 두나 씨라서 참 다행이라고 생각했어요."

그 말에 두나는 다시 얼굴이 빨개지려는 걸 물컵으로 가렸다.

그러고는 말머리를 다른 쪽으로 돌리려 애썼다.

술자리의 안주로 소시지, 감자와 함께 씹히는 것은 이 자리의 계기를 마련한 사람이었다.

"그나저나…… 아까 그분은 왜 희성 씨에게 동생분 유학 얘기로 난리를 치신 거예요?"

희성은 몇 잔째인지 모를 맥주를 물처럼 마시며 한탄했다.

"원래는 의대를 보내서 할아버지 뒤를 잇게 하겠다고 의욕에 불탔었는데……. 애가 잘 못 따라왔다고 하더라고요. 잘은 모르지만, 차라리 문과 적성이라던데 자연계랑 의대만 고집하고 있으니……."

"세상에……. 너무하시네."

"솔직히 별로 친하지도 않고 별 감정도 없지만, 가끔 집에 갔을 때 애를 닦아세우고 있는 모습을 보면 걔가 좀 불쌍해질 지경이긴 해요."

두나는 열렬하게 고개를 끄덕였다. 아까 그 히스테릭한 말투로 공부와 진로로 몰아붙이면 신경이 바짝 타들어가는 기분일 거다.

"유학 얘기가 나오는 것도 유학생 전형 같은 걸 찾아서 어떻게든 의대에 넣어보겠다고 저러시는 것 같아요."

"그런데 아까 그분 말씀을 들어보면 할아버지가 희성 씨를 정말 아끼시는 것 같던데."

"그래서 더 저러시는 거죠. 저야 병원 물려받든 안 받든 상관없는데, 그분 입장에서는 아닌 모양이니까. 요즘 본원은 포기하신 것 같은데, 얼마 전에 할아버지가 지방에 분원을 하나 더 내기로 결정하셨거든요. 그쪽을 한번 보고 오시더니 유학 얘기로 애를 더 닦달하시는 거 같아요."

"아이고……."

두나는 한숨을 쉬었다. 희성은 고개를 끄덕인다. 두 사람은 거의 새벽까지 맥주를 물처럼 마시며 안주로 그 사람에 대한 험담을 계속했다.

원래 누구 칭찬보다는 험담을 함께해야 친해지기 쉬운 법이다.

게다가 그들은 남들에게 쉽게 말하기 힘든 비밀을 서로 공유하고 있었다.

이 술자리 한 번에 두 사람 사이에 놓여 있던 애매한 벽은 순식간에 허물어지고 말았다.

물론 길어진 술자리 덕분에 새벽에야 집에 들어간 두나는 하나에게 어마어마한 잔소리 테러를 듣기는 했으나 어쨌건 그건 사소한 일이었다.

* * *

하나는 고개를 갸웃했다.

"야. 안두나."

"왜?"

아침식사용으로 토스터에 두 사람 몫의 식빵을 넣던 두나가 고개를 돌렸다.

"너 무슨 일 있어?"

"응? 무슨 일?"

두나는 고개를 갸웃한다. 그사이 하나는 솜씨 좋게 프라이팬 위의 계란 프라이 두 개를 뒤집는 데 성공했다.

운 좋게 노른자 두 개가 다 살아남았다.

"……손민형 사고에서 본 거는 다 말했잖아?"

요 며칠 사이에 있었던 큰일이라고 할 만한 건 그것뿐이다.

팀장이라면 큰일 정도가 아니라 아예 좋은 일이라고 대놓고 말하겠지만 말이다. 두나가 사고 현장에 있었던 덕분에 <인카운터>의 이름을 걸고 독점 기사가 나간 일로 며칠간 팀장은 희희낙락하고 있었다.

사고 현장을 직접 겪은 두나로서는, 그것도 사고로 크게 부상당한 피해자까지 봐버린 그녀로서는 도저히 팀장의 그런 태도는 이해도 용납도 안 되었지만 말이다.

그러나 하나는 고개를 저었다.

"그거 말고. 너 요새 표정이 이상하게 풀려 있어서 말이야. 꼭 달군 프라이팬 위에서 실실 녹는 버터 같아."

별로 그럴 것도 없는데, 두나는 가슴께가 뜨끔하는 것을 느꼈다. 동시에 요새 자주 본 남자의 얼굴이 머리를 스친다.

두나는 고개를 저었다.

"에이. 그런 거 아냐."

하나는 다시 고개를 갸웃했다.

"흐응. 아닌 게 아닌 거 같은데."

하나의 눈매가 날카로워졌다. 두나는 긴장했다.

사실 긴장할 이유도 없는데 말이다. 그런데 어째서일까? 긴장하게 되어버린다.

'왜, 왜 이러지?'

하나와 두나는 서로에 대해 모르는 것이 있거나 이해되지 않는 상황에 맞닥뜨리는 데 익숙하지 않았다.

그들은 서로 다른 개체라기에는 지나치게 가까운 존재이기 때문이다. 그리고 그렇기에 서로에 대해 전부 알고 있다고 생각했다.

하나는 어깨를 으쓱하며 넘겼다.

"요새 강유현이랑 자주 얼굴 보니까 좋아서 그렇게 실실대나 보네, 뭐."

"……응, 뭐. 그건 그렇…… 지."

그렇게 대답하면서 두나는 스스로 조금 놀랐다. 그러고 보면 방금 전 하나에게 지적을 받았을 때 유현보다 다른 사람을 먼저 떠올린 것이다.

평소라면 유현을 가장 먼저 떠올렸을 텐데.

'이상하네.'

그러나 두나가 그 사실을 곰곰이 생각할 여유는 주어지지 않았다. 하나의 이어진 말이 그녀의 뒤통수를 강타했던 것이다.

"그거 줘."

"그거? 뭐?"

"매개체."

두 사람이 나뉘었다 합쳐지는 매개체인 거울은 그녀의 주머니에 있었다. 손만 뻗으면 꺼낼 수 있다.

'동기화를 하고 나면, 희성 씨랑 있었던 일도 전부 하나가 알게 되겠지…….'

이 생각이 드는 순간, 강렬한 거부감이 치밀어 올랐다.

물론 두나는 동기화를 하는 과정에서 하나의 안에 있게 되는 과정을 원래 싫어했다.

자기 뜻대로 몸도 움직이지 못하게 되니까.

그래도 하나는 곧 두나를 빼주는 경우가 많았고, 그 때문에 두나가 동기화에 가진 거부감은 미약한 정도였다.

잠깐 짜증 난다는 감상 정도.

그러나 지금은 달랐다.

'진짜로 싫어.'

절대로 하고 싶지 않았다. 어째서인지는 알 수 없다.

하나는 아무것도 모르는 채 두나를 채근했다.

"동기화 안 한 지 벌써 일주일 넘었지? 미리미리 동기화해두자. 어차피 오늘은 내가 회사 나가야 하니까."

실제로 서로 요일을 나누어 회사를 나갈 수 있었던 건 기억을 서로 공유할 수 있는 동기화 덕분이다.

전날 출근한 사람과 다음 날 출근하는 사람이 다른 경우, 동기화로 기억의 차이를 없애는 것은 늘 해온 일이었다.

그런데…….

'하기 싫어.'

그래서 두나는 저도 모르게 입을 열었다.

"그냥, 오늘은 내가 출근할게."

"응? 왜?"

뭐라고 대답해야 할지 모르겠다. 대충 떠오르는 대로 주워섬겼다.

"요새 유현이랑 같이 일하고 있잖아. 이번 일 끝날 때까지만 내가 나갈게. 너 그사이에 예준 오빠랑 데이트 맘껏 해. 그러면 나도 좋고, 너도 좋고 한 거지."

하나의 눈이 세모꼴이 되었다.

"웬일로 이렇게 적극적이야. 너 혹시…… 걔한테 고백했어?"

두나는 펄쩍 뛰었다.

"아니!"

"흐음."

하나의 미심쩍은 표정을 보며, 두나는 버럭 소리쳤다.

"어떻게 그러냐! 걘 내가 너인 줄 아는데! 게다가 너 남친 있다는 사실은 사무실 사람들 다 알잖아! 유현이 걔가 애인 있는 여자랑 섬씽 일으킬 사람이야?"

"……아니긴 하지."

하나는 떨떠름한 표정으로 동의했다.

그녀는 유현에게 늘 경쟁심을 불태우느라 그를 별로 좋아하지 않았지만 그렇다고 그의 인성까지 의심하지는 않았다.

일단 두나가 좋아하는 사람이라는 이유도 있긴 하니까.

무언가 개운하지가 않다는 듯이 고개를 갸웃갸웃하면서도 하나는 두나의 주장을 대놓고 반대하진 못했다.

물론 두나가 유현과 손민형 사건 취재를 하는 동안은 완전한 자유 시간을 만끽할 수 있다는 달콤한 유혹 때문이기도 했다.

안 그래도 근래에 들어 예준의 아나운서로서 인지도가 올라가며 한층 바빠지고 있었다. 그 때문에 둘이서 데이트할 시간도 점점 줄던 참이었다.

하나의 시간이 넉넉해지면 두 사람의 달콤한 시간도 더욱 늘어나는 건 당연지사.

하나는 유혹에 흔들리면서 갓 구워진 토스트 위에 반숙 계란을 올리고, 그 위에 치즈를 덮는다.

두나는 재빠르게 커피를 내리고 우유를 부어서 두 잔을 가져왔다.

"아니, 뭐……. 네 말대로 쉬면 나야 좋긴 한데……. 너 진짜로 괜찮은 거 맞아? 안 힘들겠어?"

"어차피 남들은 주 5일, 6일 회사 나가는 게 기본이잖아."

맞는 말이긴 했다. 덧붙여서 주말 출근도 한 몸으로 다 해낸다.

"일주일에 2, 3일 나가는 우리가 좀 특이한 거지. 나도 유현이랑 같이 다니는 게 좋으니까 그렇게 하자. 다음에, 지금 취재 다 끝나고 나면 그때 내가 몰아서 쉬면 되지."

"동기화는?"

"취재 끝나고 하지, 뭐."

"괜찮았어? 안 한 지 꽤 됐는데……. 그러다가 저번처럼 갑자기 강제 동기화 되어버리면……."

두나가 일정 기간 이상 하나에게 합쳐지지 않고 있다 보면, 매개체가 저절로 부서지며 두나가 하나에게로 합쳐진다.

강제로 동기화가 진행되는 거다.

그래서 두 사람은 이걸 강제 동기화라고 불렀다.

처음 하나가 두나를 불러냈을 때는 하루만 지나도 강제로 동기화가 되곤 했었다. 그러나 시간이 지나고 두나의 자의식이 생기면서 그 기간은 꽤 늘어서 지금은 약 2, 3주가량은 된다.

강제 동기화만큼 두나가 하나에게 종속된 존재라는 걸 보여주는 사실은 없었다.

만신님은 그 이야기를 듣고 이렇게 말했었다.

'당연하지. 너는 반 푼짜리 혼이라 하지 않았느냐. 결국 혼자서는 오래 그 형상을 유지 못하는 게야. 그러니 다시 제 근원인 하나에게로 돌아가서 힘을 받아 오려는 거지.'

하나에게로 합쳐져 그녀에게 에너지를 받지 못하면, 두나는 자신의 존재를 유지하지 못하는 거다.

그래서 지나치게 오래 본체에서 떨어져 있으면 아예 세상에서 사라져버리기 전에 본능적으로 하나에게 돌아가는 것이라고 했다.

두나는 착잡하게 웃었다.

"그래도 요샌 2, 3주는 괜찮잖아. 아직 일주일밖에 안 됐어. 대충 일 마무리되면 그때 하고 바통터치 하지, 뭐."

하나는 미간을 찌푸렸다.

"그래도 되려나……."

그때였다. 별안간 휴대폰에서 벨소리가 울렸다.

띠리리리……!

"어, 내 폰이네. 아, 지영이다."

하나가 폰을 들고 일어섰다. 친구 지영의 전화인 모양이다.

통화를 나누던 하나가 새된 비명을 내질렀다.

"뭐? 사고……? 저번에 사고당하고 며칠이나 됐다고? 너 괜찮아? 아, 응……. 그래, 알았어! 병원 어딘지 메신저로 보내. 응. 바로 갈게. ……괜찮아. 시간 있어. 응. 일단 쉬어."

휴대폰을 끄는 하나의 얼굴은 무겁게 가라앉아 있었다. 두나가 물었다.

"지영이가 사고 당했대? 저번에도 차사고 당했다지 않았어?"

"응. 이번엔 목발 짚고 내려가다가 지하철 계단에서 사람한테 부딪쳐서 굴렀대. 깁스도 부서졌다고 하네."

"저런……."

지영의 사고를 놓고 하나와 두나의 어조가 보이는 차이는 극명했다. 두나가 자신이 하나와는 다른 존재라는 것을 인식하기 시작하면서부터 시작된 간극은 이제 상당히 벌어져 있었던 것이다.

그들은 아직 제대로 자각하지 못하고 있지만 말이다.

하나는 한숨을 쉬며 테이블 앞에 앉았다.

"그래. 일단 네 말대로 하자. 난 밥 먹고 바로 지영이 병원 가봐야겠다."

"그래. 다리 부러졌는데도 일하겠다고 다니다가 또 다친 거니. 혹시 입원해야 한대? 걔 다른 가족이 없잖아."

"입원할 정도는 아니라나 봐. 예준 오빠한테 부탁해서 차 가지고 와달라고 해야겠어. 다리도 불편하니까 집에 태워다줘야겠다."

두나는 고개를 주억거렸다.

하나와 지영의 고향은 같은 곳이다. 초등학교부터 같은 곳으로 갔고, 중학교는 피치 못하게 떨어졌다가 다시 고등학교 때 만나서 얼마나 기뻐했는지 모른다. 그러다가 하나가 서울로 대학에 입학하며 떨어졌다가 지영이 서울에 취직하며 다시 가까운 곳에서 지내게 되었다.

덕분에 아무리 바빠도 두 사람은 한 달에 두세 번은 만났다. 물론, 그 만남은 전부 하나가 직접 나갔다.

지난번처럼 우연한 만남을 제외하면.

그제야 두나는 지영이 회사로 하나를 찾아왔던 일이 떠올랐다. 워낙에 충격적인 사건이 있어서 잠시 잊고 있었던 것이다.

"아, 맞다. 하나야. 지영이가 저번에 회사로 찾아왔었어. 내가 나갔을 때."

"뭐?"

하나의 눈이 동그랗게 커졌다.

"무슨 일인데?"

"제대로 말을 안 하더라고. 그때 내가 유현이랑 외근 나가던 참이었거든. 다음에 다시 연락한다고 하던데, 지영이가 연락 안 했었어?"

하나는 심각한 표정으로 고개를 저었다.

"아니. 지금 받은 전화가 처음이야."

하나의 얼굴에 떠오른 시름이 더더욱 깊어졌다.

하나는 허겁지겁 토스트와 커피를 해치우고는 원룸을 나섰다.

지영에게로 바로 달려가려는 것이다.

그런 하나를 바라보며 두나는 새삼스럽게 자신이 변했음을 깨달았다.

'이상하네…….'

전 같으면 두나는 그런 하나를 볼 때마다 속으로 질투를 하고는 했었다.

두나로서는 절대 가질 수 없는 존재들, 그들과 자연스럽게 관계를 맺고 살아가는 하나를 볼 때 늘 가슴이 타들어갔었다.

연인과 사랑을 속삭이고, 친구와 우정을 나눈다.

하나의 인생을 일부 나눠받은 것뿐인 반쪽짜리 두나로서는 유현에게 마음을 표현할 수도 없고 지영 같은 친구를 만들 수도 없었다.

가끔 클럽 같은 곳에서 놀면서 만나게 되는 사람이 있어도, 절대 연락처를 교환해서 인연을 이어가는 일은 없었다.

두나의 중심은 하나였다. 그렇기에 그녀에게 몇 허락되지 않은 진짜 자신을 보여줄 수 있는 이들도 하나를 통해서 만나게 된 사람들뿐이었다.

그리고 그들은 늘 하나를 더 중요하게 생각했다. 예준처럼.

그들에게는 당연한 일이다. 하지만 당연한 일이라고 해서 두나에게 가슴 아픈 일이 아닌 것은 아니다.

그래서 늘 가슴이 타들어가도록 부러웠다. 그런데 오늘은 조금 달랐다. 기분이 이상할 정도로 개운하고 충만해 있다.

'어째서?'

아직 이유는 알 수 없었다.

잠시 고개를 갸웃하던 그녀는 곧 한 가지 사실을 깨달았다.

"아! 오늘 출근하면 희성 씨랑 약속 저녁으로 미뤄야겠다!"

오늘은 쉴 예정이라 점심쯤 만나기로 했었던 것이다.

출근을 해버리면 당연히 퇴근 뒤로 시간을 미뤄야 한다. 그는 오늘 하루 종일 쉴 예정이라고 했으니 아마 괜찮겠지.

두나는 약속 시간을 바꾸기 위해 희성에게 전화를 걸었다.

그녀의 목소리는 본인도 눈치채지 못하는 사이에 꽤나 들떠 있었다.

* * *

희성은 따로 집을 얻어 나와 살고 있었다. 부친과 계모, 그리고 이복동생이 사는 집에는 들어간 적이 없었다. 대학에 들어가기 전에는 조부와 함께 지냈지만 대학에 입학하면서 그렇게 따로 나와 살기 시작해서 지금에 이른 것이다.

희성에게 본가는 할아버지의 집이었다. 때문에 적어도 한 달에 한 번 정도는 본가에 들러 조부와 저녁 식사를 함께하곤 했다. 적어도 이 집안에서 희성에게 가족이라 부를 수 있는 사람은 조부밖에 없었으므로.

식사를 마치고 조부는 서재로 자리를 옮겼다. 가정부가 차를 내왔다. 희성의 조부, K대 병원 병원장인 천정식은 찻잔에 손을 대기도 전에 혀부터 찼다.

"쯧쯧. 불효손자 녀석 같으니라고. 대체 얼마 만에 온 게냐?"

그 말에 희성은 쓰게 웃었다. 변명할 말이 없었다. 조부는 그가 적어도 일주일에 한 번은 집에 들러서 식사라도 함께하고 가기를 바랐으니까.

"워낙에 바빠서요."

그 말에 조부는 피식 웃는다. 명백한 비웃음이었다.

"……여자 만나느라 바쁜 게냐?"

그 말에 희성은 마시던 차를 뿜을 뻔했다.

"크헙! 무, 무슨 말씀을 하시는 겁니까?"

조부의 면상에 마시던 차를 뿜는 불효를 간신히 면한 희성이 당황해서 물었다. 그러자 조부는 유들유들하게 답했다.

"내가 얼마 전에 병원에서 네가 처음 보는 처자와 이야기하는 걸 봐서 그런다. 분위기가 꽤 좋아 보이더구나."

희성은 얼굴을 굳혔다.

하긴, 이건 예상했었어야 했다. 그의 조부는 K대 병원 원장이다. 그가 일하는 일터이자 근래 들어 두나와 자주 만나서 이야기를 나눈 K대 병원은 조부의 안마당인 것이다. 조부의 눈에 띌 가능성을 염두에 두었어야 했다.

조부는 차를 달게 마시며 물었다.

"그래. 언제쯤 나한테 소개시켜줄 예정이냐?"

"……그런 사이 아닙니다. 취재 때문에 온 기자였어요."

그러나 조부는 호락호락하지 않았다. 조부의 주름진 입가에 미소가 짙게 파인다.

"그래. 기자라는 거지?"

희성은 이마를 짚었다.

"아니라고 하지 않았습니까. 할아버지, 말씀드렸다시피…… 전 가정을 꾸릴 생각이 없습니다."

조부가 얼굴을 구겼다. 그러나 희성은 멈추지 않았다.

"그러니 선 자리를 주선하시는 것도, 지금처럼 과하게 앞서서 생각하시는 일도 하지 말아주세요."

"희성아."

조부는 가장 아끼는 큰손자를 달래려 했다.

그는 아들 하나와 손자 셋을 두었으나 남은 이들 중 마음에 차는 건 희성 하나뿐이었다. 일생 동안 일궈온 병원과 집안을 물려줄 이는 희성뿐이었다.

그는 일찍이 아내를 여의고 최선을 다해 하나뿐인 아들을 자신이 원하는 대로 키우려 애쓴바 있었다. 그것이 옳은 일이라고 여겼다.

그러나 자신의 그 폭압적인 방식이 아들을 엇나가게 하는 원인이 되었다.

후회했을 때는 이미 늦었고, 그 여파는 손자들에게까지 미쳤다. 남아 있는 건 희성 하나다.

그는 진심으로 희성만은 불우했던 과거에 대한 보상으로라도 행복한 가정을 꾸리길 바랐다.

희성에게 다가오려 하는 여자는 많았다. 그가 알고 있는 경우만 따져도 두 자릿수가 훨씬 넘는다. 같은 의사 중에도, 그리고 간호사나 환자 중에도 희성에게 대시하는 여성들이 꽤 많았던 것이다. 그러나 희성은 그 모두와 거리를 두었다.

사람과 일정 이상으로 깊은 관계를 맺는 것을 희성은 지나치게 두려워했다. 그 모습은 부모와 동생의 비극을 지켜보며 얻게 된 트라우마임이 분명했다.

천정식 원장은 제발 아끼는 손자가 그 상처에서 벗어나 좀 더 행복한 삶을 살기를 바랐다.

"네가 네 부모와 희민이 일로 상처를 많이 받은 건 나도 안다. 나도 반성을 많이 했으니……."

희성은 고개를 저었다.

"그 문제가 아닙니다. 그저…… 제가 누군가의 남편이 되고 또 아버지가 될 수 있는 사람이 아니라고 생각하는 것뿐입니다."

"희성아……!"

희성은 그대로 몸을 일으켰다.

"죄송하지만, 이만 가보겠습니다."

지난번 희성이 찾아왔을 때도 조부와 손자 간의 대화는 비슷하게 끝을 맺었다. 그러나 이번엔 약간 다른 점이 하나 있었다.

희성이 이 한마디를 덧붙였다.

"아, 할아버지. 희완이가 유학을 가고 싶어 한다고 들었습니다."

참담한 기분으로 고개를 숙이고 있던 천정식 원장은 의아한 얼굴로 고개를 들었다.

"아. 희완이가 가고 싶어 한다기보단……. 그런데 그걸 네가 어찌 아는 게냐?"

그가 알기로 남은 두 손자인 희성과 희완은 거의 교류가 없었다. 피가 절반은 이어져 있어도 가족이라 부를 수 없는 관계였으니까.

"……희완이 어머니께서 병원으로 찾아오셨거든요. 제게 할아버지를 설득해달라고 하시더군요."

희완이 어머니.

희성은 계모를 그렇게 불렀다. 어머니든 새어머니든 직접 입에 담고 싶지 않았기 때문이다.

그 말을 듣는 순간, 천정식 원장의 얼굴이 분노로 일그러졌다.

"……알겠다. 내 알아듣게 제대로 이야기해두마."

소파 팔걸이에 얹힌 조부의 손이 분노로 부들부들 떨렸다.

"감사합니다."

희성이 인사하고 서재를 나서자, 천정식 원장은 분노에 차서 비서를 불렀다.

"당장! 당장 희완이 어미를 오라고 해!"

원장은 드물게 혈압이 걱정될 정도로 화를 내고 있었다.

그 소리를 들으며 희성은 적어도 한동안은 계모가 다시 나타나 자신을 귀찮게 하는 일이 없을 거라는 걸 알 수 있었다.

* * *

희성은 분노에 찬 채로 본가를 나와 자신의 집으로 돌아가며 스스로 한 가지 의문을 계속 떠올렸다.

'내가 왜 이렇게까지 하는 거지?'

그것이 가장 큰 의문이었다.

그는 분명히 계모를 그다지 좋아하지 않았다. 그러나 계모가 그에게 무슨 말을 해도 그걸 따로 조부에게 전달한 적은 없었다.

그럴 필요성을 느끼지 못했기 때문이다.

그런데 오늘 그는 처음으로 계모의 일에 관해 할아버지에게 말했다. 평소의 그라면 하지 않을 짓이다.

그러고 보면 요즘 들어 그런 말을 많이 들었다.

자신답지 않은 짓을 한다고.

예준에게.

고참 간호사들에게.

그리고 오늘 조부에게 다녀오며 깨닫지 않을 수 없었다. 답지 않은 일을 한다는 이야기를 들은 건 모두, 두나와 연관된 일이었다.

예준이 이미 평한 대로, 오지랖이 넓은 듯하면서 은근히 칼처럼 사람과 선을 긋는 것이 평소의 그다.

그런데 이상하게 두나와 관련되면 그 평온함이 깨진다.

두나와 연관된 일에만 자신이 평소와 다르게 반응한다는 자각은 있었다.

더 기이한 건, 그렇게 행동하는 자신이 싫지 않다는 사실이었다.

두나가 환하게 웃는 얼굴이 떠오른다. 그러면, 가슴에 따스한 것이 차오르는 느낌이다. 그것으로, 그 미소로 충분한 기분.

이를 외면하는 건 불가능했다.

조부의 말이 떠올랐다.

'그래. 언제쯤 나한테 소개시켜줄 예정이냐?'

괜히 할아버지가 그런 말을 한 건 아닐 것이다.

조부는 먼발치에서 두나와 희성이 함께 있는 걸 보았다.

할아버지가 보기에, 두나와 함께 있는 자신이 그런 티를 내고 있었다는 소리일 터다.

희성은 길게 한숨을 쉬었다.

'대체 언제부터?'

처음에는 어려움에 처한 사람이라 돕고 싶어서였다.

자신의 실수를 깨닫고는 두나가 도플갱어라 자신이 관심을 가지고 있다고만 생각했다.

그러고는, 그러고는……?

정신을 차리니 이제야 깨달은 것이 이상할 정도였다.

애초에 시작부터 자신이 타인에게 긋는 선을 두나에게는 그어두지 않고 시작한 것이다.

정신을 차리니 이미 그녀는 가장 깊은 곳까지 들어와 있었다.

'희성 씨!'

그 미소가, 또 목소리가.

더럭 두려움이 일었다.

애초에 몇몇 예외를 제외하고 타인과 가까워지는 걸 두려워하며 살아온 이유가 무엇이었나. 다시 잃을 것을 두려워해서였다.

그러나 이미 마음에 들어와버린 사람을, 잃을 것이 두렵다고 포기할 수는 없었다.

희성은 인정할 수밖에 없었다.

멀어지기에는 이미 늦어버렸다는 걸.

* * *

손민형 사고가 벌어진 지 약 사흘이 지난 오늘 아침, 연이은 특종이 나왔다.

CCTV 기록 검증으로 해당 사고를 일으킨 범인이 체포되었다는 것이다. 두나가 보았던 바로 그 사람이다.

검찰 측에서 공개한 내용이 따르면, 범인으로 지목된 사람은 아무것도 기억나지 않는다고 주장하고 있다고 했다. 그리고 이미 전과가 있는 사람이라는 사실 역시 짤막하게 보도되었다.

이미진 대리는 혀를 끌끌 찼다.

"술이라도 마신 거 아냐? 요즘 왜 이렇게 범죄를 저지르고 기억 안 난다고 잡아떼는 범인들이 많나 몰라."

평소라면 두나도 이미진 대리의 말에 고개를 끄덕였으리라.

그런데 사고 당시 그녀가 본 장면이 기억났다.

저 범인의 등 뒤에서 어른거리고 있던 영적인 무언가.

그것은 분명한 악의로 가득 차 있었다.

그리고 다시 어떤 확신이 들었다.

'그건…… 저 사람의 의지가 아니었어.'

희성은 말했다. 이런 영적인 일에는 그쪽의 감수성이 높을 수밖에 없는 두나의 직감을 상당히 신뢰할 수 있다고.

두나는 그 깨달음을 다시 기억 속에 잘 저장해두었다. 희성을 만나면 설명해주어야겠다.

한 팀장이 툴툴대는 소리가 들렸다.

"저것도 우리가 특종으로 잡았어야 하는 건데!"

자나 깨나 노나 먹나 팀장이 바라는 건 하늘에서 뚝 떨어져주는 특종이었다.

두나는 기운차게 컴퓨터를 끄고, 핸드백을 들고 자리에서 일어났다.

"오늘은 약속이 있어서 먼저 들어가보겠습니다!"

"잘 가, 하나 씨."

"조심해서 가세요."

이미진 대리와 유현이 그녀를 전송한다.

팀장은 오늘 일찍 출근했으니 그만큼 일찍 가겠다며 은근슬쩍 1시간 전에 사라져버린 상태였다.

정말이지 얄밉기 짝이 없는 상사다. 그나마 다행인 건 두나의 칼퇴에 딴죽을 거는 사태가 벌어지지 않았다는 것 딱 하나였다.

여하튼 칼퇴에 성공해서 다행이었다. 팀장이 두나에게 은근슬쩍 일감을 미뤘는데도 열심히 한 보람이 있었다. 다행히 잔업이나 야근을 하지 않고 끝낼 수 있었으니까.

'약속을 또 미루지 않아서 다행이다!'

두나는 종종걸음으로 퇴근 카드를 찍고 사무실을 나섰다. 그렇게 바삐 사라지는 사무실 막내를 보며 이 대리는 흐뭇한 웃음을 지었다.

"걸음걸이가 저렇게 가벼운 거 보니까 남친 만나러 가나 보네. 좋을 때다."

그녀의 말에 두나의 옆자리에 앉은 유현의 눈빛이 미미하게 흔들렸다. 그는 창문 너머로 바삐 사라지는 두나의 뒷모습을 고요한 눈빛으로 바라보고만 있었다.

* * *

두나의 칼퇴를 위한 노력은 매우 훌륭하게 보답받았다.

오늘 희성이 두나를 데려온 곳은 이탈리안 레스토랑이었다.

분위기 좋은 고급 레스토랑에 들어서며 두나는 깨닫고 말았다.

'그러고 보니 고급 이탈리안 레스토랑이면 그거 아닌가? …… 데이트 코스의 정석?'

두나는 희성과 꽤 자주 밥을 함께 먹었다. 몇 번 비싼 밥도 얻어먹었고, 싼 해장국이긴 하지만 한 번은 두나가 사주기도 했다.

물론 그때 갔던 가게들 중에서도 데이트 코스에 들어갈 법한 곳들이 꽤 된다. 그런데 어째서인지 모르겠지만, 오늘은 여기가 연인들로 가득 찬 가게라는 사실이 새삼스럽게 머리를 댕댕 울렸다.

'음? 왜 이러지? 왜 자꾸 이런 게 의식되는 거지?'

또 가슴이 멋대로 두근거리기 전에 두나는 재빠르게 움직이기로 했다. 터프하게 예약석으로 걸어가서 희성이나 서버가 의자를 빼주기 전에 먼저 앉아버렸다.

"……."

"……."

두 사람을 안내해주던 서버와 뒤따르던 희성이 말없이 그녀를 본다.

그 침묵이 꽤 길었다. 희성도 움직이지 않는다.

두나가 참지 못하고 먼저 물었다.

"안 오세요?"

그러자 정신을 차린 서버가 정중하게 설명했다.

"그쪽은 손님의 예약석이 아닙니다. 저쪽 창가 테라스 쪽입니다."

눈앞에 예약석 푯말이 놓인 자리가 있길래 이 자리구나, 하고 앉아버렸는데 아닌 모양이다. 이게 무슨 쪽팔림이람!

"아, 네, 네!"

두나는 벌떡 몸을 일으켰다. 절로 얼굴에 열이 오른다.

"이쪽입니다."

결국 이번에는 얌전하게 서버와 희성의 뒤를 졸졸 따라갔다.

안내받은 자리는 조금 전 두나가 실수로 앉은 곳보다 훨씬 좋은 자리였다. 큰 길에 면한 테라스였다.

"좀 춥지 않을까 걱정하기는 했는데 저번에 펍에서 이런 자리를 좋아하셨던 게 기억나서요."

"네, 좋아해요."

두나는 아까의 쪽팔림 덕분에 조금 전의 기세는 온데간데없이 얌전한 빨간 토마토가 되어 있었다. 이탈리안 레스토랑에 매우 잘 어울리는 얼굴색이었다.

희성의 매너는 물 흐르듯이 자연스러웠다. 먼저 안쪽의 의자를 빼주며 손을 뻗는다.

"자, 두나 씨."

정말이지 과도한 매너와 에스코트다. 지금이 무슨 기사도와 레이디를 강조하던 중세시대도 아니고.

조금 전에 지나치게 희성을 의식하고는 피하려고 했던 상황이 결국 눈앞에 펼쳐졌다. 하지만 민망하고 신경 쓰인다고 해서 희성의 호의와 매너를 거절해서 그를 실망시킬 생각은 없었다.

'좋긴 좋네…….'

두나는 그의 손을 잡고 의자에 앉았다. 희성은 그녀가 편하게 앉을 수 있도록 의자를 안쪽까지 밀어 넣어주는 것도 잊지 않았다. 그러고 나서 희성 역시 맞은편에 앉는다.

날이 어두워졌고, 레스토랑은 크리스털이 반짝이는 샹들리에를 켜두었다.

밤하늘의 어둠과 샹들리에가 뿜는 빛을 한꺼번에 받은 덕에 희성의 얼굴에는 짙은 음영과 밝은 빛이 공존했다.

그 덕분일까. 그의 눈매는 더욱 깊어 보이고, 콧날은 더더욱 예리해 보인다.

한마디로 더 잘생겨 보인단 소리다. 두나는 새삼 감탄했다.

'차암…… 잘생기긴 했단 말이야. 저 얼굴로 사이비 박수무당이라니…….'

두나는 핑크빛 무드를 깰 생각을 열심히 떠올리려 노력 중이었다. 그러나 그 생각은 중간에 속절없이 끊기고 만다.

'아냐. 그래도…… 참 잘생겼어. 게다가 분위기까지 있잖아. 매너도 좋고.'

그때였다. 시계를 확인하느라 아래로 내리깔렸던 희성의 눈이 정면을 향했다.

희성의 얼굴을 감탄하며 뚫어져라 보고 있던 두나는 정면으로 그와 눈이 딱 마주쳐버렸다.

'……!'

다시 심장이 제멋대로 날뛰기 시작했다.

두근두근……!

두나는 재빠르게 시선을 내리고는 서버에게 받은 메뉴판을 '촥!' 하고 기세 좋게 폈다.

절대 빨게진 얼굴을 가리려는 의도는 아니었다!

그냥 메뉴를 고르려던 것뿐이다!

희성은 그런 두나를 보고 한 번 피식 웃었다.

"여기는 뇨끼가 맛있다고 하더라고요. 오. 와인도 좋은 게 많네요. 원하는 대로 시켜요."

두나의 얼굴에 함박웃음이 피어났다.

그렇다. 돈 많은 '친구'는 참 좋은 존재였다!

두나는 머릿속으로 친구라는 단어에 포인트를 주며 외쳤다.

그렇게 자신에게 강조하려는 태도가 그를 그만큼 의식하고 있어서라는 사실을 무시하려 노력했다.

이번에도 희성이 소개한 가게는 매우 만족스러웠다. 아마도 그의 안목이 꽤나 탁월한 모양이었다.

"이 집도 진짜 맛있었어요!"

희성은 밝게 웃으며 병째 시킨 와인의 마지막 잔을 두나의 잔에 따라주었다.

"마음에 들었다니 다행이네요. 일부러 간호사들에게 물어본 보람이 있어요."

두나의 눈이 휘둥그레졌다.

"응? 여기 자주 오신 데 아니었어요?"

희성은 조금 민망하다는 듯이 웃는다. 늘 웃는 낯을 하고 있는 남자지만, 지금은 약간의 부끄러움이 드러난다.

"그게…… 사실 이탈리아 음식은 그다지 좋아하지 않거든요."

"네? 그러면 왜 여기 온 거예요?"

두나는 당황했다. 맛집 투어는 당연히 양쪽의 취향을 동시에 만족시키는 곳으로 가야 의미가 있는 것이다. 한쪽 입맛만 맞춘다면 그게 무슨 의미가 있겠는가.

희성의 대답은 의외였다.

"그게, 두나 씨랑 약속 있는 걸 간호사들이 알고 지금까지 어디어디 같이 갔는지 청문회를 하더라고요."

"처, 청문회요……?"

"농담이 아니라 진짜였어요. 사실 수술실 간호사분들은 보통 경력 많은 분들이 대부분이거든요. 의사 못지않은 전문성이 요구되는 곳이라. 그래서 저보다 10살 이상 연상인 누님들이 많아요."

두나는 조금 의아해졌다. 어쩐지 희성은 조금 변명하는 듯이 다급하게 말을 덧붙이고 있었다.

그런데 더 신기한 건 그의 말을 듣고 조금 안심하는 자기 자신이었다.

간호사들이라는 말을 듣고는 꽃처럼 예쁘고 섹시한 2, 30대 젊은 여성들이 희성의 주변을 둘러싼 모습을 상상해버렸던 것이다.

그러자 왠지 모르게 가슴이 답답했는데 희성의 말을 듣자 답답한 마음이 조금 풀렸다.

'나, 왜 이러지?'

그러는 사이 희성의 설명은 계속 이어졌다.

"이미 결혼한 분도 많고, 아니더라도 남친은 다들 있는데……. 신기하게 남의…… 일에 참 관심들이 많으세요."

어째 저게 연애사정에 관심이 많다는 소리로 들리는 건 착각일까.

"저한테 두나 씨랑 가게를 어디 어디 갔는지 물어보시더니…… 막 타박을 하시더라고요. 진작에 분위기 좋은 레스토랑에 가서 스테이크를 썰거나 스파게티라도 먹였어야 한다고. 그래서 그 말을 듣고 좀 반성을 했어요."

그건 꼭 데이트 훈수 두는 것 같은 말처럼 들린다.

"그, 그러실 필요까지는 없는데……."

어째서 뺨이 뜨거워지는지 모르겠다. 두나는 난처해하며 와인을 삼켰다.

'아, 역시 맛있다.'

"그러면 여기는 그분들께 추천받은 곳인 건가요?"

"네."

"그래도……. 희성 씨가 이탈리아 음식 안 좋아하시면 굳이 여기 올 필요까지는 없어요……."

희성은 부드럽게 웃었다. 언제나 생각하는 거지만 참 부드러우면서도 단단하고 강한 미소를 짓는 사람이다.

"걱정 마세요. 원래 안 좋아했는데 여기 와서 먹어보고 처음 알았어요. 맛있네요. 파스타."

"그, 그러네요. 이 가게 오늘 처음 와봤는데 참 솜씨가 좋은 것 같아요."

희성은 고개를 저었다.

"그 의미가 아니에요."

"네?"

"두나 씨와 같이 먹으니까 맛있다는 의미예요."

"……."

순간적으로 머릿속이 텅 비었다. 하얗게 지워진 머릿속으로 다급한 생각 한 줄기가 이리저리 내달린다.

'이거…… 그건가? 그 의미인 거야? 정말 그런 거야……?'

뭐라고 대답을 해야 좋은 거지?

아무것도 떠오르지 않았다. 두나는 여전히 속 모를 미소만 얼굴 가득 채운 남자를 멍하니 바라보았다.

'뭐라고 묻지? 정말 그 의미냐고 물어봐? 그랬다가 그런 말도 안 되는 오해를 했냐고 비웃는 거 아냐?'

텅 비었던 공백 위를 온갖 정신없는 상념이 가득 채운다. 그 생각들은 두나의 양쪽 귀에 대고 와글와글 떠들어대고 있었다.

온 사방으로 고삐 풀린 망아지 떼처럼 날뛰는 생각을 애써 잡아 정리하며, 두나는 대답으로 내놓을 문장을 골랐다.

"……."

혀와 목구멍이 바짝 탔다. 마지막 남은 와인을 목구멍으로 다급하게 넘긴다.

그리고 간신히 막 입을 열려던 찰나였다.

"그……."

두나가 부끄러워하며 시선을 피하는 동안, 희성은 테라스 바깥길에서 무언가를 본 듯했다. 잠시 그쪽을 바라보던 희성이 갑자기 자리에서 일어났다.

그는 잠시 난처한 표정을 하더니 두나에게 양해를 구하고 자리를 잠시 비웠다.

"잠깐만요. 잠시만 화장실에 다녀올게요."

"아, 네……."

"미안해요. 금방, 금방 올게요."

잔뜩 긴장하고 있던 두나는 갑작스런 희성의 말에 김이 팍 빠진 풍선이 된 기분이다.

기운이 쭉 빠져서 두나는 테이블 위로 축 늘어져버렸다.

"뭐, 뭐지. 이거……. 내가 너무 오버한 건가?"

테이블 위에 코를 박고 두나는 곰곰이 생각했다.

'두나 씨와 같이 먹으니까 맛있다는 의미예요.'

저 말이 '그 의미' 말고 다른 의미로 해석할 수 있는 건가?

다시 얼굴이 홧홧해지기 시작한다. 온몸이 부글부글 끓는 것 같다.

'그렇지만 정말 그런 거면……. 왜 내가 대답을 하기도 전에 화장실 가서 산통을 깨는 건데?'

라고까지 생각을 하던 두나는 더럭 깨닫고 말았다.

'잠깐. 이건 내가 꼭 고백 듣고 오케이 하려던 여자 같잖아!'

두나는 붕붕 고개를 저었다.

역시 말도 안 된다. 헛생각 중에서도 헛생각이다.

'반쪽짜리 인생인 주제에 연애는 무슨.'

오랫동안 짝사랑해온 유현에게조차 한 번도 티를 못 낸 주제에 말이다.

희성은 참 좋은 친구다. 그도 두나가 매우 좋은 여자 사람 친구라고 여기고 있는 게 분명했다.

원래 좋은 친구와 먹으면 뭐든 맛있는 법 아닌가!

그렇게 결론을 내린 두나는 만족스러운 미소를 지으며 고개를 끄덕였다. 그런데 갑자기 그와 박자를 맞추기라도 한 것처럼 엄청난 소리가 공기를 뒤흔들었다.

쾅!

"아악!"

누가 들어도 사고가 났음을 알 수 있는 '쾅' 하는 충돌음과 연달아 터지는 여자의 찢어지는 듯한 비명.

두나는 벌떡 몸을 일으켰다.

"뭐, 뭐야?"

테라스 아래쪽 큰 길가였다. 두나는 그곳으로 시선을 돌렸다.

9. 가장 완벽한 도형은 삼각형

두나가 있는 레스토랑에 면해 있는 길은 차가 많이 다니는 대로는 아니었다.

때문에 차량보다는 사람들의 발길이 더 잦은 곳이었다.

그 길에 승용차 한 대가 멈춰 서 있고, 그 앞에 사고를 당한 듯한 여성이 바닥에 쓰러져 있었다.

멀리서도 그 여성이 떨어뜨린 목발이 바닥을 구르고 있는 광경이 보였다.

다리 한쪽과 팔 한쪽에 깁스를 한 것이 눈에 띄었다.

"괜찮아요?"

"이봐요! 이런 길에서 무슨 운전을 그렇게 난폭하게 하는 거예요?"

몰려든 사람들이 사고를 당한 여성의 상태를 살피는 한편, 사고를 낸 운전자를 비난하며 그쪽의 상태도 확인했다.

음주운전의 가능성도 꽤 높아 보였기 때문이다.

그때였다.

자동차의 운전석 문이 열리며 운전자로 보이는 한 중년 남성이 비틀거리며 걸어 나왔다.

"어?"

두나는 보았다.

그 남자의 몸 주변에서 일렁이는 불길한 검은 그림자를.

"저건……?"

순식간에 사라졌으나 두나는 남자의 몸을 둘러싸고 있던 '그것'을 똑똑히 보았다.

그림자가 사라지자, 남자는 잠에서 깨기라도 하는 것처럼 머리를 흔들었다. 그러고는 그대로 힘없이 바닥에 쓰러졌다.

"아이고! 이 사람도 다쳤나 봐요!"

"119! 119 불러요!"

쓰러진 남자를 둘러싸고 있던 기이한 그림자에 대해 고민할 시간이 없었다.

그 남자 앞에 쓰러진 여자의 얼굴을 그제야 두나는 알아보았던 것이다. 그녀가 잘 아는 얼굴이었다.

"이지영!"

두나는 바람처럼 달려 1층으로 내려갔다.

사고 현장 주변에는 사람들이 몰려들어서 차와 쓰러진 두 사람 주변에 원을 만들고 있었다.

"지영아!"

걱정을 하는 사람, 119에 신고를 하는 사람들로 주변은 온통 소란스러웠다.

두나는 그 사람들 사이를 헤치고 나가면서 다급하게 외쳤다.

"잠깐만요! 비켜주세요! 제 친구예요!"

혼란 중에도 두나의 말을 알아들은 사람들 몇이 길을 터주어 두나는 제법 빠르게 쓰러진 지영에게로 다가갈 수 있었다.

"지영아!"

직접 입으로 소리 내어서 이름을 불러보는 건 처음이다. 머릿속으로는 참 익숙한 이름인데 혀끝에 올리니 꽤나 낯설었다.

"지영아, 괜찮아?"

가까이 와보니 분명했다. 하나의 가장 친한 친구, 이지영이다.

조금 떨어져서 본 터라 혹시나 착각한 건 아닐까 했는데 정확히 알아본 모양이다.

그러고 보니 오늘 아침에 지영이 다친 다리를 또 다쳤다는 소식을 들었었다. 그 소식대로 지영은 깁스를 하고 있었고, 그녀 가까이에 목발도 널브러져 있다.

"지영아! 지영아! 정신 차려봐!"

두나는 다급하게 외치며 무의식적으로 손을 뻗어 지영을 흔들어보려 했다.

그 움직임을 막은 것은 어느새 옆에서 뻗어 나온 남자의 손이었다. 그 손이 두나의 손목을 잡고 있었다.

단단하고 강한 힘.

두나는 놀라서 고개를 돌렸다.

거기에는 낯익은 얼굴이자 동시에 여기서 보게 되리라고는 전혀 생각 못한 얼굴이 자리하고 있었다.

두나는 저도 모르게 그 이름을 부르고 말았다.

"유현…… 아……."

그렇다. 강유현이었다.

두나는 눈을 깜빡였다.

그러나 앞에 있는 사람의 모습이 바뀌는 일은 없었다.

'호, 혹시 유현이 사진을 누가 세워놨다거나 다, 닮은 마네킹 같은 건 아니겠지?'

……라는 생각은 스스로 생각해도 어이없는 현실도피다.

두나의 그 말도 안 되는 생각을 당사자가 깨부숴주었다.

유현의 입술이 움직이며 말을 걸어왔던 것이다.

"하나 씨? 여기는 어쩐 일이세요?"

"……."

'하나.'

그 이름을 듣는 순간, 정신이 번쩍 들었다.

두나에게 하나라는 이름은 그런 존재다.

누군가가 자신을 하나라고 부르면, 두나는 어떻게든 실수를 하지 않기 위해 필사적으로 노력하곤 했기 때문이다.

그녀가 실수를 하거나 잘못을 하면 그걸 뒤처리하고 감당하는 것은 하나의 몫이었다.

이미 그러한 일을 두나는 몇 번이나 겪었고, 그 뒤로는 어떻게

든 하나로 있을 때 최선을 다해 정신을 바짝 차리려고 노력해왔다.

그 버릇이 도움이 되었다.

두나는 혼자 되뇌었다.

'정신 차리자, 안두나! 아니, 안하나! 난 지금 하나야! 내가 실수하면 하나에게 폐를 끼치게 될 거야!'

두나는 간신히 떨리는 정신을 수습해서 목소리를 낼 수 있었다.

덕분에 그녀의 말은 조금 전까지 지독한 혼란 속에 있었던 사람의 것치고는 꽤 또렷했다.

"아……. 강 대리님. 전 오늘 여기 약속이 있어서 왔다가……."

거기까지 말을 하던 두나는 깨달았다. 정신이 들었다고 생각했는데, 아니었다.

너무 놀라서 유현보다 더 중요한 걸 잊고 있었다.

두나는 다급하게 고개를 돌리고 쓰러진 지영을 불렀다.

"지영아! 정신 차려!"

"하나 씨 친구분이시군요. 저번에 뵈었던……."

유현은 심각한 얼굴로 혀를 찼다. 그는 두나가 지영에게 다가가려는 걸 막았다.

"흥분해서 흔들면 도리어 위험할 수 있어요. 머리를 부딪쳤을지도 모르니까요."

"아……!"

그 말에 두나는 고개를 끄덕이며 지영의 몸에 뻗으려던 손을 멈췄다.

그래도 제발 지영이 정신 차리기를 빌며 그녀의 이름을 소리쳐 불렀다.

“지영아! 정신 차려! 괜찮아? 지영아!”
유현이 두나에게 물었다.
“혹시 구급차 불렀어요?”
두나는 막 고개를 저으려다 깨달았다. 정말 정신을 놓긴 한 모양이다.
지영의 사고에 너무 놀라 달려 내려오느라 잠깐 일행을 잊어버린 것이다.
‘게다가 희성 씨가 의사잖아!’
그는 자동차 사고로 잠시 기절한 두나에게 응급처치를 해준 적도 있었다.
“맞아! 의사가 있어요!”
그녀는 고개를 들었다. 그리고 희성과 그녀가 앉았던 가게의 테라스 자리를 바라보았다. 하지만 그 자리는 여전히 텅 비어 있었다.
‘그러고 보니까 어딜 간 거야, 이 사람? 그것도 이렇게 꼭 필요한 순간에……!’
희성의 이름이라도 부르면서 레스토랑을 뒤져봐야 하나 하던 참이었다.
익숙한 키와 체구를 가진 남자가 조금 전까지 바라보던 레스토랑 건물에서 뛰어나왔다.
그는 당혹스런 얼굴로 그녀를 보고 뛰어온다.
그의 입이 열렸다. 당장에라도 ‘두나 씨!’라고 부를 듯이.
‘아, 안 돼!’
두나는 그를 보고, 동시에 유현을 보았다.

그리고 희성에게 달려가며 일부러 희성의 목소리를 묻어버릴 만큼 크게 소리를 질렀다.

“희성 씨! 여기, 여기 사고가 났어요!”

두나는 알지 못했으나, 유현은 자신이 잡고 있던 손을 놓고 희성에게로 달려가는 두나의 뒷모습을 기묘한 눈초리로 바라보았다.

두나는 희성에게 한달음에 달려간 다음 작은 목소리로 속삭였다.

“저, 저기…… 지금 자세하게 설명할 시간이 없는데, 지금 저 두나라고 부르시면 안 돼요.”

“왜요?”

두나는 희성의 손을 잡아끌며 나직이 속삭였다.

“하나의 제일 친한 친구가 사고를 당한 상황이라 제가 뛰어나온 거예요. 게다가 하나네 직장 상사도 옆에 있어요.”

희성은 알았다는 듯이 고개를 끄떡였다. 그리고 바로 현장 상황으로 대화 주제가 넘어갔다.

이번에는 주변 사람들이 다 들을 수 있을 정도로 큰 소리였다.

“교통사고인가요?”

“네. ‘제’ 친구가 사고를 당했어요!”

두나는 희성을 데리고 다시 몰려든 인파를 헤쳤다.

“잠깐만요! 비켜주세요! 이분 의사예요!”

그 말에 사람들이 옆으로 비껴 자리를 만들어준다.

그러나 아까 전보다 사람이 더 많이 몰려서일까, 사람 틈새로 파고 들어가기가 힘에 겨웠다.

절로 신음이 터진다.

"윽!"

그런 그녀를 희성이 감싸가며 앞으로 나아간다. 의도한 일은 아니겠지만, 희성의 넓은 어깨와 팔이 그녀의 어깨를 감쌌다.

희성은 마치 보디가드라도 되는 것처럼 두나를 자신의 몸으로 보호해주고 있었다. 그 체온과 체취가 확 강렬하게 와 닿는다.

두나는 다시 심장이 멋대로 날뛰려 드는 것을 간신히 누르며 열심히 인파 속을 헤치고 나아갔다.

"비켜주세요!"

마침내 그녀의 손이 사람들이 만든 벽 안쪽, 지영과 운전자가 기절해 있는 곳으로 빠져나왔다.

그때 따스하고 단단한 손이 그녀의 손을 마주 잡았다. 그리고 강하게 끌어당겼다.

그녀의 다른 손은 희성의 손을 잡은 채였다.

'아!'

그들을 빙 둘러싼 사람의 벽 사이에서 이 셋은 기묘한 구도로 서로를 마주 보았다.

두나의 한 손을 잡아 끌어당긴 유현과 두나의 다른 손을 꼭 잡고 있는 희성.

그리고 그 둘 사이에 끼어 두 남자와 모두 손을 잡고 있는 애매한 상황이 된 안두나.

"……."

"……."

"……."

그림으로 그린 듯한 삼각구도다.

뭐라고 말로 표현하기 난감한 침묵이 잠시 그들 사이에 내려앉았다.

'뭐, 뭐지? 왜 이렇게 껄끄러운 거지?'

두 남자와 손을 잡고 그들 사이에 끼어 있는 상황이 뭐라고 말하기 힘들 정도로 애매하고 이상했다. 가슴이 뭔가에 꽉 막힌 것 같다.

꼭 본인이 잘못을 하고 있는 것 같은 느낌?

'나, 난 아무것도 잘못한 게 없는데?'

그럴 기회도 없었는데 말이다!

어쨌든 지금은 미묘하고 난감한 기류를 더듬고 있을 상황이 아니었다.

두나는 우선 희성을 지영에게로 이끌었다.

"제 친구인데 차 사고를 당했어요!"

두나는 자신의 시선 뒤에서 두 남자가 서로를 미묘한 표정으로 보고 있는 것을 미처 눈치채지 못했다.

희성은 곧 유현에게서 시선을 떼고 지영에게 다가갔다.

"자동차 사고라고 했죠?"

"네."

"다리에 깁스를 한 상태네요."

두나는 한숨을 쉬었다.

"네. 며칠 전에도 자동차 사고로 다쳤는데, 아침에 계단에서 또 사고를 당했다는 소식을 들었어요. 그런데 또……. 이게 대체 무슨 일인지 모르겠어요."

며칠 사이에 벌써 세 번째다.

희성은 지영의 상태를 살폈다. 눈꺼풀을 들어보고, 손톱을 눌렀다가 떼어본다. 가슴께에 잠시 귀를 대고 심장 박동 역시 확인하는 듯했다.

유현이 무거운 표정으로 두나의 상태를 걱정했다.

"괜찮아요, 하나 씨? 친구분이 사고를 당해서 많이 당황한 것 같은데……."

"아, 아……! 저, 전, 괜찮아요."

그때였다. 희성이 고개를 들었다.

"일단 크게 다친 덴 없어 보이네요. 하지만 머리는 어떤지 모르니 빨리 병원으로 옮겨서 검사를 받게 해야겠어요."

유현이 침착하게 말했다.

"119 불렀어요. 곧 도착할 겁니다."

희성은 고개를 끄덕였다.

"제가 근무하는 병원으로 가면 됩니다."

미묘하게 서로를 바라보는 세 사람의 등 너머로 멀리서 다가오는 사이렌 소리가 들리기 시작했다. 그 소리에 두나는 남몰래 안도의 한숨을 쉬었다.

어째서인지 모르겠지만 지나칠 정도로 긴장했었던 것이다.

* * *

하나는 지영의 사고 소식에 경악했다. 두나의 전화를 받고는 거의 기절할 뻔했다.

당연했다. 며칠 전에 차 사고를 당한 친구가 아침에 또 계단에서 사고를 당해 하나가 병원에 데리러 갔었다.

그런데 그 친구가 같은 날 저녁에 또 사고를 당해서 응급실에 실려 갔다니. 어찌 놀라지 않을 수 있겠는가.

하나는 떨리는 목소리로 외쳤다.

-내가, 내가 갈게!

두나는 하나를 잘 알았다. 어찌 보면 하나 자신보다 더. 그래서 지금 하나가 얼마나 놀라고 걱정하고 있는지 마치 손바닥을 보듯이 훤히 알 수 있었다.

그러다 문득 그런 생각이 들었다.

'하나는 내가 다치는 걸 더 슬퍼할까, 지영이가 다치는 걸 더 슬퍼할까?'

의미 없는 생각이다. 두나가 다치면 하나는 두나를 다시 자신의 안으로 불러들이면 그만이니까.

그리고 다시 두나를 내보내면, 두나의 상처는 없었던 것이 된다. 매번 두나의 육체는 하나의 모습을 그대로 복사해서 만들어지므로.

완전한 하나의 객체로서 분리된 삶을 살아본 적 없는 두나의 존재는 하나에게 자신의 일부나 마찬가지였다.

언제 떠올려도 씁쓸한 현실.

두나는 그런 생각을 지그시 누르며 대답했다.

"아니야. 일단 지금 희성 씨 일하는 K대 병원이고, 희성 씨가 직접 보고 있으니까 걱정하지 않아도 돼."

-그래도 내가……!

전화기 너머에 있는 하나는 거의 패닉 상태였다. 두나는 자기라도 침착성을 잃지 말아야겠다고 다짐하며 차분한 목소리로 상황을 설명했다.

"일단 크게 다친 거 같지는 않으니까 내일 와서 봐도 될 거야. 입원생활에 필요한 물건들도 가져와야 할 테니까 미리 준비해둬. 내가 오늘 대략적인 검사 결과 나오는 거 보고 가서 얘기해줄게."

그리고 지금 하나가 여기 오는 건 여러모로 곤란했다.

누가 듣는 것도 아닌데 절로 목소리가 낮아졌다. 속삭이는 듯이.

"그리고 지금 여기 유현이 와 있어."

-뭐? 강유현이 왜 거기 있어?

그렇게 묻는 하나의 목소리에는 늘 그렇듯 유현에 대한 적대감이 노골적으로 묻어났다.

"사고 현장에서 마주쳤어. 아무튼 그러니까 지금 네가 여기 달려오면 상황이 복잡해질 거야."

-알았어. 어쩔 수 없지…….

하나는 마침내 납득하고 물러났다. 두나는 나직이 웃으면서 하나를 위로했다. 자신이라도 침착해야 더 놀라고 걱정하는 하나를 조금이라도 안심시킬 수 있을 테니까.

"그래, 그래. 너무 걱정하지 마. 지영이 크게 다친 거 같지는 않으니까."

-그래. 상황 변하면 꼭 연락 주고!

"응. 걱정 마. 정말 위험하다 싶으면 바로 너 오라고 전화할게."

그렇게 하나에게 상황보고를 마친 두나는 하나가 통화를 끝내며 남긴 말을 듣고 조금 놀랐다.

-그런데 네가 이렇게 침착하게 타이르는 거 들으니까 꼭 내가 동생이 된 기분이다.

"……."

그 말을 듣자 두나는 무어라고 표현하기 힘든 감정이 가슴에서 넘실거리는 것을 느꼈다.

하나가 말한 건, 늘 두나가 하나에게 느끼던 감정이었다.

늘 모자라고 천방지축으로 굴던 그녀를 언니처럼 어머니처럼 걱정하고 꾸중하던 하나.

그런데 그런 하나에게 이런 말을 듣게 되리라고는 상상도 하지 못했다.

갑자기 조금 자신이 성장한 듯한 기분이 들었다. 물론 몸이 아니라 영혼이.

그런 뿌듯한 기분.

"……."

전화를 끊고도 두나는 영문 모를 감동에 사로잡혀 잠시 멍하니 서 있었다. 그렇게 조금은 어깨를 펴고 뒤돌아섰을 때였다.

두나는 뒤에서 자신을 바라보는 두 남자와 동시에 눈이 마주치고 말았다.

바로 그들이다.

희성과 유현.

두 사람이 조금 전과 동일하게 애매한 거리에 서서 그녀를 물끄러미 바라보고 있었다.

"아……!"

뭐라고 표현할 수는 없는데, 어쩐지 뭔가 크게 잘못을 한 기분이 들었다.

애매한 침묵이 다시금 세 사람 사이에 내려앉았다.

먼저 난처한 상황을 깨트린 것은 유현 쪽이었다. 그는 평소의 부드러운 목소리 그대로, 그러나 어쩐지 모르게 약간은 거슬리는 어조로 물어왔던 것이다.

"그러고 보니까 오늘 저녁에 약속이 있다고 일찍 가셨죠? 데이트 약속이었나 봐요?"

그는 그렇게 말하며 흘긋 희성을 곁눈질로 본다. 그 말이 방아쇠 역할을 했다.

두 남자 사이에 기이할 정도로 팽팽한 긴장감이 일시에 밀려 올라왔다. 둔하기 짝이 없는 두나지만 이 이상한 긴장감은 생생하게 느낄 수 있었다.

그녀는 굳은 채로 눈동자만 떼로록 굴려서 두 남자를 번갈아 보았다.

'이, 이 분위기 대체 뭐지?'

그녀는 진심으로 혼란스러웠다. 어쨌건 지금은 이런 사소한 일에 신경 쓰고 있을 때가 아니다. 두나는 사고의 방향을 돌렸다.

"아, 아하하! 네, 비슷해요!"

유현은 부드럽게 웃었다. 목소리도 미소처럼 부드러웠지만 그 속에는 뼈가 있었다.

"데이트면 데이트지, 비슷한 건 또 뭘까요?"

두나는 말문이 막혀 우물쭈물했다.

그때였다. 희성이 두나의 옆에 다가서 두나의 어깨를 두 손으로 안으면서 당당하게 말했다.

"네, 데이트 맞아요."

"희, 희성 씨!"

두나는 당황해서 두 팔을 마구 휘저었다. 희성은 꿀이 뚝뚝 떨어질 것 같은 목소리로 유현에게 보란 듯이 두나에게 사과했다. 갑자기 어디서 튀어나온 건지 영문 모를 사과를.

"회사에는 알리고 싶어 하지 않았지만 어쩔 수 없죠. 미안해요."

두나는 기겁했다.

"네?"

이건 꼭 회사에는 연애 사실을 숨기기로 한 연인의 한쪽이 다른 쪽에게 하는 말로밖에 안 들리지 않나!

희성이 고개를 돌렸다. 이제 그는 꽤나 노골적으로 유현을 정면으로 바라보고 있었다. 경계하는 시선.

그의 폭탄 발언은 그대로 쭉 이어졌다.

"우리 서로 호감을 가지고 만나고 있거든요."

그가 던진 폭탄이 기어이 '펑!' 하고 터졌다.

두나는 결국 여기가 병원 복도인 것도 잊고 빽 소리를 지르고 말았다.

"희, 희성 씨! 무슨 말도 안 되는 소리예요!"

기차화통을 삶아먹은 목소리에 희성은 잠시 미간을 찌푸렸다가 남자치고는 고운 검지를 입술 가운데 세웠다.

"쉿. 여기 병원이에요."

"아, 그, 그건 그러네요. 죄송해요."

두나는 급하게 고개를 돌려 유현에게 설명했다.

"하하. 방금 전 한 말은 희성 씨가 장난치신 거예요."

속을 알 수 없게 단단히 굳어 있던 유현의 표정이 천천히 풀린다. 그의 대답은 예상외의 것이다.

"그럴 거라고 생각했어요."

"네?"

유현은 누군가에게 보란 듯이 당당하게 웃어 보였다.

"그야…… 전 하나 씨 대학 동기니까요. 하나 씨 남자친구 직접 본 적은 없지만 여자 동기들 사이에서 유명했어요. 엄청난 미남이라고 말이죠."

그건 사실이다. 예준은 하나의 동기들 사이에서 부러운 친구 남친 1위 자리를 졸업 때까지 줄곧 지켜냈다.

두나는 웃으며 고개를 끄덕였다.

"네, 맞아요. 기억하실 줄은 몰랐네요. 아무튼 희성 씨는 제…… 남자친구의 아주 친한 형님이세요. 오늘 약속도 그, 남자…… 친구 일로 만난 거예요."

예준을 지칭하면서 남자친구라고 하려니 혀가 꼬인다.

두나의 머릿속으로 질투심에 불을 뿜는 하나의 표정과 남극처럼 차게 가라앉아 두나를 바라보는 예준, 그 한 쌍의 바퀴벌레 같은 커플의 모습이 스쳐 지나간다.

'내가 일부러 그런 거 아냐! 이건 사고 같은 거라고!'

두나는 그렇게 상상 속에서 화내는 무서운 두 사람에게 변명을 했다.

유현은 부드럽게 웃었다.

아, 평소의 유현 같다. 이제야.

"그러셨군요."

희성은 마주 웃으며 답했다.

"뭐, 그렇다고 해두죠. 그런데 대학 동기라면서 서로 존대를 하다니…… 별로 안 친하신 모양입니다."

유현은 잠시 침묵하다가 받아쳤다.

"하나 씨가 워낙에 공과 사를 구분하고 싶어 하셔서요."

"아, 지금도 공적인 자리인 모양이네요."

파지직!

분명히 아무것도 없는데도 어쩐지 두 남자의 시선 사이에서 불꽃인지 번개인지 모를 것이 튀는 듯한 착각이 들었다.

그럴 리 없는데 말이다. 오늘 처음 만난 두 사람 사이에는 호의든 악의든 싹틀 여유가 없었다.

그들 사이의 연결고리래야 두나 자신뿐이고.

물론 인간관계에도 궁합은 있는 법이다.

처음 만나도 준 거 없이 미운 사람도 있을 수 있고, 얻은 것 없는데 고운 사람도 있을 수 있다.

두나는 그냥 그렇게 생각하고 넘어가기로 했다. 그 이상은 고민할 여력이 없었다.

두 남자의 애매한 신경전은 꽤 오래 이어졌다. 실제 시간이야 길지 않았지만, 사이에 낀 두나에게는 억겁의 세월처럼 길게 느껴졌다.

이 기묘한 대치가 끝난 것은 희성이 환자의 상태를 보기 위해 먼저 자리를 뜨면서였다. 유현 역시 집으로 돌아가야 했기에 두나는 유현을 배웅하기 위해 병원 엘리베이터 앞까지 따라 나왔다.

두나는 여전히 제정신을 찾지 못하고 횡설수설했다.

"그, 그러니까…… 조심해서 들어가세요. 지난번에 손민형 사고도 그렇고……. 요새 이상하게 사고가 많네요. 지영이는 오늘 아침에 사고를 당했는데, 또 당한 거라고 하고요. 운전 조심하세요!"

그 말에 유현 역시 두나를 걱정했다.

"역시 같이 가는 게 좋겠어요. 하나 씨 집까지 제가 모셔다드릴게요."

두나는 화들짝 놀라서 고개를 저었다.

"아, 아니에요! 저는 지영이 상태 보고 집으로 갈게요. 그, 그리고…… 아! 남자친구가 오겠다고 했어요. 그러실 필요 없어요. 그리고 오늘 감사했어요. 지영이랑은 모르는 사이이신데 병원까지 따라 와주시고……."

유현은 늘 그렇듯 상냥했다. 목소리도 표정도. 그런데 왠지 모르게 오늘은 밑바닥에 기묘한 불쾌감이 앙금처럼 떠돈다.

"모르는 사이라뇨. ……하나 씨 친구분이면 저와도 남은 아니니까요."

정말이지 쓸데없이 상냥하고 다정한 것은 유현의 장점 같은 단점이다. 이럴 때마다 두나가 억누르려 하는 감정이 이렇게 멋대로 날뛰어버리니 말이다.

어쩐지 기뻐서, 두나는 마음에서 우러나오는 미소를 짓고 말았다.

"그렇게 말씀해주셔서 고마워요."

"예의상 하는 말 아니에요."

"네. 알아요."

유현은 늘 친절하다. 늘 진심으로 다정하다.

'하나'에게.

그리고 모두에게.

대놓고 자신에게 적대감을 불태우던 하나에게까지 참 다정하고 상냥하던 사람이 유현이다.

과 내에서 누구도 좋아하지 않던 성격 안 좋고 협조성 없던 복학생에게까지도 먼저 다가가 손을 내밀곤 하던 것이 그였다.

그러니 이런 친절은 딱히 특별할 것도 없는 일이었다.

잘 알고 있었기에 한순간이라도 착각하는 사고는 벌어지지 않을 수 있었다. 정말 다행이다.

그때, 전혀 예상하지 못한 유현의 질문이 두나의 머리를 강타했다.

"그런데 아까 그분 진짜 남자친구 아닌 거 맞아요?"

두나는 고개를 절레절레 저었다. 조금만 세게 흔들면 그대로 목이 빠질 정도로 세게.

"아, 아니에요! 절대 아니에요! 그냥 남자 사람 친구예요! 그, 희성 씨가 원체 장난기가 많아서 저런 거예요! 농담이 좀 과격해서요! 하, 하하하하!"

두나의 강한 부정에 잠시 놀란 표정을 하던 유현은 다시 부드럽게 웃었다. 어쩐지 조금 만족스럽게 보이는 건 착각인 걸까?

"다행이네요. 안심했어요."

"네?"

두나는 당황했다.

'지금 뭐라는 거야, 얘가?'

그 말에 두나를 들었다 놨다 하듯이, 유현의 말이 이어졌다.

"하나 씨를 안전하게 집에 데려다주실 분들이 많으니까 안심했다는 말이에요."

두나는 간신히 평정을 찾았다.

"네. 그, 그렇죠! 하하."

띵!

그사이에 엘리베이터가 도착했다. 두나는 민망함과 껄끄러움을 애써 숨기며 말했다.

"그러면 이만 가보세요. 저도 병실로 다시 들어가볼게요."

유현도 고개를 끄덕였다.

"그래요. 오늘 많이 놀랐을 텐데, 내일은 쉬어요."

"네?"

"내가 팀장님께 따로 말씀드려 놓을게요. 안 그래도 얼마 전에 안 좋은 사고 목격했는데, 오늘은 친구분 사고까지 목격했잖아요. 지금은 멀쩡한 거 같아도 충격 많이 받았을 거예요. 좀 쉬세요."

유현은 그렇게 말하고는 돌아갔다.

엘리베이터 문이 닫히는 것을 보며, 두나는 깨달았다.

"……."

맞는 말이다. 기묘한 우연이었다. 너무나도 이상한 우연.

두 번의 사고.

두나는 양쪽 모두의 목격자였다.

잠시 혼란스러워 잊고 있던 것이 유현의 말 덕분에 기억났다.

'게다가…… 두 사고에서 모두 그 가해자에게서 검은 그림자를 봤어.'

사고의 가해자 주변에서 일렁이다 사라진 검은 그림자.

'이게 정말 우연인 걸까?'

두나는 불길한 예감에 휩싸였다.

다행히도 이 일에 대해 물어볼 수 있는 사람이 가까이 있었다. 게다가 질문 외에도 조금 전의 만행에 대해서도 추궁을 해야 한다.

두나는 조급하게 병실로 되돌아갔다.

* * *

희성이 다른 환자를 보고 지영의 병실로 돌아온 것은 조금 시간이 흐른 뒤였다. 두나는 그를 보자마자 붙잡고 사고에서 본 것을 설명하기 시작했다.

희성의 매끈한 얼굴이 기묘하게 일그러졌다.

"검은 그림자를 또 봤다고요?"

"네! 지영이를 친 운전자가 차에서 빠져나왔을 때 봤어요. 까만 것들이 그 사람 주변에서 일렁거리다가 슥 하고 사라지는 걸요! 제가 전에 본 조명 추락사고 때랑 똑같았어요!"

두나는 한숨을 쉬었다.

"타이밍만 잘 맞았으면 희성 씨도 보실 수 있었을 텐데 말이에요. 희성 씨가 직접 보는 게 제일 확실하잖아요. 그러고 보니 왜 그렇게 길게 자리를 비우신 거예요?"

두나는 말을 하다가 새삼 억울함을 느꼈다.

그때 레스토랑 테라스에서 희성이 생각보다 빨리 오지 않아서 꽤나 난처해하며 기다리던 기억이 떠오른 것이다.

그녀의 추궁에 희성의 얼굴에 말로 표현하기 힘든 기묘한 표정이 떠오른다.

"음. 그게…… 조금 긴장이 되어서요."

긴장?

그러고 보면 희성은 꽤 쑥스러워하고 있는 듯 보였다. 뭔가를 숨기고 싶어 하는 것처럼.

'뭐지?'

희성은 대놓고 말머리를 돌렸다.

"그건 나중에 이야기하죠, 우리. 어차피 중요한 일도 아니고. 그보다 사고 때 본 거 좀 더 자세하게 설명을 해줘요."

두나도 잠깐 떠오른 의문을 접었다. 실제로 이쪽 문제가 더 심각하고 중요한 건 맞는 말이었으니 말이다.

두 번의 사고.

두 번의 불길한 검은 그림자.

너무나도 기묘한 상황이 며칠 간격을 두고 연달아 벌어졌다. 게다가 그 결과로 사람이 다쳤다.

두나는 강박에 가까운 압박감을 느끼고 있었다.

그녀가 일련의 사건을 일으킨 원인 제공자도 아니건만 알 수 없는 책임감이 절로 어깨를 누른다.

두나는 등줄기가 서늘해지는 기분을 느끼며 두 사고의 공통점에 대해 설명했다.

두 사고에서 사고를 일으킨 사람들에게서 검은 그림자가 보였다가 사라졌다.

게다가 그 검은 그림자가 사라진 뒤에는 가해자들이 조종당하다 실이 끊어진 꼭두각시처럼 쓰러지거나 자신이 한 일을 기억하지 못하는 반응을 보인다.

"이상하죠? 절대, 정상이 아니에요!"

희성은 고개를 끄덕이며, 그녀의 말에 동조했다.

"안 그래도 검은 그림자에 대한 설명이 마음에 걸려서 지영 씨와 함께 실려 온 사고 가해자 쪽에도 들렀다 오는 길이에요. 다행히 그 사람은 벌써 의식이 돌아왔어요. 크게 다치지도 않았고요."

두나는 다급하게 물었다.

"어떤가요? 사고에 대해서 기억하고 있었나요?"

희성은 무거운 얼굴로 고개를 저었다.

"아니요. 사고에 대해서는커녕 사고가 벌어지기 약 30분 전부터 기억이 아예 없다고 하더군요. 거짓말을 하는 것 같진 않았어요. 술을 마신 것도 아니에요."

첫 번째 손민형 사고의 범인도 똑같은 증언을 했다는 기사 내용이 생각났다. 두나는 골똘히 생각에 빠진 채 중얼거렸다.

"손민형 사건의 범인도 그런 말을 했어요. 자신은 아무것도 기억이 안 난다고. 기사에 음주 얘기도 없었고요. 게다가…… 두 번 다 그 그림자에서는 분명한 악의가 느껴졌어요. 사람의 악의였어요."

두나는 확신했다.

희성의 말에 따르면, 일반인보다 영체에 가까운 두나의 '그런 것'에 대한 감은 상당히 정확한 편일 거라고 했다.

그리고 두나는 지금 확신할 수 있었다.

'그 그림자는 사람의 악의에서 비롯한 거야.'

희성의 얼굴에 짙은 그림자가 졌다.

"그렇다면 생령의 일종일 가능성이 높겠네요."

"생령이면 살아 있는 사람의 혼 말인가요?"

"네. 본인이 의도하든 의도하지 않든 살아 있는 사람의 의지가 일부 떨어져 나와서 작용하는 힘인 거죠."

희성은 잠시 침묵하다가 결론을 내렸다.

"누군가가 악의를 가지고 사람을 조종해서 연쇄적으로 사고를 일으키고 있는 거예요."

그 목소리가 마치 망치로 두나의 뒤통수를 내려치는 듯 들렸다.

* * *

두나가 하나에게 지영의 상태는 크게 걱정할 것 없을 거라 한 장담은 빗나가고 말았다.

다음 날 아침, 희성은 심각한 목소리로 하나와 두나를 불렀다.

어제 검사 결과가 나왔다는 것이다. 급하게 달려온 예준이 두 사람을 병원으로 데려가주었고, 병실에서도 함께했다.

두나는 희성이 안내해주는 병실의 위치가 바뀐 것만으로도 상황이 어제에 비해 심각해졌다는 것을 깨달을 수 있었다.

어제 지영이 입원해 있던 곳은 2인실이긴 했지만, 일반 병실이었다. 그러나 지금 이곳은 집중치료실이다. 그들은 병실 안으로 들어가지 못하고 치료실 병상에 누운 지영을 유리창 너머로 보며 이야기를 나누어야 했다.

희성은 가라앉은 목소리로 하나에게 물었다.

"이지영 씨의 가족분을 부를 수 있나요?"

하나의 안색이 새파랗게 질렸다.

"그, 그렇게 위험한 건가요?"

희성은 하나를 안심시키려 애쓰며 동시에 현 상황을 최대한 객관적으로 설명하려 노력했다. 어찌 보면 따뜻한 아이스 아메리카노를 만들려는 노력과도 비슷한 일이었다.

"진정하세요. 당장 위독한 상황은 아닙니다. 하지만……."

잠깐의 침묵이 더없이 불길하게만 느껴졌다.

"……지금 뇌 내에 출혈이 보입니다."

"뇌, 뇌출혈이라는 건가요? 수술을 해야 하는 건가요?"

희성은 고개를 저었다.

"당장은 아니에요. 뇌가 많이 부어서 힘들기도 하고, 저 정도의 출혈량은 지켜보다 보면 모세혈관으로 흡수되기도 하니까요. 그래도 만약 사태가 악화되면 수술이 필요할 수도 있습니다. 그러니 동의서에 사인하실 수 있는 가족분이 와주셔야 해요."

하나의 안색이 새하얗게 질린다.

대신 대답한 것은 두나였다.

"지영이 가족은 부모님뿐인데, 아버지는 중학교 때 돌아가셨고 어머니는 대학 졸업할 때쯤에 돌아가셨어요."

"그러면 보호자로 오실 수 있는 가족분이 하나도 없는 거군요."

하나가 여전히 하얗게 질린 얼굴로 유리창 너머의 지영을 바라보며 고개를 끄덕였다.

무거운 침묵이 복도에 내려앉았다.

희성은 잠시 두나 일행과 떨어져야 했다. 사고 뒤처리를 위해 나온 경찰들에게 지영과 사고 가해자의 상태를 설명해야 했던 것이다.

희성의 설명을 들은 경찰이 난감하게 혀를 찼다.

"……그러면 환자가 못 깨어날 수도 있다는 거네요."

희성은 잠시 하나 쪽을 흘끔 보았다. 목소리가 절로 낮아진다.

"네, 그럴 가능성도 없지는 않습니다."

경찰의 목소리에서는 약간의 분노가 묻어났다.

"이번에도 음주운전일 수도 있겠네요. 가해자 쪽에 전과가 있는데 전에는 피해자가 아예 식물인간이 되었어요. 이거 가중처벌 될 수도 있겠는데요."

그 말에 희성이 고개를 저었다.

"혈중 알코올 농도는 정상입니다. 술은 입에도 안 댄 상태예요."

경찰은 고개를 절레절레 저었다.

"그러면 술 마신 것도 아니고, 맨정신으로 갑자기 인도로 차를 밀고 들어왔다는 거네요."

병실 복도의 공기가 한층 더 무겁게 가라앉았다.

희성에게 청취를 마친 경찰들은 가해자가 입원한 병실로 향했다. 그쪽에 보호자가 도착했다는 것이다.

* * *

결국 지영의 보호자 역할은 하나가 맡기로 했다.

하나는 거의 제정신이 아니었다. 가장 친한 친구가 며칠 사이에 세 번 연달아 사고를 당해서 기어이 입원까지 했다. 바로 달려오지도 못했던 상황이 그녀의 자책감을 더욱 자극했던 것 같다.

아직 깨어나지 못한 지영을 유리창 너머로 지켜보며 하나는 거의 울 것 같은 얼굴로 중얼거렸다.

"역시…… 내, 내가 하루 종일 같이 있을 걸 그랬어!"

두나 역시 지영의 불행한 사고에 안타까움을 느끼고 있지만, 하나만큼 가슴이 무너질 것 같은 고통을 느끼지는 않았다. 저런 자책감 역시.

그보다는 불행한 사고로 인해 하나가 슬퍼하는 것이 더 마음 아팠다. 두나는 손을 뻗어 하나를 끌어안고 그녀를 위로해주려 애썼다.

"괜찮아. 괜찮을 거야. 하나야."

"응, 으응……."

두나의 품 안에 파고드는 하나의 어깨가 유달리 작게 느껴졌다. 가슴팍이 젖어드는 걸 두나는 모른 척해주었다.

그런 그들을 예준은 애매한 표정으로 보고 있었다.

"……고맙다."

그 말과 함께 자신의 앞에 내밀어진 손을 보고 두나는 눈을 동그랗게 떴다.

손을 내민 당사자는 예준이었고, 그는 직접 사온 것으로 보이는 커피를 그녀에게 내밀며 이렇게 말한 것이다.

"우와, 저기, 예준 오빠……. 저 방금 제대로 들은 거 맞아요?"

예준의 잘생긴 미간에 주름이 갔다.

"……맞아. 그나마 네가 옆에 있어줘서 다행이야. 내가 최선을 다해도 모자란 부분은 있는 거니까."

두나는 솔직하게 웃었다.

"오빠한테 그런 말 들으니까 저 좀 성장한 거 같은 기분이 들어요. 늘 오빠나 하나한테 폐 끼치고 혼나기만 했는데."

예준은 한숨을 쉬었다.

"나도 얼떨떨하다. 내 입장에서는 하나를 먼저 생각할 수밖에 없으니 늘 네 존재 자체가 하나에게 해만 된다고 생각했었는데……."

두나는 씁쓸하게 웃었다.

"진짜로 계속 그랬었으니까요."

예준은 손을 뻗어 두나의 어깨를 두드려주었다.

"내가 잘못 생각했었어. 사실 네가 나쁜 애가 아닌 것도 알고 있고, 네가 자신만의 욕망이나 삶을 가지고 싶어 하는 것도 네 입장에서는 당연한 일인 것도 알면서…… 좀 너무했었다는 생각도 든다."

"오빠……."

두나의 눈이 감격에 젖어들었다. 예준은 진심으로 말을 이었다.

"미안했다."

"아니에요."

다시금 두나의 가슴은 뿌듯함으로 가득 차올랐다.

자신에 대한 확신이 조금 생긴 뒤로 주변에도 도움을 줄 수 있는 제대로 된 '사람'이 된 기분이 들었다.

태어난…… 아니 이 세상에 나타나게 된 이후 처음으로.

'진짜 온전한 사람이 된 것 같은 기분이야.'

덕분에 두나는 늘 위축된 채 대할 수밖에 없던 예준의 앞에서 처음으로 당당하게 웃어 보였다.

예준은 두나의 미소를 보며 새삼 놀랐다. 인상이 완전히 달라져 보이는 탓이 컸다.

하나와 두나는 쌍둥이 이상으로 닮았지만, 하나의 연인인 예준은 두 사람을 구별할 수 있었다.

이는 두나가 개별적인 개성을 확립해서 두 사람을 구분할 수 있었던 것이 아니었다.

물론 처음보다는 '두나다운 개성'이라는 것이 생겨나긴 했으나, 극히 미약했었다. 이제 시작되는 단계에 불과했었다.

얼마 전까지는.

'그런데 지금은 달라, 완전히.'

뭐라고 콕 집어 표현하기는 애매하지만, 하나와는 분명하게 다른 무언가가 이미 확실하게 자리를 잡았다.

덕분에 예준은 두나를 볼 때마다 느꼈던 꺼림칙함과 경계심을 조금 누그러뜨릴 수 있었다.

때때로 그에게 두나는 언제 하나의 인생을 잡아먹으려 들지 알 수 없는 괴물로 느껴졌었기 때문이다.

두나의 어리숙한 성격을 보면 말도 안 되는 일이라고 생각하면서도 끝내 의심을 버리지 못했었다.

……지금까지는.

지금의 두나는 확실하게 하나와는 다른 사람처럼 보였다.

예준은 안도했다.

처음으로 그런 불안감이나 거리낌 없이 두나 자체를 볼 수 있을 것 같다는 예감이 들었다.

그에게도 꽤나 기분 좋은 예감이다.

'잘된 일이지.'

그렇게 생각을 정리한 예준은 조금은 편하게 두나에게 궁금한 내용을 물을 수 있었다.

"그런데 너, 희성 형이랑은 무슨 관계냐?"

예준은 어제 그리고 오늘 자신과 통화하며 희성이 하던 말들을 떠올렸다.

'두나 씨가 하나 씨 걱정 많이 하더라.'

'두나 씨 얼굴 봐서 내가 특별히 신경을 많이 썼어. 너 감사해라.'

예준은 황당해하며 이렇게 되물었었다.

'두나 얼굴 봐서? 내 얼굴은 안 보고?'

희성과 예준의 인연은 꽤 오래되었다. 희성이 아직 고등학생일 때 예준의 할머니인 지리산 만신님에게 신세를 지게 되면서 시작된 인연이었다. 근 10년을 넘었다.

실제로 희성은 은인이라 할 수 있는 만신님께 깍듯했고, 그 손자인 예준을 상당히 신경 써주었다.

그런데 만난 지 겨우 한두 달 지난 두나를 자신보다 더 신경을 쓰고 있다니.

기분이 나쁘다기보다는 황당하고 신기했다. 두나에게 이런 말을 하면 절대 믿지 못하겠지만, 예준이 아는 희성은 마음의 벽이 단단한 사람이다. 결코 타인에게 쉽사리 벽을 허물지 않는다.

원체 오지랖이 넓고 참견도 많이 해대는 성격이라 다들 그런 희성의 본모습을 쉽게 눈치채지 못한다. 그러나 희성과 오래 알아온 예준은 잘 알고 있었다.

본래 성격인지 혹은 과거에 겪은 일 때문인지는 모르겠지만, 희성은 기본적으로 사람을 상당히 불신하는 성격이다.

그러면서도 조금이라도 영적인 일에 안 좋게 얽힌 사람을 보면 그냥 지나치지 못했다. 자신이 위험해진다 해도 도우려 한다.

과거 자신이 구하지 못한 이를 대신하기라도 하려는 듯이.

'왜 그러는지 이해 못하는 건 아니지만…….'

그렇게 온갖 오지랖을 부리던 사람이 막상 구한 이가 이제 안전하다는 것을 확인한 뒤에는 차갑게 선을 긋는다.

저 외모와 직업으로 위기에 처한 사람에게 손을 내밀다 보니 당연히 도움을 받는 사람 입장에선 백마 탄 왕자님으로 보일 것이다. 많은 여성들이 희성에게 약간이라도 도움을 받은 뒤에는 그에게 이성적으로 대시하려 했다. 그러나 그 모든 접근을 희성은 칼처럼 쳐냈다.

'두나는 뭔가 위험에 처한 게 아니잖아?'

그가 두나에게 관심을 가지게 된 것도 저 오지랖 때문이니 처음에는 이상하게 생각하지 않았다.

귀신에 씐 줄 알고 구해주려 한 것이니까.

그러나 두나에 대한 희성의 태도가 갈수록 이상해 보였다.

'아무 이상도 없는 사람을 상대로 형이 저렇게 지속적으로 관심을 가진 적이 있었나?'

여기서 떠오르는 답은 하나뿐이다. 매우 암담하고 희성의 취향을 의심할 수밖에 없지만, 그렇게밖에 해석이 안 된다.

'이건…… 아무리 봐도 그건데…….'

그래서 예준은 두나에게 이렇게 물을 수밖에 없었던 것이다.

너희들 대체 무슨 관계냐고.

예준의 질문에 두나는 눈을 토끼처럼 동그랗게 떴다.

"희성 씨랑 제가 무슨 관계냐고요?"

"그래."

두나는 배시시 웃었다.

미소가 얼굴 가득 차올라서 견디지 못하고 줄줄 흘러내리는 것 같은 그런 기묘한 표정이었다.

'뭐, 뭐지……. 설마…….'

그가 모르는 사이에 이렇게 빨리 역사가 이루어진 건가? 무려 쌍방향으로?

두나는 자랑스럽게 가슴을 폈다. 그리고 오른손으로 V자를 그려 보이며 당당하게 자랑했다.

"친구예요! 베스트 프렌드! 저도 이제 하나처럼 친구 있다고요!

하나의 친구가 아니라 두나의 친구!"

"……."

골목 안을 평정하고 유리구슬과 딱지를 전리품으로 획득한 일곱 살짜리 아이 같은 뿌듯한 표정이었다.

예준은 허탈한 표정으로 고개를 끄덕여주는 수밖에 없었다.

"그, 그래……. 축하한다……."

두나는 고개를 끄덕이며 종알종알거렸다.

"절 두나라고 불러주는 친구가 생기니까 진짜 좋아요!"

"……."

"게다가 부자라서 맛있는 밥이랑 술도 자주 사준다고요! 짱이죠?"

"……."

두나는 신나서 '친구' 자랑을 시작했다.

예준은 어쩐지 측은한 기분이 되어버렸다. 그대로 고개를 돌렸다. 하나에게 지영의 상태를 설명해주고 있는 희성의 모습이 보였다.

그는 희성을 아련한 눈빛으로 보았다. 어쩐지 동정심이 가득한 시선이었다.

'힘내. 형……. 꽤 오래 걸리겠네…….'

그는 말없이 속삭였다.

* * *

"미안해, 두나야."

하나는 두나에게 깊이 고개 숙였다. 두나는 손사래를 치면서 고개를 저었다.

"아냐, 아냐!"

"회사 일 다 너한테 떠넘기는 꼴이잖아. 정말 미안해."

"아니라니까! 지영이는 나한테도 남은 아니고, 이런 상황에서 그나마 내가 있어서 일 나눠줄 수 있으니까 차라리 다행이지."

두나는 씩 웃었다.

하나는 그런 두나를 보고 마주 웃었다.

"그래. 정말 다행이고, 고마워."

두나는 진심으로 기뻤다.

하나에게 도움이 되고, 감사 인사를 들을 수 있게 된 것이 아주 기뻤다.

늘 하나에게 도움이 될 수 있기를, 인정받을 수 있기를 바라왔음을 이제 와서야 깨닫는다.

두나는 조금 쑥스러워하면서 말문을 열었다.

"그리고 사실…… 내가 해결해보고 싶은 일이 생겼거든."

"해결해보고 싶은 일?"

두나는 하나가 지나치게 충격받지 않기를 바라며, 차근차근 설명을 시작했다.

손민형을 노린 조명 추락사고 때 그녀가 목격한 것과, 이번 지영이 당한 사고에서 목격한 것.

두나는 확신하고 있었다.

"두 사고가 뭔가 연관이 있는 게 분명해. 게다가…… 내가 그 검은 그림자에서 느낀 악의를 생각해보면…… 또 같은 사고가 벌어질 가능성이 높아."

"누가 의도적으로 이런 사고를 벌이고 있다는 거야? 지영이를 노리고?"

그렇게 되물으며, 하나는 집중치료실 안의 지영을 바라보고 주변을 조심스레 둘러보았다. 마치 누군가가 당장이라도 그들을 노리고 다가오지 않을까 경계하듯.

두나는 하나의 손을 잡았다.

"걱정 마. 여긴 희성 씨도 있고, 예준 오빠도 있으니까 안심해도 돼."

이런 영적인 일에 있어서는 특히나 믿음직한 존재가 그 두 남자였다.

"그, 그건 그렇겠지만……."

그렇게 수긍을 하는 듯하다가 하나는 불현듯 한 가지 사실을 깨닫고 두나에게 물었다.

"하지만 그거…… 엄청 위험한 일일 거 아냐?"

맞는 지적이다. 실제로 이미 피해자가 최소 두 명 이상 나오지 않았나.

게다가 두나의 말을 들어보면, 악의를 가진 누군가가 지속적으로 피해자들을 노리고 사고를 다시 일으킬 가능성이 높다는 소리다.

"네가 그 일을 해결하겠다는 소리는 범인을 찾아다니겠다는 얘기잖아. 범인이 널 그냥 두겠어? 저런 일을 벌일 수 있는 사람인데!"

하나는 다시 외쳤다.

"너무 위험해! 네가 굳이 그런 위험을 무릅쓸 이유가 없어!"

두나는 고개를 저었다.

"나도 위험한 건 잘 알아. 그래도 하고 싶어. 그리고 나름대로 대비책도 있는걸."

"무슨 대비책이 있다는 거야?"

두나는 씩 웃으며 주머니에서 무언가를 꺼냈다. 손거울이다.

"난 상황이 위험해지면 매개체를 깨서 바로 도망칠 수 있잖아. 좀 다쳐도 너한테 동기화했다가 다시 네가 빼내주면 회복도 바로 되고. 아마 나처럼 도망칠 수 있는 사람은 없을걸."

"……."

맞는 말이기는 했다. 거울 하나 깨서 신기루처럼 슥 하고 사라져서 도망칠 수 있는 사람이 세상에 또 있을 리가 없다. 도주 방법으로는 가장 간편하고 빠르긴 하다.

그렇다고는 해도 반드시 안전을 보장해주는 건 아니다.

"아무리 그래도 상대방은 무슨 힘을 쓰는 건지도 모르는 사람이야! 네가 반드시 도망칠 수 있을 거라고 누가 어떻게 장담할 수 있겠어?"

"그건 그렇지. 하지만 내가 그냥 있으면 이런 일이 또 벌어질 거야. 지영이나…… 여기 입원한 조명 추락사고 피해자처럼 사람들이 또 다치겠지."

하나는 말문이 막히는 듯했다. 하지만 호락호락 물러나지는 않았다. 그녀는 두나를 설득하려 애썼다.

"그래도 너무 위험해. 네가 직접 범인을 찾지 말고, 경찰에게 알리자."

두나는 피식 웃으며 말했다.

"경찰에게 어떻게?"

"아……."

하나는 뒤늦은 깨달음을 얻고 그대로 침묵했다. 두나는 씁쓸하게 중얼거렸다.

"경찰에 말하기엔 증거가 없잖아. 게다가 증거가 있어도 누가 믿어주겠어? 누군가가 악의를 가지고 사람을 조종해서 사고를 일으키고 있다는 걸?"

맞는 말이다.

정말 그런 일을 벌이고 있는 자를 찾아내더라도 그 사람을 법적으로 처벌하는 일은 불가능하다.

영적인 일이라 증거도 없고 누군가가 다른 사람을 조종해서 이런 일을 벌이면, 결국 가해자가 되는 것은 사고를 벌인 당사자뿐이다.

영적인 힘으로 누군가를 조종해서 사고를 벌인 죄라는 건 법적으로 존재하지도 않았다. 체포할 수 있을지도 불확실하고 체포해도 죄를 물을 수 없을 것이다.

또한 이 사건의 실마리라도 잡고 있는 사람은 두나 한 명뿐이다. 두나가 포기하면 결국 진실은 어둠에 묻히고 말리라.

하지만 하나는 두나를 만류했다.

"굳이 네가 이런 일을 해야 할 이유가 없잖아. 왜 위험한 일인 걸 알면서도 뛰어들겠다는 거야? 차라리 만신님께 여쭤보는 게 나아!"

"……."

두나도 하나의 걱정에는 대답할 말이 없었다.

어째서일까?

두나는 겁이 많았다. 호기심도 많지만 그 이상으로 두려움도 많았다. 다치는 것도, 누군가에게 자신의 정체가 들키는 것도 무서워했다. 세상 모든 것을 두려워하며 살아왔다고 말해도 과언이 아니었다.

그런데 어째서 이번 일에는 이렇게 강박적인 생각이 드는 것인지 모르겠다. 이건 확신에 가까운 생각이었다.

두나는 언젠가 들었던 그 말을 떠올리며 빙긋이 웃었다. 하나의 손을 강하게 잡고서.

"하나야, 기억해?"

"……뭘? 갑자기 무슨 뚱딴지같은 소리야?"

조금 물기가 묻어나는 하나의 목소리에 두나는 더 환하게 웃으려 애쓰면서 답했다.

"몇 년 전이었지. 아직 너 대학교 다닐 때, 날 처음 보고 만신님이 하셨던 말씀 말이야."

예준이 만신님의 부적으로 두나를 포획해서 하나와 함께 차에 싣고서 지리산까지 내려갔던 때의 일이다.

어떻게든 탈출하려 바락바락 애를 쓰는 두나를 잡아서 데리고 가느라 하나와 예준은 무진 애를 썼더랬다.

약간 정신이 이상한 쌍둥이 여동생이라며 사방에 변명을 하며 두나를 질질 끌고 갔었다. 이제는 추억이 된 이야기.

그때 끌려온 두나를 보고 만신님은 혀를 차며 이렇게 중얼거렸다.

'쯧쯧. 반편이가 왔구나. 이건 또 다른 반편이야. 아직 다 태어나지를 못

한 반편이는 나도 평생 처음 보는구나.'

반편이.

만신님은 두나를 그렇게 불렀다. 그 표현을 좋아하지는 않았지만, 두나가 생각하기에도 그 말이 자신을 표현하는 데 가장 잘 어울리는 단어이기는 했다.

완전한 한 명의 사람이 못 되는 존재였으니까.

만신님은 두나를 묶어두기는 했어도 아예 존재를 없애려는 시도는 하지 않았다. 왜 그러냐고 묻는 예준의 말에 만신님은 이렇게 대답을 하셨다.

'저 아이, 아직 연이 남아 있어. 세상에 의미 없이 태어나는 목숨은 하나도 없는 게다. 저 반편이도 똑같아. 아직 세상에 저 아이가 필요한 연이 몇 남아 있으니 억지로 떼어내거나 없애려 해도 소용이 없을 게다. 그 연을 만나서 모두 풀 때까지는.'

그때 그 말이 두나의 머릿속에 틀어박혔다.

그때까지 두나는 하나와 세상 자체에 대해 꽤나 큰 울분과 슬픔에 차 있었다.

'어째서? 왜 난 반쪽밖에 못 되는데?'

'왜 난 다른 사람들처럼 살 수 없는 거야? 왜 내 이름도 내세울 수 없고 내 자리는 세상 어디에도 없는 건데?'

그때의 두나를 기억하는 예준이 두나를 경계하는 건 당연했다. 아마 그때 두나가 만신님의 말을 듣지 않고 분노와 슬픔에만 차 있었다면 그의 우려는 현실이 되었을지도 모른다.

하나의 인생을 빼앗으려 들었을지도 모른다.

그러나 그 악의가 피어나기 전에 다른 길을 제시해준 것이 바로 그때 만신님의 말씀이었다.

'세상에 의미 없이 태어나는 생명은 없는 게다.'

그렇다면 두나에게도 생의 의미는 있을 것이다. 아직 완전히 태어나지도 못한 반쪽뿐인 인생이라도 그 의미가 있을 것이다.

두나 자신만의 의미가.

어둠과 분노, 슬픔뿐이었던 두나의 마음속에 그 말은 별처럼 박혔다. 그래서 주변을 환하게 밝혀주었다.

그 덕분에 두나는 지금까지 올 수 있었다.

한발씩 앞으로 나아가면서.

정신을 차리니 꽤나 멀리 나와 있었다. 저때에 비해.

그리고 이러한 두나의 감정과 생각을 하나 역시 잘 알았다.

두나를 받아들일 때마다 그 악의와 슬픔, 분노를 자신의 감정처럼 느낄 수밖에 없었던 이가 바로 하나였으니까.

"지금도 그때 내가 그런 상태인 걸 생생하게 느끼면서도 날 없애지 않고 받아들여준 건 정말 고맙게 생각해."

"두나야……."

두나는 환하게 웃었다.

"만신님도 말씀하셨잖아? 의미가 있을 거라고. 하필이면 두 사고가 다 내 앞에서 벌어진 것도 이유나 인연이 있을 거라고 생각해. 그러니까 내 손으로, 내 힘으로 뭔가 해내고 싶어."

결국 하나는 두나의 의지를 꺾을 수가 없었다.

"다 컸네, 안두나."

이 말은 진짜로 기뻤다.

두나는 활달하게 속삭였다.

“그리고…… 인연도 남았다고 하셨고. 또 모르잖아? 나중에 나만의 백마 탄 왕자님이 하나 나타나줄지?”

“…….”

그때 하나는 보고 말았다. 두나의 말을 들으며 기묘한 표정을 짓고 있는, 두나의 등 뒤에 선 희성의 표정을.

하나는 소리 없이 희성에게 위로의 말을 건넬 수밖에 없었다.

‘힘드시겠네요…….’

희성이 우울한 표정으로 미미하게 고개를 끄덕이는 것을 보며 하나는 소리 없이 한숨을 쉬었다.

이 자리에 모인 의식이 있는 사람 네 명 중 단 한 명을 제외하고 모두 눈치채고 있었다.

그런데 정작 가장 중요한 한 명만 몰랐다.

하나는 속으로 한탄했다.

‘저, 저…… 둔팅이……!’

10. 한 걸음은 천릿길을 부른다

날은 맑고 또 밝았다.

그러나 남자는 여전히 어둠 속에 있었다. 사실은 지난 10여 년간 줄곧 그랬다.

아니라고 착각을 하고 있었던 적도 있었다. 그러나 그 착각이 얼마나 어리석었는지를 참으로 뒤늦게 알게 되었다. 아니라고 믿고 싶었던 것뿐일지도 모른다.

언젠가 들은 말이 있다.

하늘의 그물은 아주 크고 넓어 성긴 것 같지만 결코 그냥 넘기는 법이 없다고. 어떤 거짓이나 불의도 이 그물에 걸려 결국 인과응보를 받게 된다고.

그러니 그가 어리고 약했던 시절에 겪은 그 일의 가해자들도 결국은 대가를 돌려받으리라 생각했다.

그러기를 간절히 바랐다.

그리 바라며 그는 할 수 있는 모든 것을 하려 애썼다. 불의에 눈 돌리지 않고, 자신이 그때 받았던 선의를 할 수 있는 한 다른 이들에게 돌려주자고. 그냥 바닥에 주저앉아 있을 수만은 없다고.

그렇게 자신을 채찍질하며 일어섰다.

최선을 다하며 살았다고 자부했다.

그러나 세상은 옛 경구처럼 그렇게 정의롭지도 자비롭지도 않았다. 아니, 어찌 보면 그 경구는 맞는 걸지도 모른다.

그 말은 딱히 하늘이 자비로워 악인은 벌을 받고 선인은 상을 받는다는 의미는 아니었으니까. 그저 자신이 한 일이 무엇이든 결과적으로 대가를 돌려받게 된다는 세상의 이치를 일러주는 말이었다.

그렇게 믿고 싶은 이들을 위한 허망한 위로의 말.

세상은 자비롭지는 못해도 적어도 공정하긴 할 거라고 그렇게 믿고 싶었다.

그런데 어른이 되어 다시 만나게 된 그자들은 어떠했던가. 여전히 높은 지위에서 약자들을 핍박하며 잘살고 있었다.

결국 자신뿐이다. 그 모든 일을 기억하며 존재하지 않는 그물을 대신해야 하는 건.

남자는 우울한 눈을 들었다. 벽에 빼곡하게 꽂힌 사진들이 그의 시야를 채운다. 그 가운데 압핀으로 고정된 사진은 잘 알려진 사람의 얼굴을 담고 있었다.

손민형.

그는 나직이 한숨을 쉬었다.

"꽤 오래 잘 살아왔지. ……이제, 시작이야."

세상은 자비롭지 않았다.

세상은 공정하지도 않았다.

그렇다면 자신과 희생당한 이의 억울함과 고통을 풀어내려면, 직접 움직이는 수밖에 없으리라.

하늘이 그들을 벌하지 않는다면, 결국 사람을 벌할 수 있는 건 사람뿐이라는 말이 된다.

옆에서 검은 그림자가 일렁였다. 그 그림자가 남자에게 속삭였다. 환청처럼 가느다란, 그러나 그에게만은 분명한 소리.

'너도 대가를 치러야 해……. 그러니 대가를 치르게 해야 해……. 나를 대신해서……'

빛은 감히 이곳으로 새어 들지 못했다.

* * *

두나는 멍하니 컴퓨터 화면을 보았다. 자신에게 묻는다.

'그래서 어떻게 하지? 뭘 하면 되지?'

기세 좋게 자기가 사건을 해결하겠노라 하나에게 말한 것까지는 좋았다.

하나나 예준에게 자신이 이만큼 성장했음을 인정받은 것도 기뻤다.

그러나 정작 사건 해결을 위해 뭘 해야 할지 생각해보니 눈앞이 캄캄했다. 어찌 되었건 관련된 사람들을 통해 정보를 캐면 되겠지 하는 결론을 내렸으나 이번에는 현실이 발목을 잡았다.

'무슨 잡무가 이렇게 많아!'

비명이라도 지르고 싶은 심정이다.

고민하기도 바쁜데 출근은 해야 했다. 하나는 아직도 집중치료실에서 나오지 못한 지영의 옆을 지키고 있었다.

두나는 이번 사건을 해결하기 위해서라도 사무실엔 한동안 자신이 나가겠다고 말했다. 길고 긴 설득 끝에 하나의 허락도 받았다.

그런데 막상 일을 시작할 여유가 주어지지 않는 것이다!

팀장이 다시 히스테릭하게 외치는 소리가 쩌렁쩌렁 울렸다.

"그러니까 특종을 물어오란 말이야! 특종! 기사 제목 앞에 <인카운터> 독점이라고 당당하게 붙일 수 있는 그런 거 말이야!"

격렬하게 움직일 때마다 그가 극구 인덕이라 주장하는 뱃살이 출렁거렸다. 이미진 대리는 세쌍둥이 정도는 들어 있는 것 같다고 평한 바 있는 배다.

두나는 일하는 티를 팍팍 내기 위해 영혼 없이 손가락을 놀려 키보드를 두드렸다. 내용 없이 자음과 모음이 흐트러진 내용이 문서창을 가득 채운다.

다들 팀장의 시선을 피하며 컴퓨터 화면을 뚫어버릴 듯이 일에 집중했다. 걸리면 저놈의 특종 타령에 끌려 들어가 최소 1시간은 헛소리를 들어줘야 한다.

그때였다. 두나의 회피 기동이 애매했던 모양이다. 팀장은 매의 눈으로 두나를 낚아챘다.

"하나 씨!"

"네, 넷?"

두나는 속으로 '엿 됐구나'를 떠올리며 고개를 들었다.

"그러니까 저번에 하나 씨가 현장에 있을 때 내가 번개처럼 상황을 파악하고 판단을 내린 덕분에 특종도 뽑은 거잖아? 응?"

"네, 네에……."

결론은 자기자랑이다. 두나의 눈빛이 흐려졌다. 이걸 제정신으로 들으면 고통만 길어진다. 최대한 영혼을 멀리 보내고 몸만 남아 영혼 없는 리액션을 하는 것이 그나마 나은 선택.

이미진 대리의 동정 어린 곁눈질을 받으며, 두나는 필사적으로 영혼을 저 멀리로 날려 보냈다.

"그러니까 하나 씨도 나를 본받아서……!"

이제 1시간 동안 이어질 일장연설의 서두가 막 시작되려던 참이었다. 지금까지는 프롤로그였다.

그때, 옆에서 날카로운 목소리가 끼어들어 두나를 구제했다.

"팀장님."

"어, 응? 왜 그래, 강 대리?"

유현이 일어나 팀장에게 말을 건 것이다. 두나는 다시 눈을 동그랗게 뜨고 그를 보았다. 이미진 대리도 그들을 쳐다본다. 다른 인턴의 시선도 이쪽을 향했다.

"손민형 인터뷰 따냈습니다."

사무실 안에 환성이 터졌다. 팀장의 얼굴에서 개기름이 만드는 광채가 떠올라 사무실을 비춘다.

"뭐? 그거 진짜야?"

유현은 진지하게 고개를 끄덕였다.

"네, 계속 요청 메일 넣었는데 반려되다가 방금 전에 오케이 받았습니다. 사고 때 현장에 있었던 사람이라 밝히고 그때 있었던 사고에 대해 특집 기사를 쓰고 싶다고 한 게 주효했던 것 같습니다. 얼마 전에 기사화된 손민형의 선행에 대한 이야기도 곁들이고 싶다고 했고요."

"오오오!"

팀장만이 아니었다. 사무실 안의 모든 사람들이 환성을 질렀다. 이건 확실히 큰 건이다.

손민형은 지금 병원 특실에 입원해서 모든 인터뷰를 사절하는 상황이다. 관련 기사가 나간 건 얼마 전에 함께 사고를 당해 입원한 스태프의 병원비를 손민형이 몰래 사비로 내줬다는 사실이 보도된 정도였다.

작은 단신 기사였지만, 역시 그 인성을 찬양하는 반응들이 많았다.

두나 입장에서는 절로 이맛살이 찌푸려지는 일이었다.

'비밀로 하긴 개뿔. 게다가 자기 구해준 사람 병원비는 당연히 내줘야 하는 건데 그걸로 생색을 내다니…….'

사고 자체도 손민형이 현장에서 코디를 구하려다 사고에 휘말린 것으로 알려져 있다. 사실과는 정반대의 이야기.

두나는 이번 기사도 손민형 측에서 정보를 뿌렸을 거라고 확신했다. 익명의 병원 직원이 제보했다고는 하지만, 안 봐도 뻔했다.

'진짜 인성 더럽네.'

아직 사고 난 지 얼마 되지도 않았고, 아직 손민형도 그 코디도 퇴원하지 못했다.

그런데 벌써 병원비를 대신 내줬다는 소문이 돈다는 건 미리 계산하고 관련 정보를 뿌렸다는 이야기겠지.

'원래 연예인은 그렇게 뻔뻔해야 할 수 있는 건가…….'

두나는 남몰래 한숨을 쉬었다. 역시 입맛이 너무 썼다.

'우리도 그걸 돕는 역할을 해야 하는 거고…….'

그동안 팀장과 유현이 대화를 나누고 있었다.

"그, 그래! 잘했어! 역시 강 대리야! 그러면 나도 같이 가도록 하지."

띠링!

메신저로 이미진 대리의 개인 메시지가 날아왔다.

[강 대리가 판 다 깔아놓은 거 팀장이 날로 먹겠다는 거 아냐, 저거?]

두나도 같은 생각이었던지라 함께 화를 냈다.

[역시 그런 것 같죠? 팀장님 너무하세요!]

막 그 메시지에 이어 화난 표정의 이모티콘을 붙이려던 찰나였다.

유현의 발언에 두나는 키보드를 헛누르고 말았다. 화난 표정의 이모티콘은 반만 완성된 상태 그대로 이미진 대리에게 보내졌다.

"아, 손민형 측에서 사고 당시에 있었던 사람을 원해서요. 당시 워낙 상황이 황망하다 보니, 목격자의 설명도 좀 듣고 싶다고 하더군요. 저는 그때 점심을 사러 가느라 사고가 벌어지는 현장을 직접 목격하지는 못했으니까 하나 씨가 같이 가야 할 것 같습니다."

저건 거짓말이다. 분명히 사고 현장에 유현도 있었으니까.

두나의 눈이 다시 동그래졌다. 팀장은 헛기침을 몇 번 하더니 다시 말을 바꾼다.

"그, 그래? 그러면 어쩔 수 없지. 하나 씨를 데리고…… 내가 가도록 하지."

두나 표정이 똥 씹은 얼굴로 바뀌었다. 이미진 대리는 메신저로 위로의 말을 짧게 날려 왔다.

'이게 뭐야? 몇 초 간격으로 천국에서 지옥으로 바뀌는 건 너무하잖아!'

유현과 함께하는 외근이 팀장과 함께하는 외근으로 바뀐다.

천국과 지옥의 대비라도 이 정도는 너무하지 않나.

두나는 속으로 피눈물을 흘렸다. 그러나 다시 들려온 유현의 목소리가 지옥의 밑바닥으로 떨어진 두나의 기분을 구원했다.

"저쪽과 일정 논의한 게 저라 제가 아니면 안 들여보내줄 겁니다."

"그, 그렇다고……?"

팀장의 대답이 아주 떨떠름했다. 바닥에 내던져도 원형을 그대로 유지하는 땡감을 씹은 것처럼 떫은 표정이었다.

유현은 화사하게 웃으며 그를 달랬다.

"걱정 마세요. 특집 기사에는 당연히 팀장님 이름도 붙어서 나갈 테니까요."

그 한마디에 번데기와 주름 대결을 할 정도로 찡그려 있던 팀장의 얼굴이 확 펴졌다.

"그래! 그렇지! 역시 강 대리뿐이야!"

팀장은 웃는 얼굴로 손을 흔들어 유현과 두나를 환송해주기까지 했다.

이미진 대리는 부러워하며 메시지를 하나 더 날렸다.

[하나 씨 외근 좋겠다. 팀장도 없고. 갔다 올 때 나 커피 한 잔만!]

두나는 팀장과 사무실에 남아 있어야 하는 처지인 이미진 대리에게 동정심 가득한 시선을 보냈다.

그리고 오는 길에 이미진 대리가 좋아하는 칼로리와 가격이 모두 높은 커피를 공물로 사다 바쳐야겠다고 다짐했다.

카메라를 챙기고, 유현의 차 조수석에 앉으며 두나는 물었다.

"그런데 아까 왜 사고 현장 직접 못 봤다고 하신 거예요? 그때 저랑 같이 계셨잖아요."

사무실에서야 본인에게 좋은 상황이라 그냥 지나쳤는데, 생각해보니 이상했던 것이다. 두나는 눈을 동그랗게 뜨고 물었다.

그러자 유현은 안경 속 눈을 빛내며 입꼬리를 끌어 올렸다.

부릉.

기분 좋게 차가 출발했다.

"그냥 핑계 댄 거예요. 저도 팀장이랑 같이 외근 가기 싫거든요."

두나는 열렬하게 고개를 끄덕였다. 그 말에는 팀장을 제외한 모든 사무실 식구들이 공감할 것이다.

"하긴 저도 아까 팀장님이랑 둘이 가게 될지도 모른다고 생각하니까 진짜…… 너무 싫었어요."

유현은 핸들을 꺾으며 두나가 전혀 예상하지 못한 대답을 내놨다.

"하나 씨랑 팀장님만 가게 되는 건 저도 싫었어요."

“…….”

‘뭐, 뭐지, 이건?’

두나는 식은땀을 줄줄 흘렸다.

‘이거 무슨 의미야?’

그때였다. 유현의 다감한 목소리가 잔인하게 쐐기를 박아버렸다.

“뭐, 지금 저랑 하나 씨랑 같이 가는 건 하나 씨 남자친구도 싫어하겠죠. 그거랑 비슷한 기분일 거예요. 아마.”

이건 잘못 알아들을 수가 없다.

두나의 심장이 다시 협심증에 걸린 것처럼 두방망이질 치기 시작했다.

이건 무슨 의미인 걸까?

심장 소리가 귀가 멀어버릴 만큼 커진다.

단거리 달리기 선수의 심장이라도 된 것처럼 두나의 심장이 혼자 전력으로 100미터를 달린다. 머릿속이 새하얗게 비어서 뭐라고 대답해야 좋을지 알 수가 없었다.

“아, 저, 그게…….”

유현은 어쩐지 씁쓸하게 웃으면서 말을 끝맺는다.

“걱정하지 마세요. 하나 씨 애인 있는 거 잘 아니까. 부담 주려는 거 아니에요. 그냥 그렇다고 이야기를 하고 싶은 거였어요.”

잠시 침묵이 차 안을 감돈다. 유현은 작게 한마디를 덧붙였다.

“……이 말이 더 하나 씨를 부담스럽게 해드린 것 같네요. 미안해요. 듣지 않은 거로 해주세요.”

“아, 네에…….”

두나로서는 더는 대답하기에 적당한 말을 찾을 수가 없었다.
유현이 분명하게 그녀에게 이성으로서 호감이 있음을 나타낸 것은 당연히 기쁜 일이었다.
몇 년간의 짝사랑이던가.
유현에게 고백하고 유현이 자신에게 고백하는 꿈도 몇 번이나 꾼 적이 있었다. 그건 언제나 꿈속에서만 있었던 일이라 두나는 도리어 지금이 꿈속이 아닌가 하는 착각이 들 정도였다.
그러나 꿈이 아닌 것은 분명했다. 왜냐하면 자신에게 호감을 보인 유현의 말이 꿈과는 달랐기 때문이다.
꿈속에서 유현은 그녀에게 이렇게 고백했다.
'좋아해, 두나야.'
현실의 그는 그녀를 다르게 불렀다. 그리고 다르게 말했다.
'미안해요, 하나 씨.'
길고 긴 짝사랑 상대에게 고백을 받았건만, 두나는 기뻐할 수가 없었다. 가슴 깊은 곳에서부터 쓰디쓴 질문이 올라왔다.
'유현은 내게 고백한 걸까, 아니면 하나에게 한 걸까?'
자신이 고백을 받은 게 맞는 걸까.
좋았던 기분이 바닥으로 가라앉았다.

* * *

우울함 속에서 허우적거리다가 정신을 차리니 어느새 K대 병원에 도착했다.

그러나 두나는 그것조차 눈치를 못 채고 멍하니 휴대폰의 꺼진 화면만 들여다보고 있었다. 진흙탕 속에 빠진 것 같은 기분을 그대로 보여주는 검은 화면이다.

"……씨?"

"……."

"하나 씨?"

불러도 듣지 못하는 두나 때문에 유현의 목소리가 조금 커졌다. 그제야 한발 늦게 그의 부름을 들은 두나는 화들짝 놀란다.

"……아! 죄송해요! 제가 잠시 딴생각을 좀 하느라……."

"괜찮아요."

유현은 조금 곤란한 듯 웃었다.

"역시 제가 괜한 소리를 해서 하나 씨 머리가 복잡한 모양이네요."

"아, 아니에요!"

다시 어색한 기운만이 차 안을 감돈다. 두나는 다급하게 차 문을 열고 나왔다.

이런 어색한 분위기는 정말이지 싫었다.

두나는 다른 상대도 아니고 손민형을 인터뷰하러 오는 것이 사실 무척 못마땅했다.

사고 직전 그가 자신의 코디를 어떻게 박대하는지 봐버렸으니 당연하다면 당연한 일이었다.

게다가 지금 인터뷰가 그의 기획사에서 왜곡해서 알린 사고 관련 정보를 더욱 뒷받침해주기 위한 자리라는 것을 알기에 더욱 내키지 않았다.

그런데 지금은 인터뷰가 있어 어색한 분위기에서 벗어날 수 있으니 오히려 손민형에게 감사할 정도였다.

* * *

손민형은 보란 듯이 팔과 다리 한쪽에 붕대를 감고 부목을 댄 채로 인터뷰를 했다.

잘 보이도록 일부러 이불 밖으로 뺀 다음 천장에 고정하는 끈까지 매달아놓았다.

'우와, 연출 진짜 노골적이네.'

의도가 명확해서 두나의 거부감은 더욱 강해졌다. 하지만 어쨌건 지금은 유현과 대화를 나누느니 차라리 거북스러운 인터뷰라도 하는 게 몇 배는 나았다.

물론 두나 본인이 인터뷰를 진행하는 건 아니니 더욱 그랬다. 인터뷰 진행은 유현이 하고, 두나는 손민형의 사진을 찍기로 했다.

유현과 민형의 대화가 이어진다.

"부상 정도가 알려진 것보다 더 심각하신 것 같은데요. 정말로 몸을 아끼지 않으신 것이 실감이 납니다."

"하하. 사람이 위기에 처한 걸 보면 그냥 넘기면 안 되니까, 라는 건 이상론이죠. 사실 저도 제가 다치는 건 싫은데 정신을 차리고 보니 달려들고 있더군요."

그렇게 말하는 민형은 누가 보아도 잘생기고 인성까지 훌륭한 완벽한 연예인으로 보인다.

대답을 청산유수처럼 하는 걸 보면, 아마도 기획사에서 대본을 짜주었을 것 같았다. 거의 비슷한 내용으로 이미 방송 인터뷰 역시 찍었거나 곧 찍을 예정이리라.

두나의 예측은 정확하게 맞았다. 등 뒤에서 손민형의 매니저가 연예방송과 인터뷰 일정을 잡는 소리가 들렸다.

"네, 네. 그러면 내일 3시에 오시는 거로 일정을 잡아두겠습니다. 지금도 인터뷰 중이거든요. 네, 네. PD님과의 의리를 생각해서 방송국 인터뷰는 단독으로 드리겠습니다. 네, 잘 부탁드립니다."

두나는 한 귀로 듣고 한 귀로 흘렸다. 그러면서 카메라와 피사체에만 집중했다. 물론 그 피사체 쪽이 그녀의 마음을 더욱 심란하게 하지만 말이다.

그나마 직접 보는 것보다는 파인더 너머로 보는 것이 나았다.

유현은 사전에 협의한 내용대로 질문을 계속해서 던졌다. 거의 다 손민형에게 유리한 내용이었다.

"그러고 보면 그 코디분을 구하신 것도 모자라서 그분의 병원비도 손민형 씨 측에서 부담을 하기로 하셨다면서요?"

"네, 아무래도 가정 형편이 어려운 친구고……. 개인적으로 신세진 것도 많은 고마운 친구라 그렇게 하기로 했습니다. 조용히 하려고 했는데, 어떻게 다 알려져버려서 부끄럽네요."

저 말이 진실이라고 생각하는 사람은 이 병실 안에는 아무도 없었다. 손민형 측에서 뿌린 소문이라는 걸 모르는 사람은 없었으니까.

그러나 그건 어디까지나 드러내놓고 말할 수 없는 오프더레코

드였다.

유현은 부드럽게 웃으며 인터뷰를 이어갔다.

"네, 안 그래도 인터넷상에서는 역시 인성도 얼굴만큼 대단한 배우라고 칭찬이 자자합니다."

"하하. 부끄러운 말씀이시네요."

이미 각본이 짜여진 인터뷰이니만큼 바늘 하나도 들어가지 않을 만큼 매끄러웠다.

유현조차도 이런 상황은 어쩔 수가 없구나, 하는 깨달음은 쓰디쓰다.

두나는 그런 생각을 잊어버리려 애쓰며 계속 손민형의 얼굴을 카메라에 담았다.

그녀의 기분이 어떠하든 시간은 멈추지 않고 흘렀다.

곧 약속한 인터뷰 1시간이 다 끝났다. 녹음기를 끄기 전 유현이 사전 약속에 없던 질문을 마지막으로 던졌다.

"아, 마지막으로 한 가지 즉흥적으로 여쭤봐도 될까요? 팬분들도 궁금해하시는 분들이 많은 질문인데 말이죠."

손민형은 자신을 띄워주는 인터뷰가 아주 마음에 들었는지 말해보라며 흔쾌히 붕대가 친친 감긴 손을 휘휘 든다.

딱 봐도 저렇게 붕대를 많이 감을 정도로 다친 사람의 움직임이 아니다.

"네, 얼마든지요."

유현은 속을 알 수 없는 미소를 지었다.

"아무래도 손민형 씨의 학창시절은 완전히 베일에 가려져 있지 않습니까? 인터넷에 중·고등학교 졸업 사진이 알려지지 않은 연예인은 몇 안 되는데, 손민형 씨의 동창생들도 잘 알려져 있지 않고요. 손민형 씨는 어떤 학생이셨나요?"

"……."

유현의 말이 끝난 순간, 두나는 눈치챌 수 있었다. 눈에 띄게 방 안의 공기가 차가워졌음을.

내내 가면 같은 미소를 띠고 있던 손민형의 얼굴이 무섭게 굳는다. 마치 표정 없는 밀랍인형을 떠올리게 하는 얼굴.

잠시 차갑게 가라앉는 공기가 거짓말이었던 양 손민형은 다시 평소의 표정을 되찾았다. 그리고 애매한 대답을 내놓았다.

"글쎄요. 해외에서 학교를 다녔고, 또 원체 조용한 모범생이어서 말이죠. 별로 눈에 띄지 않은 아이여서 딱히 기억하는 친구들도 별로 없을 겁니다."

"아, 그러셨군요."

"이 이야기는 따로 기사화하지 말아주세요. 사전에 이야기된 것도 아니고, 또 팬분들께도 별로 재미있는 이야기는 아니니까 말입니다."

어조는 부드러웠다. 그러나 두나에게는 이 이야기가 새어 나가지 않게 하라고 협박하는 것처럼 들렸다.

유현은 그걸 못 알아듣기라도 한 것처럼 유연하게 말을 받아쳤다.

"네, 걱정하지 마세요. 저희 <인카운터>는 최대한 인터뷰 대상자분의 의사를 존중해드리니까요."

"……네, 그러면 살펴 가세요. 제가 몸이 이래서 마중은 못 나가겠네요."

"환자신데 쉬셔야죠. 입원 중에 시간 내주셔서 정말 감사합니다."

기묘한 긴장감이 그대로 액화되어 땀처럼 뚝뚝 떨어질 것 같은 기분이었다.

두나는 식은땀을 흘리며 유현과 손민형이 서로 속내를 감추고 정중하게 인사를 나누는 모습을 지켜보았다.

멍하니 선 그녀에게 유현이 다가와 묻는다.

"잘 찍었어요?"

"네, 네. 걱정 마세요. 건질 만한 컷 꽤 나왔어요."

"메모리 잘 챙기시고요."

"네."

두나는 필사적으로 고개를 끄덕였다.

늘 하나에게 둔해서 두나인 거냐고 혼나곤 하는 그녀지만 분명히 느낄 수 있었다. 지금 유현의 기분은 최악이며 신경이 바싹 곤두서 있다는 것을.

두나는 유현의 뒤를 따라 병실에서 나가다가 매니저에게 물었다.

"저, 사고 때 다친 코디분도 이 병원에 입원 중이시라고 알고 있는데, 혹시 그분도 인터뷰가 가능할까요?"

그 말을 내뱉자마자 손민형의 시선이 홱 이쪽을 향한다.

그대로 사람을 뚫어버릴 정도로 날카로운 시선이었다.

매니저는 난처하다는 듯이 대답했다.

"아, 그건 좀 어려울 것 같습니다. 그 친구가 지금 면회 사절이거든요."

두나가 며칠 전에 보았던 그 병실에서는 면회 사절 같은 이야기는 있지도 않았다.

그냥 그렇게 넘기려는 거겠지.

두나 역시 이들이 부상당한 코디네이터가 별다른 사전 협의 없이 언론과 인터뷰하는 걸 허락하려 들 리 없다는 건 알았다.

이건 그냥 오기였다.

'적어도 찔리기라도 해라!'

라는 기분. 그리고 그녀의 생각은 어느 정도 적중한 듯싶었다.

순간이었지만 손민형의 경계하는 시선은 진짜였다.

두나는 조금 전 유현의 태도를 본받아서 가면 같은 미소로 예의만을 차렸다.

"아, 그러셨군요. 그때 꽤 심하게 다치신 것 같아서 개인적으로도 좀 걱정이 되었었거든요. 그분도 무사히 회복되셨으면 좋겠네요."

"네, 걱정해주셔서 감사합니다. 걱정해주신 분이 계시다고 그 친구에게도 전해주겠습니다."

"네."

두나는 웃으면서 병실을 나섰다. 병실 안에서는 예의 바르게 웃고 있던 두나와 유현의 표정이 병실 밖으로 나오자마자 무섭게 굳었다.

정말이지 역겨운 자리였다.

* * *

"……따로 퇴근하시겠다고요?"

이미 회사에서 출발할 때 시간이 3시쯤이었다. 회사에서 K대 병원까지 오는 시간에 인터뷰하는 시간까지 지나고 나자, 벌써 퇴근 때가 되었다.

유현이 팀장에게 이대로 퇴근하고, 내일 출근해서 인터뷰 관련 자료를 정리하겠다고 보고한 차였다. 막 통화를 끝낸 유현에게 두나가 자신을 데려다주지 않아도 된다고 말했던 것이다.

잠시 침묵하던 유현이 물었다.

"역시 제가 괜한 소리를 해서 부담이……."

두나는 황급하게 고개를 저었다.

"아, 그건 아니에요! 절대로 아니니까 안심하세요. 그보다는…… 병원에 들를 데가 있거든요."

그 말에 유현이 무언가를 깨달았다.

"아, 그러고 보니 친구분이 입원 중이셨죠?"

지영이 입원한 곳도 같은 K대 병원이긴 했다.

"네. 아직 집중치료실에 있어요."

유현은 고개를 끄덕였다.

"네, 이해했습니다. 문병 가셨다가 들어가세요. 조심하시고요."

두나는 고개를 저었다.

"물론 지영이 병실에도 들러볼 거지만, 따로 가겠다는 이유가 그것만은 아니에요."

"네?"

두나는 결연하게 말했다.

"그, 손민형 코디분 병실에 들러보려고요."

"……네?"

"그래서…… 그분 인터뷰 따보겠어요."

유현은 잠시 멍하니 그녀를 바라보다가 간신히 입을 뗐다.

"……아까 손민형 매니저에게 코디분에 대해서 물은 게 그거 때문이에요?"

"네, 맞아요."

유현은 잠시 망설이다가 말을 꺼냈다. 아까 전의 인터뷰보다는 솔직하고, 또 그만큼 씁쓸한 이야기였다.

"두나 씨가 인터뷰를 따온다고 해도 그게 손민형 측의 공식적인 발표와 다르면 제대로 빛을 못 볼 수도 있어요."

"알아요."

"애초에 이미 그쪽도 입을 맞춰두었을 가능성도 있어요. 병원비를 내주는 대가로 입막음을 당했을 수도 있죠."

그러나 두나의 의지는 굳건했다.

"그렇더라도 가서 확인해보고 싶어요. 적어도 저 한 사람이라도 그분이 어떤 말을 할지 궁금해하기라도 해야 한다고 생각해요."

긴장감에 입 안이 바짝 말랐다.

잠시 목소리를 고르고, 두나는 말을 맺었다.

"그게, 제가 기자가 되고 싶었던 이유니까요."

말을 맺으면서 두나의 입꼬리는 부드럽게, 그러나 자신감 있는 미소를 그리고 있었다. 그 끝에 묘하게 힘이 들어가 있다.

그녀의 등 뒤로 옅은 빛이 비치는 듯한 착각이 일어 유현은 잠시 눈을 크게 뜨고 그녀를 바라보았다.

"……"

유현의 기분을 모르는 두나는 쓸데없는 걱정을 시작했다.

'뭐, 뭔가 너무 건방지게 폼 잡는 소리를 해버린 거 같아!'

그녀는 안절부절못했다. 사수이자 짝사랑 상대인 유현의 앞에서 이런 실수라니!

그것도 유현이 그녀에게 호의를 보이는, 꿈에서도 바라던 상황까지 와서 이런 추태를!

'주, 죽고 싶다!'

그러나 부끄러움으로 깔끔하게 죽는 행운(?)은 벌어지지 않았다. 두나는 황급하게 고개를 숙였다.

"죄, 죄송해요! 인턴 주제에 갑자기 너무 건방진 소리를 해버렸어요!"

그러자 도리어 유현이 크게 당황해서 손사래를 쳤다.

"아뇨! 아니에요! 그런 생각 안 했어요!"

두나는 슬그머니 고개를 들었다.

"지, 진짜요?"

아래에서 올려다보는 두나의 표정은 마치 혼나기를 각오했다가 간발의 차이로 벗어나 안도한 강아지 같았다. 이 각도로 보니 눈이 더욱 크게 보여서 그런 느낌을 더했다.

유현은 약간 얼굴을 붉히며 열심히 고개를 끄덕인다.

"네, 정말이에요."

"……다행이다."

두나는 깊이 안도하며 허리를 폈다.

'아, 다행이다. 잘못하면 하나한테 진짜 혼났을 거야.'

유현에게 경쟁심을 불태우는 하나는 두나가 그의 앞에서 쪽팔리는 짓을 했다는 소리를 들으면 분해서 잠자다가도 벌떡 일어나고 말 거다.

그때였다. 전혀 예상하지 못한 말이 훅 치고 들어왔다.

"오히려…… 존경스럽다고 생각했어요."

"네. 네?"

유현의 녹아내릴 듯한 미소와 함께.

"선배라고는 해도 저도 막상 손민형 앞에서는 제대로 말도 못 했잖아요. 그런데 이제 겨우 3개월 차인 두나 씨가 그렇게 당당하게 말하는 걸 보고, 정말로 놀라고 또 감탄했어요. 반할 정도로 말이죠."

"……."

그 말을 남기고 유현은 먼저 돌아갔다. 자신의 말에 굳어버린 두나의 상황은 전혀 알지 못한 채.

화악.

두나는 자신이 인간폭탄이 된 게 아닐까 하는 생각이 들었다. 자신의 새빨개진 얼굴이 그 자리에서 뻥 터져버리는 것이 아닐까, 그런 걱정까지 들었던 것이다.

두나는 완전히 넋을 놓고 있었다.

"……."

더듬더듬 뺨을 꼬집어본다. 제대로 통증이 살을 찔렀다.

'아파.'

진짜 아프다. 그러면 현실이라는 이야기다.

'꿈이 아닌 건가? 진짜로?'

두나는 다시 떠올리고 말았다. 유현의 미소와 그가 한 말을. 다정한 목소리를.

그건 꿈인 것 같지만, 꿈이 아니었다. 이유는 간단했다.

짝사랑에 빠진 여자(도플갱어)가 꿈속에서 사랑하는 남자에게 듣고 싶은 말은 사랑의 고백이나 달콤한 속삭임이지 자신을 인정해주는 말은 아니었던 것이다. 감히 그것까지는 바랄 수도 없었던 탓이다.

이미 몇 번이나 두나는 꿈속에서 유현의 고백과 사랑의 말들을 들은 적이 있었다.

정말이지 부질없는 꿈들.

그러나 지금은 달랐다. 꿈이 아니다.

게다가 감히 바랄 수 없는 것마저 눈앞에 주어졌다.

'오히려…… 존경스럽다고 생각했어요.'

이런 말을 듣고 싶다고 어떻게 바랄 수 있었을까. 바랄 엄두도 내지 못한 것마저 이루어진 것이다.

기쁘지 않냐고? 당연히 기뻤다. 너무나도 기뻤다.

어떻게 보면 하나에게 인정받은 것보다도 더욱더.

애초에 두나는 유현을 남자로서 좋아하기 이전에 인간으로서 존경할 만하다고 생각했다. 본받고 싶다고도.

그런 사람에게 인정을 받은 것이다.

연애 문제는 빼놓고 보아도 너무나도 기뻤다. 지나칠 정도로.

"아, 진짜 지금 죽어도 좋을 거 같아."

생각이 무심코 입 밖으로 나와버렸다.

그때였다. 두나의 혼잣말에 어디선가 대답이 툭 하고 튀어나온 건.

"나는 두나 씨가 죽으면 꽤 곤란한데 말이죠."

"으악!"

두나는 놀라서 기괴한 소리를 내지르며 펄쩍 뛰었다. 고개를 돌리니 흰 가운을 걸친 남자, 희성이 어느새 가까이 와 있었던 것이다.

두나는 소리를 빽 질렀다.

"희, 희성 씨! 깜짝 놀랐잖아요!"

희성이 장난스럽게 웃었다.

"놀라긴 내가 더 놀랐죠. 두나 씨가 갑자기 지금 우리 병원이라고 불러서 와봤더니, 죽어도 좋니 어쩌니 하고 있으니……."

두나의 얼굴이 새빨개졌다.

"그, 그게…… 죄송해요. 오늘 이 병원에서 인터뷰가 있어서……. 그리고 희성 씨에게 부탁할 일도 있어서요."

"알아요. 저번에 확인해본 그 환자분 말이죠? 다행히 면회는 크게 상관없는 상태시니까 괜찮을 거예요. 내가 같이 가서 환자분이랑 보호자분께 잘 얘기해줄게요."

두나는 환하게 웃었다.

"고마워요!"

희성은 살짝 심각한 얼굴을 했다. 그리고 짐짓 진지하게 물었다.

이제 두나는 당황하지 않았다. 희성이 저렇게 굴 때는 그가 친근하게 장난을 걸 때라는 것을 이제 충분히 알았던 것이다.

아니나 다를까, 희성의 실없는 농담이 던져진다.

"맨입으로요?"

그러자 두나는 자신만만하게 선언했다.

"자, 카페로 가시죠. 마음껏 고르셔도 돼요. 제가 다 살 테니까."

언젠가 해장국집에서의 대화가 떠오르는 말이다. 희성은 부드럽게 미소 지으며 물었다.

"이번 예산은요?"

두나 역시 이를 떠올리고 자신만만하게 웃었다. 턱을 치켜드는 태도가 희성을 더 웃게 만들었다.

"만 원요. 그 안에서 물 쓰듯이 쓰셔도 돼요."

희성은 참지 못하고 결국 웃음을 터뜨리고 말았다.

-2권에서 계속-